台灣作家全集

1 豐富的內容

涵蓋1920年到1990年代的台灣重要文學作家的短篇小說以作家個人爲單位，一人以一册爲原則。

縫合戰前與戰後的歷史斷層，有系統地呈現台灣文學的風貌。

2 珍貴的圖片

台灣文學作家的精彩寫眞，首次全面展現，讓我們不但欣賞小說，也可以一睹作家眞跡。

榮譽出版發行／
前衛出版社

宋澤萊集

台灣作家全集

短篇小說卷

台灣作家全集

短篇小說卷

與友聊天。攝于鹿港茶藝館（一九九〇年底）

宋澤萊手跡

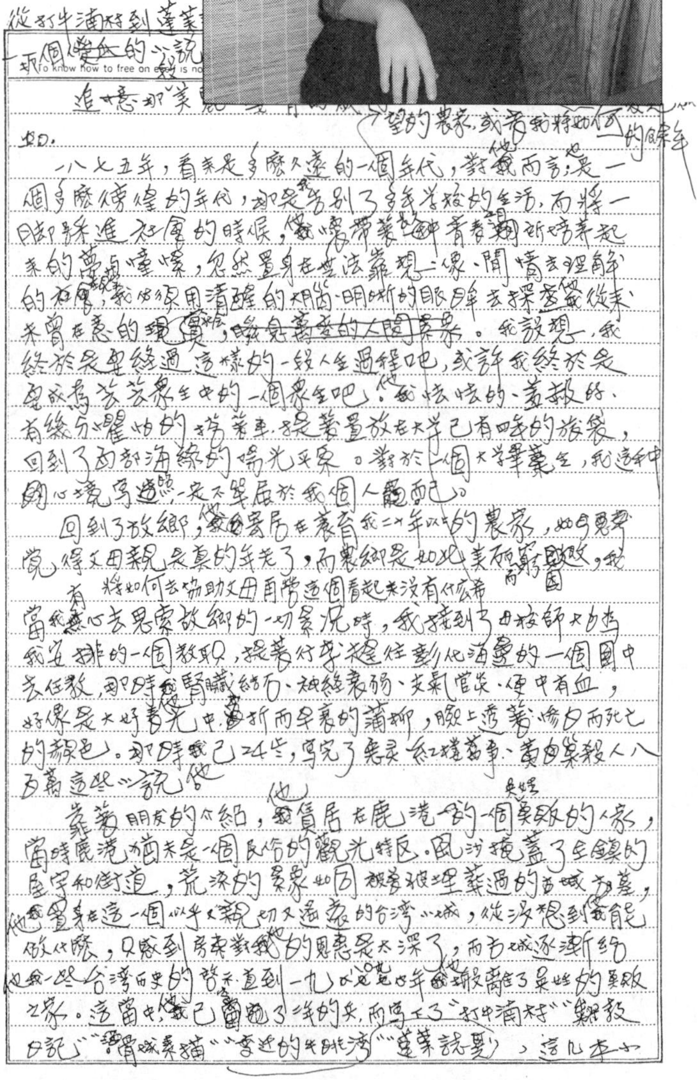

從打牛湳村到蓬萊

一個農民的小說

To know how to free on eself is no

追憶那"美

一八七五年，看來是多麼久遠的一個年代，對我而言，是一個多麼偉偉的年代，那是告別了多年學校的生活，而將一腳跨進社會的時候，我懷帶著一種青春期所培養起來的夢與憧憬，忽然置身在無法靠想像、閒情去理解的社會，我必須用清醒的頭腦、明晰的眼睛去探查從來未曾在意的現實。我說想，我終於是要經過這樣的一段人生過程吧，或許我終於是要成為茫茫眾生中的一個眾生吧。我怯怯的、羞赧的、有幾分懼怕的，搭著車，提著置放在大學已有四年的旅袋，回到了西部海線的鄉光平原。對於一個大學畢業生，我這種內心境況的遭遇，一定不單屬於我個人而已。

回到了故鄉，我寄居在養育我二十年以上的農家，始而覺得父母親是真的年老了，而農鄉是如此美麗而窮困敗[illegible]，我將如何去協助父母再帶這個看起來沒有什麼希望的農家，或者我將如何[illegible]的餘年

當我有心去思索故鄉的一切景況時，我接到了母校師大分發給我安排的一個教職，提著行李趕往彰化海邊的一個國中去任教，那時我腎臟結石、神經衰弱、支氣管炎、便中有血，好像是大好春光中夭折而早衰的蒲柳，臉上透著慘白而死亡的顏色。那時我已二十四歲，寫完了長長紅樓舊事、黃巢殺人八百萬這些小說。

靠著朋友的介紹，我賃居在鹿港的一個吳姓衰敗的人家，當時鹿港猶未是一個民俗的觀光特區。風沙掩蓋了古鎮的屋宇和街道，荒涼的景象如同被掩埋過的古城古墓，我置身在這一個似乎又親切又遙遠的台灣小城，從沒想到我能做什麼，只感到歷來對我的恩惠是太深了，而古城逐漸給他我一些台灣歷史的啟示。直到一九八〇年我搬離了吳姓的衰敗之家。這當中，我已當過了兵，而寫下了"打牛湳村""糶穀日記""骨城素描""變遷的牛眺灣""蓬萊誌異"，這几本小

出版説明

《臺灣作家全集》是臺灣新文學運動以來最有意義的選輯，也是臺灣文學出版上最具示範的創舉。全集係以短篇小説爲主體，以作家個人爲單位，涵蓋一九二〇年至九〇年代的重要作家，縱合戰前與戰後的歷史斷層，有系統地呈現了現代文學史上臺灣作家的精神面貌。

在內容上，包括日據時代，由張恆豪編輯；戰後第一代，由彭瑞金編選；戰後第二代，由林瑞明、陳萬益編選；戰後第三代，由施淑、高天生編選。全集計劃出版五十冊，後每隔三年或五年，續有增編，一人以一冊爲原則，戰前部分則因篇幅不足，有二人或三人合爲一集。

在體例上，每冊前由召集人鍾肇政撰述總序（文長兩萬字，首冊爲全文，其它則爲濃縮），精扼鈎畫出臺灣新文學發展的歷程、脈絡與精神；並由各集編選人執筆序言，簡要介紹作家生平及作品特色；正文之後，則附有研析性質的作家論，及作家生平寫作年表、小説評論引得，期能提供讀者參考。臺灣面臨歷史的轉捩點，瞻前顧往之際，本社誠摯希望能對臺灣文學的出版、推廣、教育及研究上有所貢獻。

台灣作家全集

短篇小説卷

緒言

鍾肇政

時代的巨輪轟然輾過了八十年代，迎來了嶄新的另一個年代——九十年代。發軔於二十年代的台灣文學，至此也在時代潮流的沖激下，進入了一個極可能不同於以往的文學年代。

然則這九十年代的台灣文學，究竟會是怎樣的一種文學？在試圖回答這個問題之前，我們似乎更應該先問問：台灣文學又是怎樣一種文學？曰：台灣文學是台灣本土的文學、台灣人的文學。曰：台灣文學是世界文學的一支。

倘就歷史層面予以考察，則台灣文學是「後進」的文學；比諸先進國的文學，即使是近鄰如日本，她的萌芽時期亦屬瞠乎其後，比諸中國五四後之有新文學，亦略遲數年。

只因是後進的，故而自然而然承襲了先進的餘緒，歐美諸國文學的影響固毋論矣，即日本文學、中國文學等也給她帶來了諸多影響。易言之，先天上她就具備了多種特色集於一身，因而可能成為人類文學裏新穎而富特色的一支——當然這種說法恐難免落入過分單純化機械化的發展論，未必完全接近實際情形。事實上，一種藝術的發芽與成長，土地本身的人文條件與夫時代社經政治等的變易更動，在在可能促進或阻礙她的發展。證諸七十年來台灣文學的成長過程，堪稱充滿血淚，一路在荊棘與險阻的路途上踽踽而行，備嘗艱辛。

職是之故，若就其內涵以言，台灣文學是血淚的文學，是民族掙扎的文學。四百年台灣史，是台灣居民被迫虐的歷史。隨著不同的統治者不同的統治，歷史上每一個不同階段雖然也都有過不同的社會樣相與居民的不同生活情形，而統治者之剝削欺凌則始終如一。七十年台灣文學發展軌跡，時間上雖然不算多麼長，展現出來的自然也不外是被迫虐被欺凌者的心靈呼喊之連續。

台灣文學創建伊始之際，我們看到台灣文學之父賴和以文學做為抗爭手段之一的筆跡。他反抗日閥強權，他也向台灣人民的落伍、封建、愚昧宣戰。他身體力行，諸凡當時的抗日社團如文化協會、民衆黨和其後的新文協等，以及它們的種種活動，他幾乎是每役必與，並驅其如椽之筆發而為〈一桿稱子〉、〈不如意的過年〉、〈善訟的人的故事〉等小說與〈覺悟下的犧牲〉、〈南國哀歌〉等詩篇，為台灣文學開創了一片天空，樹立了不朽典範。

中期，我們又有幸目睹了台灣文學巨人吳濁流之出現。第二次世界大戰進入最慘烈階段之際，在日本憲警虎視眈眈下，吳氏冒死寫下《亞細亞的孤兒》，戰後更在外來政權戒嚴體制的獨裁統治下，他復以《無花果》、《台灣連翹》等長篇突破了統治者最大的禁忌。他不但爲台灣文學建構了巍峨高峰，還創辦《台灣文藝》雜誌，創設台灣第一個文學獎「吳濁流文學獎」，培養、獎掖後進，傾注了其後半生心血，成爲台灣文學的中流砥柱。

七十星霜的台灣文學史上，傑出作家爲數不少，尤其在時代的轉折點上，每見引領風騷的人物出現，各各留下可觀作品。此處暫不擬再列舉大名，但我們都知道，在統治者鐵蹄下，其中尙不乏以筆賈禍而身繫囹圄，備嘗鐵窗之苦者，甚或在二二八悲劇裏飲恨以終者。以所驅用的文學工具言，有台灣話文、白話文、日文、中文等等不一而足，蔚爲世界文壇上罕見奇觀，此殆亦爲台灣文學之一特色。日據時，曾有「外地文學」之稱，輓近亦有人以「邊疆文學」視之，唯她既立足本土，不論使用工具爲何，其爲台灣文學則無庸否定，且始終如一。

不錯，七十年來她的轉折多矣。其中還甚至有兩度陷入完全斷絕的眞空期，其一爲戰爭末期所謂「決戰下的台灣文學」乃至「皇民文學」的年代，以及戰後二二八之後迄國府遷台實施恐怖統治、必需俟「戰後第一代」作家掙扎著試圖以「中文」驅筆創作、接續斷層爲止的年代。一言以蔽之，台灣文學本身的步履一直都是顚躓的、蹣跚的。到了七十年代，鄉土之呼聲漸起，雖有鄉土文學論戰的壓抑，反倒造成台灣文學的欣欣向榮，入了八十年代，鄉土文學不僅成爲文壇主流，益以美麗島軍法大審之激盪，衝破文學禁忌成了不可遏止之勢，於是有覺醒後之政治文學大批出籠，使台灣文學的風貌又有了一變。

八十年代已矣。在年代與年代接續更替之際，正如若干年來每屆歲尾年始，報章上總會出現不少檢討與前瞻的論評文學，也一如往例悲觀與樂觀並陳，絕望與期許互見。有一明顯的跡象是嚴肅的台灣文學，讀者一直都極少極少，在八十年代末期的消費社會、資訊多元化社會以及功利主義社會裏，文學的商品化及大衆化傾向已是莫之能禦的趨勢，於是當市場裏正如某些論者所指摘，充斥著通俗文學、輕薄文學一類作品，純正的文學乃又一次陷入危殆裏。

然而我們也欣幸地看到，八十年代末尾的一九八九年裏民主潮流驟起，舉世爲之震動。繼六四天安門事件被血腥彈壓之後，卻有東歐的改革之風席捲諸多社會主義共產國家，連蘇聯竟也大地撼動，專制統治漸見趨於鬆動的跡象。（草此文之際，世人均看到蘇俄首任總統終告產生。）這該也是樂觀論者之所以樂觀之憑藉吧。

不錯，新的人類世界確已隨九十年代以俱來。即令不是樂觀者，不免也會睜大眼睛看著世局之演變並對它有所期待才是。而九十年代台灣文學，自然也已是呼之欲出！君不見繼八九年年尾大選、國民黨挫敗之後，台灣的民主又向前跨了一步，即令有第八任總統選舉的權力鬥爭以及國大代表之挾選票以自重、肆意敲詐勒索等醜劇相繼上演於國人眼睜睜的視野裏，但其爲獨大而專權了數十年之久的國民黨眞正改革前的垂死掙扎，彰彰在吾人耳目。

在九十年代台灣文學即將展現於二千萬國人眼前之際，《台灣作家全集》（以下稱「本全集」）的問世是有其重大意義的。過去我們已看到幾種類似的集體展示，計有《日據下台灣新文學》（明集，共五卷，明潭出版社，一九七九年三月）、《光復前台灣文學全集》（八卷，後再追加四卷，遠景出版社，一九七九年七月）、《本省籍作家作品選集》（十卷，文壇社，一九六五年十月）、《台灣省青年文學叢書》（十卷，幼獅書店，一九六五年十月）等四種。無獨有偶，前兩者均爲戰前台灣文學，後兩者則爲清一色戰後台灣作家作品。而其中，除最後一種爲個人結集之外，餘皆爲多人合集。値得一提的是後兩者出版時，白色恐怖仍在餘燼未熄之際，前兩者則是鄉土文學論戰戰火甫戢、鄉土文學普遍受到肯定之後，因此可以說各盡了其時代使命。

本全集可以說是集以上四種叢書之大成者。其一，是時間上貫穿台灣新文學發軔到晩近的全局；其二，是選有代表性作家，每家一卷，因而總數達數十卷之鉅，堪稱自有台灣新文學以來之創舉。是對血漬斑斑的台灣文學之路途上，披荊斬棘，蹣跚走過的前輩們，以及現今仍在孜孜矻矻舉其沉重步伐奮勇前進的當代作家們之獻禮，也是對關心本土文學發展的廣大海內外讀者們的最大禮物。

（註：本文爲《台灣作家全集》〈總序〉的緒言，全文請看《賴和集》和《別冊》。）

目錄

大悲咒

——宋澤萊集序

施　淑

不論是從寫作歷程或作品成就來看，宋澤萊都是個出人意料的作家。七〇年代前半葉，當他寫了《廢園》、《紅樓舊事》、《黃巢殺人八百萬》，這些沉迷於現代心靈的秘密的長短篇時，現代主義文學對當時的台灣文學青年，已不再是前衛。而在鄉土文學運動還在摸索階段的七〇年代中期，他早已完成了後來被推許爲鄉土文學新里程碑的「打牛湳村」系列。在隨後的幾年裏，他以驚人的速度，陸續發表了《骨城素描》、《變遷的牛眺灣》、《蓬萊誌異》、《廢墟台灣》，這些涵蓋台灣的過去、現在和未來的可能發展的小說，以及一些論述或批判文學現象、社會問題的文章及詩篇。正當人們預期他會爲台灣文學帶來更大的驚喜時，他卻驟然告別紅塵，閉關習禪，雖然其間不斷有佛學翻案著述，但給人的感覺總是非關文學，不涉藝術。

從現代主義到鄉土寫實、現實批判，以至於禪定，宋澤萊到目前爲止的發展，著實讓人困惑。在這似乎找不到理路的公案前，我們隱約可以踪跡這個文學心靈的究竟的，首先應該是表現在他創作裏的自我救贖性質。

根據宋澤萊自述(見前衛版作品集序)，大學四年，他即以文學作爲逃避現實的方法，他的小說創作，從《打牛湳村》到《蓬萊誌異》共經歷了三個不同寫作階段，依次爲：一、寫實主義時期，反映他的人間掙扎，想用藝術創作將自己由破毀邊緣拯救出來。二、浪漫主義時期，爲擺脫現實苦悶造成的負擔，於是把自己放逐到美麗而帶有異味的世界中去解救自己。三、自然主義時期，始於了解人的天生限定或宿命，因而自覺地朝向這類題材的發掘和思索。上述他對自己作品的歸類，不論是否符合三種文學流派的性質，有一點可以肯定的是，創作對他來說，是掙扎也是解救，這樣一來，他的作品基本上可以說是自省和探索的結果，是他個人心靈災難的記錄。這情形在他最早的現代主義階段的作品，如收入本集的〈嬰孩〉，有著直接的表現，就是他後來以現實生活爲題材的小說，仍大致維持不變。

相應於自省和探索的內在要求，在表現上，宋澤萊的小說呈現著濃厚的自我對話色彩，他經常以多視點的敍述方式，由不同角度探尋問題的眞象，或者透過人物及事件的平行、對立關係，逐一把訊息和意念展現出來。前者如本集中的〈娘子，回去未曾開墾的那片田〉，後者如〈打牛湳村〉和〈鄉選時的兩個小角色〉。在這些處理方式外，他還嘗試運用中國傳統說書人的聲吻，以詩化了的小標題，像話本小說的回目一樣，把小說的主要意念凝聚起來，或像旁白一樣，插入那擾攘的人間戲劇之中。由於如此，從他的小說世界，我們看到的是包羅萬象的台灣農村圖景，看到三七五減租到土地重劃所帶來的農村生活的結構性變化，看到在包田商的盤剝以及選舉鬧劇下的浮動的農民心理。而在這一切紛擾的現象後面，穿梭往來的是曾經現代主義的宋澤萊，對於生命意義的懷疑與嘲弄，是農村子弟的宋澤萊，輾轉於故鄉的苦難裏的焦慮的、呼吸灼人的氣息。

就是在這基礎上，宋澤萊的小說掙脫了一般鄉土文學的意識局限，突破了那因習慣性的感覺和了解所形成的刻版平面的農村印象。在他的激情的滲透下，被瑣碎雜亂的日常生活活埋了的農村，恢復了詩樣的生機和豐富性，一向與知識分子作家和讀者缺少共同詞彙的農民心理，也在他的語言藝術下，無限生動地活躍了起來。就是鄉野風光，節慶的歡樂，牲口和作物的成長聲音，連同台灣中部平原憂鬱單調的風景，都從被遺忘了的角落，一一重現我們眼前。

也是在這個基礎上，宋澤萊的小說藝術完成了它的生命的第一個次元。從傳奇浪漫的《打牛湳村》，到充滿寓言和怪談的《蓬萊誌異》，而終結於在刼難逃的《廢墟台灣》，一個對他來說，可以是終點，也可以是起點的洪荒世界。

佛經上說：「大慈與一切衆生樂，大悲拔一切衆生苦」。曾經以寬厚的胸懷與台灣的芸芸衆生苦樂相共，更曾經在文學的大千世界自贖贖人的宋澤萊，在經歷了精神和心靈的輪迴之後，想必會在一個更高的次元上，回頭此岸，以見山是山見水是水的慈悲視野，爲台灣文學帶來生機無限的藝術的大苦與大樂。

打牛湳村

——笙仔和貴仔的傳奇

趣事的誕生

一到六月，正是梨仔瓜成熟的季節，天地間浮著一顆赤燄燄的太陽，打牛湳的村子便熱烘烘地一片鬧。

這是每年打牛湳的大季節。早先在農村極不景氣的時候，每期的稻子都有賠錢的。那陣子，青年人都跑到城裏去，大夥兒窩守在打牛湳窮得苦哈哈，但不知道哪個人（據說是莊尾的李鐵道）從別鄉引來了梨仔瓜的種籽，就在多雨的一期與二期稻作的交替期間給種了，發一筆小財。在打牛湳裏，發財是會被嫉妒的，你莫聽到有句諺語說：台灣沒有三年好光景。於是大家搶著種，譁然間，價格便下跌一截，但卻使打牛湳蔚成梨仔瓜的名產地，解救了大家的危急，慢慢地都傳到周圍的十二聯莊去了。

剛進入產季，村子便暗暗蠢動了，伊們在晚上都不安地穿著拖板，坐在大道公廟前的台階上，望著柳樹梢的那片月芽，期待有個好收成。尤其第一期稻作浸過水，發芽穀降到三百塊，許多人都沒賺錢，這一季的梨仔瓜便成了伊們唯一的希望。

但在熱切中，伊們似乎有一種憂愁，因爲打牛湳從沒有運銷制度，每年伊們載運瓜果瘋樣般地在市場上拍賣，受盡瓜販和天候的欺凌，憋了滿肚子的氣。這股氣如今都成了伊們的內傷，一想到就隱隱作痛。

然而在這個緊要的關頭裏，打牛湳卻發生了一件有趣的事。原來，每天天未亮的當兒，從莊頭開始，人們在夢中都聽到碰碰帕啦地一陣響，接著又聽到一陣咔咚咔咚的車輛聲，使路面都起了搖晃，響亮得像銅鑼，大家嚇一跳。據說有幾個人從夢中醒來，還衝到牛棚去，伊們都誤以爲天已大亮，其實這不過三更天吧。後來大家才曉得原來有人駕車去田裏，這個人叫笙仔，姓蕭，是蕭家的大兒子。這樣還不算，另外是在傍晚時，斜陽甫掛在大道公廟破陋的屋瓦上，打牛湳有些殘缺的村廓都蒙在一層光燦中時，小柏油路上便看到一位穿著寬鬆髒襯衫的人在那裏吹口哨，他還穿著一雙破布鞋，雙手插在口袋裏，頭髮糟亂得像牛啃過的稻草。這時他什麼事都不做，只望著人窮瞪眼，偶爾停下來，盯著地上的石頭想半天。大家又嚇一跳，以爲是十二聯莊跑過來的瘋子。從前的瘋子是很舒服的，大約還能享受著大自然的灑脫，他愛到哪個莊去就到哪個莊去，偶爾人家同情他，還會丟幾塊餅乾給他。於是打牛湳的小孩看到這個人便也丟給他幾個糖果，但他一概不理，有時憤怒起來，便要打他們，小孩嚇得都跑了。後來大家才看清，這個人是蕭貴，和蕭笙是兄弟，都是蕭家的寶貝，只是蕭貴這時蓄了黑亂的鬍子，一時間不易辨別罷了。

　　起先大家都被蕭家這兩兄弟弄得愕然，但大家對蕭家總是認識那麼一點點的。以前，蕭家是打牛湳困苦的農家，在早年，你到打牛湳來問首富，他們都會說：三牛。這三牛都是李姓的宗親，以前的打牛湳都是姓李的天下。蕭姓只不過是別地移來的，像一顆寄在稻子下的稗仔。但光復後，政府推動了經濟建設，各方都亟須人才，大家便要來教育伊們的子弟，因爲蕭笙是老大，一塊種田的料子，又趕不上受國民教育，所以沒唸書。老二叫蕭勳，對工業有興趣，去唸水利工程。老三蕭貴對農業有興趣，便去唸高農。現在長大了，唸水利的老二便出國了，據說在美國的紅人州唸書，又在那裏謀生，順便把最小的妹妹帶去嫁給美國人。只見年過一年，蕭笙和蕭貴兄弟二人都成家了，由於伊們的特殊，打牛湳對這二兄弟都是另眼相看的。這個老大笙仔，有一顆大大的頭，像月亮般圓圓的臉，看到人從來是和和藹藹，伊底身體胖碩得像牛一般，頭上披一叢金色細膩的髮，講起話來也是細緻的，最重要的是他很喜歡站著來看他餵養的牲畜，每一次他都要用著和祥的手來撫摸著那幾隻肥大的藍瑞斯。談到養豬，你可以到現階段的農村去，大家都很認眞來養殖的，從出生到賣去，都是細心照顧。現在大半不吃殘飯剩羹，都吃飼料，有一陣子飼料被摻了牛脂，死了很多豬仔。笙仔可慌了，總要泡一點飼料水來品嘗，他認爲死了人可以，死了豬仔是不應該的。每一次伊的豬仔長大了一點點，他肥胖的臉便會浮現一種和藹的笑容，他總想，人生最大的樂事是像那些牲畜罷，有人養著，和和氣氣，身心都坦然無憂，他是把自己用來比較於那些豬仔的，伊不明白，除了舒服和享受外，人活著究竟是要幹什麼。但是打牛湳有一陣子生活是不易的，笙仔的享受願望便始終沒有達成。你莫要光看社區的那些漂亮花草，現在還是有許多人窮得住在竹廬裏像修道的人，他們始終都沒有翻身過咧！蕭笙在那段日子裏也跟著打牛湳吃著簡陋的飯。但伊底吃住雖沒改善，可是伊底人生觀也沒有改變，生活雖不和煦，但對事對人可是永遠和煦的。他若與人談話，不管怎麼樣，打從心底都要浮起快活的微笑，他的微笑憨直，可以說是迷人的吧，和他談話的人也都高興。爲此，和他在一起是一樁樂事，不管是做什麼，只要遇上他就一定是有趣的。就比如說有一次放田水，上游的人把水堵死了，只留一絲絲給他，伊沒有絲毫的怨言，只把那一點點的水堵起來，點點滴滴灌溉到自己的水田去，但下游的人便跑過來，要伊把水讓出來，伊也毫無異議，那人在搶水的怒氣中還罵他一句：幹你娘！但伊用和煦的微笑來回敬他。兩人便哈哈地笑起來，最後他的秧苗慢捶了幾天，但他還是笑微微的。打牛湳便說蕭笙實在很「古意」，所謂「古意」是說這個人的確是好好先生，不過卻是「沒路用」的人。蕭笙便這樣贏得大家的好感，在打牛湳建立起良善和煦的名譽。

但是簫貴可不是這樣，貴仔是瘦楞楞的一塊排骨，走起路來像風中搖擺的莠草，伊有張削瘦的臉龐和高高的顴骨，一雙像飛進沙子的澀苦的賊眼，雖然是面貌不揚，但以前在唸農校時伊可是懷著志向的。他愛種柑桔，畢業後回家就要發明新品種，厝前厝後種滿了綠桔樹，但大約沒有成功，都變成枯乾的瘦樹枝。伊也有一種怪脾氣，伊對什麼都不滿，總認爲這世界從來不會好起來，因爲這世界和柑桔的世界是一樣的，要接上強勁的根幹才會生出結實的果子，伊不能容忍敷衍和愚昧，平日他都是憂鬱的，常要在村路上大聲地喊著：唉！黑暗的打牛湳。打牛湳聽了都很不高興，他的妻子常常在昏黃的破灶邊指著他道：「你這死人，便只會唉聲歎氣，不會踏實來做事。」但伊的妻子看看破門檻又罵不下去。打牛湳的人也想教訓他，但找不到理由，因爲有好長的一、二十年光景，打牛湳始終在貧困中過活，就好比愛喝高粱酒的父親都沒理由來禁戒他的兒子喝米酒。但打牛湳又不高興，貴仔的憂鬱總是煽起他們的悲哀來，伊們不願人家來掀底牌，好像是一個君子總不願人家拆穿伊穿著破洞的內褲的事實。所以打牛湳都極力來反對他，伊的立場便被孤立了。而他的憂鬱便由於孤獨而日深一日了。但是，貴仔可從來沒有偷懶過，某方面還是挺精明的，有一陣子，他果然很憤怒起來，便要用廢耕來表示伊的抗議，擱了田地，跑到城裏去謀生，據說先在一家餐館拉皮條，剛開始果然賺了一筆錢，很贏得窟守在打牛湳的鄉親底崇敬。那陣子，打牛湳都告誡伊們的子弟，不要耕田，只要上餐館，但不久，貴仔的憂鬱症又發作了，因爲城底的罪惡和游離使他很不安，伊又想到一株株立地不動的柑桔。一次在不小心中，遭到警察的取締，被關了幾個禮拜，便又跑回來種田。但伊卻始終沒有忘卻要來圖存，有一陣子國民中學興起了作物栽培的一門課，全國都缺了師資，貴仔憑著唸高農的學識去赴考，竟然考上了，受了幾個月的集訓，便分發到十二聯莊和打牛湳共有的一所國中去。伊起先教得很認眞，常常拿起鋤頭和學生去墾殖校園後那片塚仔地，還種了綠桔，學生受伊敎化，都不叫他的課程爲「作物栽培」，而稱做「掘墓仔課」，貴仔的名字也被換成「掘墓仔」，但伊還是勤勞異常。不久，伊憂鬱的眼珠便瞧見了教育界的黑暗，因爲現在的教育像一個籠子和迷宮，養了一大批白老鼠，只教老鼠走迷宮，和現實脫節了，比如伊們明明知道農鄉的窮困，卻硬要用言詞來美化它，明明知道需要培養農業人員，卻忽視作物栽培。貴仔便憤怒地在校務會議上大罵教育制度，據說還要來糾正福爾摩莎的政治路線，結果被警察叫到分局去問口供。校長沒敢再聘他，所以伊又跑回來耕田，伊是這樣悲劇和憂鬱底人，像一把沾著衰運的油漆刷子，打牛湳怕被染上了，都遠離他。在飯後大家偶然興起便以他爲題材，一一數點他造出來的笑話。據一位消息人士透露，貴仔在警局的紀錄是夠瞧的，包含不健全、誣告、煽動、詐欺、妨害善良風俗等等，大約已經集打牛湳有史以來罪惡的大成，是打牛湳的芒刺。

對蕭家這兩個兒子，他們的注意力也曾被沖淡一陣子，因爲近日報紙電視大肆報導農業單位要來造福農村的消息，伊們都鵠立地期待著。但如今屆臨梨仔瓜收成時，伊們兄弟的舉止太特殊了，大家看在眼裏，說在嘴裏，慢慢都聒噪起來，在大道公廟的柳樹下常聚著人們在那裏竊笑，笑得興起時，總有人會學著笙仔的養豬動作，咿咿地做出豬叫的聲音，另有些人也會把頭低著，背起手來踱步，叫著：「幹！黑暗的打牛湳！」然後便叫鬧成一團。從這些舉動中便可以看出笙仔和貴仔的受人注目，據發言人士的推算，伊們受注目的原因大約有下列幾點：

①伊們的家是全打牛湳最特異的，有留美的兄弟和妹子，卻也有笙子和貴仔這兩個奇異的傢伙。這是好奇的因素。

②伊們兄弟是全村子遭水患最厲害的人家之一，發芽穀都沒人要，現在只靠這一季的梨仔瓜來決定生活，想來眞可憐。這是同情的因素。

③伊們都無時無刻在揭發打牛湳的瘡病，尤其是貴仔的瘋樣使他們手足無措。這是痛恨的因素。

④至於尙有其他引人注意的因素大約是不能確定的，好比有些人對貴仔那叢頭髮和

那雙破鞋感到有趣，另外有些人則是喜歡去欺侮笙仔，伊們甚至都像布袋戲般地來看他們。

但是，莫管你怎樣來看，伊們將要帶給打牛湳更多的趣事是沒有問題的。

大戰包田喬

天剛亮，白光探出東天那片寂寂的黯藍，嘎嘎的禽畜聲響動在貴仔底庭院，白羅曼鵝子都伸出牠們長長的頸子，歇斯底里地奔竄著，雞子棲在那叢永不成熟的柑桔樹上乾啼著。

咔啦咔啦地幾聲，貴仔的妻子玉鳳嫂從煙蓬蓬的厨灶邊飛奔出來，伊急速地拿了大籮筐、稻草、扁擔，嘩嘩地放在手拉車上，車裏堆著肥料。伊又折返厨房，把便當、開水放在提袋上，拿一個亂糟糟的笠子在牆上狠命地撲打著，打了一陣，笠子更破，她生氣地朝著厨前的乾柴堆叫著：「貴仔，貴仔，醒來呀！」貴仔慢騰騰地爬坐在柴堆了，他摸摸乾硬的黑鬍髭，倒頭便又想睡，伊的妻子便又叫：「貴仔！」他的妻子是有些氣怒他的，昨夜他回來，飯也不吃，只像這個破笠子，永遠都是提不起勁的樣子，玉鳳嫂氣起來便罵他：「都是一條沒有筋骨的懶蟲。」貴仔沒說話，脚也不洗，倒頭就睡在牀上，她氣起來半夜裏把他抬到柴堆去。然而，她始終沒有弄清楚昨夜貴仔沒洗脚的原因，在打牛湳裏每個人都曉得，貴仔雖然惹人厭，從來就與打手湳的一草一木爲敵，但是他是十分聽妻子的話的，這好比是一個愛和人吵架的孩子，日夜都和友伴鬧意見，但只要見到母親便好了。固然貴仔是不把妻子當母親看的，但他封閉的心靈要人去品嘗，而能夠無端來容忍他的錯誤的便只有他的妻子，不過有關昨日發生的事，他也沒有告訴他的妻子。

這件事發生在昨日大道公廟場上，原來，夕陽掛在天邊時，貴仔做完工照例來到廟園的破牆邊沉思，他踱著步，偶爾像破唱片般斷續地哼著流行歌，在那刻，他愈發覺得打牛湳的黑暗了，憂鬱啃著他底心，伊深陷在第一期稻作的挫傷中，愈來愈不可自拔，伊以爲梨仔瓜也是救不了急的，改善必須從根做起，而這差不多是無望的。

踱著，踱著，伊便發現大道公廟近日都革新了，比如說，唸經時改用唱片了，還裝了擴音器，初一、十五便把電唱機放得震天價響，燒香的人一進入廟宇就感到耳朵被震聾了，桌上放的全是塑膠花和塑膠水果，貴仔從前就表示過不滿，要廟裏的主任委員把廟宇拆了。但主任委員只是對他憐憫地笑一笑，好像還說一句話：「看看你那一身破襯衫吧。」便把一口紅色的檳榔汁吐在伊的脚前來。貴仔對這樣的回報很悲傷，他的悲傷是從伊黑暗的心發出來的，他以爲打牛湳這批舊頭腦的老骨頭愈發老番顚，活到七老八老，連最後的信仰都變質了，變得不三不四了，都是時代的渣滓，任時代在淘汰他們。

伊底悲傷太強烈了，又無地發洩，所以只好把它又送回崎嶇不平的黑暗內心中，使它和黑暗的打牛湳一起腐朽……他走到廟前，沉思起這件事，一顆頭使勁地往地上一搗，最後覺得無聊，看到一隻細脚蜂在廟楣上的雕刻花飾築巢，他便跳到廟前那隻母石獅的背上，坐下來看著。這時對峙著廟門那邊有一個涼亭，涼亭邊那顆柳樹透著斜陽，在荒寂中生出一種美麗來，一些打牛湳的人總和伊們的孩子到這裏來歇脚，有些餵著飯，有些下著棋，而那羣小孩子此時都把頭伸出來和貴仔竊笑著。便在那刻有一羣騎摩托車的人停在柳樹邊，他們很認眞地比手劃脚，說得很急切，偶爾悲壯地抬起胸，偶爾愉快地跳起脚，但打牛湳的人臉色憂喜參半，好像有些人還學著貴仔憂鬱的模樣，背起手、踱著步。貴仔起先是輕視著這件事的，一向打牛湳就做著愚蠢的事，比如說好幾年前，打牛湳流行種洋菇，那陣子可以銷到歐洲市場去，價格好到極點，大家都沒頭沒腦地來談洋菇底事，吃飯也談、睡覺也談、做夢也談，柳樹下、稻稈堆、豬舍裏，牛棚旁……可以說無時不談、無地不談，然後洋菇都變成了黃金，大家爭相種植，屋前屋後，日裏夜裏……無處不搭上洋菇寮。那次貴仔也瘋進去，把一個茅厠拆來搭寮子，伊們又到處張揚，使整個鄉城都震動了，大家覺得發大財是鐵定的，有些人便計議要使打牛湳變成「香菇王國」，還有些人計議要私底下用船把香菇運到歐洲去，聽說近代的歐洲是美妙的地方，他們底人住在高高的樓閣，不用到外面來就有飯吃，還有，電視上報導的歐洲人都很漂亮……但談歸談，後來洋菇就沒人要了，至於爲什麼沒人要，打牛湳沒有一個人知道它底眞正的原因。打牛湳都是這麼愚昧，貴仔自然是不屑和他們同流合污，於是剛開始他來和柳樹的涼亭是保持著一段距離的，他不很頂眞地用著鄙夷的眼神來瞧著，而且用左手來摀著左耳，表示他堅決地來抗拒著。但柳樹叢那邊彷彿愈說愈起勁了，有些人還用脚來站在欄杆上，說得不過癮，還用脚來比劃，並且有許多人都朝他這裏望，這可使他不安起來了，究竟這是一件啥事情，彷彿很要緊似的，你莫看到李來三一直和騎摩托車的人討論著，指頭伸出來又折進去，都快給折斷了，他心動起來，便從石獅子上跳下，但想一想，無端地和打牛湳底人混在一起是違背他的原則的，他和打牛湳的感情已經冰凍了，結成不能溶解的晶體了，走過去未免太唐突，後來他終於想到一個辦法，便裝著若無其事，把斗笠給拆了，踢起石頭，吹起口哨，來到柳樹邊，裝著要折柳條來補斗笠，他把破襯衫底袖子捲起來，拍拍屁股，選一個樹叉，半掩在葉中傾聽著。

「我來與你打賭！」一個穿黃格子襯衫的人很健旺地和李來三談話，臉上的痣毛在黃昏中還閃閃發亮，他說：「若是今年的市價可以賣到每斤三塊錢，我付你雙倍價，若賣不到，你只要請我一頓飯。」

「不是這個問題啦。」李來三低下聲來，和顏悅色說著：「你就是給我三倍五倍的價，我也富裕不起來，我只是爭個公道，你想，三分地包給你八千塊，成本都收不回來。」

「這就是我們的苦衷了。」另一個花襯衫也踏步上來，他擠到涼亭的台階上，像演七俠五義的展昭，以指代劍指著李來三說：「我們也想給你們多些價格，但做不到啦，你算算七月的季節，全省出了多少水果？」

「多少？」涼亭下的打牛湳都問。

「員林的葡萄、高屏的鳳梨、西螺的西瓜、各處的龍眼……」展昭繼續以指代劍說：「幾幾乎都是一起出籠的，打牛湳的梨仔瓜如何也好不起來。」

「嘔！」打牛湳都把舌頭伸出來，眼睛像銅鈴。

貴仔一聽便曉得這幾個人是商販，中盤的，他們組成了採收集團，每當梨仔瓜季時，他們下到鄉底下來，包攬大批的田地，打牛湳有些人害怕著賣瓜果，便乾脆把田包給他們，橫豎這些商人自備卡車，在北市又有商行，他們運送很方便，但他們都是有經驗的商人，總會抓住打牛湳的人心理，所以大力地殺價下，損失的都是打牛湳這羣老骨頭。貴仔看在眼裏，什麼也不說，反正總會有人吃虧的，這些憨人，就是財產全被侵佔了，也還不知道什麼原因，他就坐在那裏，一面用黑暗的心來感覺打牛湳的可憐；另一面，也忽然煩憂起自己的梨仔瓜來，望著手中的破斗笠，他的心頭像放了一顆大石頭似的。

正看著，只見涼亭下的人又起一陣哄鬧。展昭大聲地叫著說：「還有一件事我們也要來提醒你們的，今日打牛湳的梨仔瓜也不如往日利市了。」

「對，我不騙你。」長痣毛的人也雄壯起來說：「我們就實話實講，於今種植梨仔瓜的地方很多了。」

「是的。」展昭立刻接上嘴：「不過，反正我們今天是來包田的，如果各位老弟兄沒把握，或者想少賺一些，就不妨包給我們算了，少去採收工，又免得像牛像羊一般地拉到市場去。」

「好。」李來三好像下定十二萬分的決心似的，大約前年的困頓使他大大起了戒心，於是便要來把自己豁出去，他說：「我同意包給你們，但先講好，講好了再慢慢來。」

「你講。」展昭把指頭指在李來三的頭額上。

「你今天看過我的梨仔瓜田，對不對？」

「對。」展昭說。

「現在正患些蟲害，肥料也不足。田包回去後，我一概不管，並且你要先付五成的現金。」

「同意。我們先付四千塊。」展昭說：「今晚我們去你家結算。」

他們又說了一些細節，便答應成交。貴仔很為這件事苦惱起來，五成四千塊，現在的四千塊有多少？都不及一個城裏小孩子一個月的工錢。幹，伊娘，做牛做馬，風吹雨打，屆時賺這些連本都算進去的四千元，什麼意思！貴仔黑暗的心像發情期的少女的心潮盪漾澎湃。

「各位鄉親，」長痣毛的人又站起來，說：「還有沒有人願意包給我們的？」

「……」打牛湳人都舉棋不定地相互觀望。

「有沒有？」長痣毛的人說。

「我們也想包給人家。」李樹丁不好意思地說：「但又怕吃虧。」

「絕不會吃虧。」展昭很正義地說：「一定有人的，譬如，有一些人自覺到種梨仔瓜沒有意思，還會引起他的憂愁的，這種人乾脆把田來交給我們辦理。」

「憂愁!?」貴仔一聽到這兩個字，心頭猛震動一下，他又看到打牛湳嘀嘀咕咕地叫起來。

「誰憂愁？」李樹丁憨直地又笑起來，他大約是想不通什麼叫憂愁。

「反正是不快樂，憂頭結面的就對。他對收成一定感到苦惱。」

「誰？」打牛湳又爭相鷹覷鶻望起來。

「他！」一個小孩子忽然叫起來，指著躲在柳樹邊的貴仔。

打牛湳把臉轉過來，看到貴仔，譁然地笑起來。

貴仔嚇一跳，本來想走開，但已經來不及。

「他？」展昭像電子反應一般地迅捷，馬上望向這邊：「他嗎？他要把田包給我們？」

「是的。」小孩說：「他最憂愁了。」

「哦，哦。」展昭說：「很好，很好。」

說著，就走過來。

貴仔一看到很多人走來了，心一慌，便吹起口哨，但試幾個音都吹不出來，只好站起來，裝成若無其事。

「我在修斗笠。」他自言自語，搖著嘩嘩響的破笠子。

「你有梨仔瓜田？」長痣毛的人走過來便說：「要包給我們吧？」

「包什麼？」他裝著不知道，佝著身子。

「梨仔瓜田。」展昭斬釘截鐵地問：「多少？」

「什麼多少？」貴仔又裝一次，說：「我不知道。」

「你的田怎樣？」長痣毛的人看他猶豫不定，一副頹喪的樣子，便親唬唬地跳過來，要遞菸給他。

「我不抽菸！」貴仔回絕他，但又怕回絕只是表示與打牛湳一樣的保守愚昧，所以又裝出鄙夷的神采來。

「他的田比李來三好。」李樹丁大聲地說：「但好不了多少，成天在路上走，不專心耕種，怎麼會好？」

打牛湳的人都笑了。

「我們絕對是公正的，若比李來三好，我們一定加價。」長痣毛的人說。

「明早，我們去你的田裏實際看一次。」展昭下結論說。

「但我不太想包給你們。」貴仔說著，忽然便從黑暗的心湧起一種敗北、撕裂的恥辱，這恥辱是源自於有人拿他與李來三相比。對於打牛湳，貴仔是徹頭徹尾地絕望的，他怎能和李來三並列在一起，這種恥辱再經黑暗的心，終於使他對商販厭煩起來。他忽然跳起來說：「你們都這麼容易就騙了打牛湳，他們原都是愚蠢的人類，像一些土番鴨，你們騙得，但連我也要騙嗎？我豈是好騙的嗎？」

貴仔激動起來了，便恢復了往常的模樣，雙手背著，兩隻脚走來走去，還盯著長痣毛的臉上那兩根痣毛瞧半天，長痣毛的人嚇一跳。

「對的，你不是簡單的。」展昭一看貴仔有些來頭，便也笑起來：「所以明日在你田裏談吧。」

「你們來吧！我是不怕你們的。」貴仔大聲地叫起來：「我不怕你的，我蕭貴啊……蕭貴啊！」

他的頭用力搗了兩下，就走了。

打牛湳的人便又陷在一片談價的囂鬧中。

這便是蕭貴昨晚發生的事，他是有主見和企劃的人，不肯受那些商人來擺布，他還有個生氣的理由就是打牛湳的人竟以爲他是很厭煩種梨仔瓜的人，何況又把他比擬成像李來三那般沒有價格。但在另一方面他又想起，商人的話不全然沒道理，說不定今年的價格眞要下跌，屆時沒收成就慘了。想著，一時間亂了方寸，所以回家不洗脚就睡了，反正今早商人也是要來的，屆時伊的妻子就會曉得。

幾經妻子的督促，貴仔才把臉洗好，因爲昨晚沒洗過，今早就洗出一盆泥土來，他踏著東歪西倒的步子走到手推車時，東天已浮一道金燦的光芒，大地看起來要甦醒了。他勒緊褲帶，把繩子套在肩上，吩咐妻子在後面推著，咔啦咔啦地便往田底去了。

在今日的打牛湳裏，機器還是沒有完全普遍，你莫看到那一輛久保田就要一、二十萬，像富有的李鐵道都是硬著頭皮去買的，田少的、窮一些的，就是當了內褲也湊不出這個價錢，但在這種奇異底時期，牛隻逐漸少了，牛車都沒有人使用了。貴仔和笙仔本來也各自豢一隻牛，但後來貴仔嫌牠又吃又睡，便賣去殺了，如今有一些要用力的就雇久保田，其餘的便自己來拉。昨晚他糊里糊塗睡一晚，現在沒精打彩，都是他賢慧的妻子拚命在後頭推，她看丈夫有氣無力，就斥責著：

「你只會閒著無聊胡思亂想，身體也不顧了，飯也不吃，你就不會回過頭來，把心用在工作上。」

「我怎麼了？」貴仔被罵得有些不甘心，他實在不是胡思亂想，只是窮困吧，但又想不起來要怎麼來安慰妻子，伊們實在是貧賤夫妻，爲了表示即使他不吃飯也是還有力的，他只好用力拉起來，一面說：「阿鳳，你不了解啊，你不了解。」

「什麼我不了解？」好似生悶氣似的，伊底妻子忽然便大聲起來：「我比你自己知道得更清楚。你總想當名人對不對，不願來做俗人，別人能做的你就不做，故意抵抗別人，到頭來你得到什麼？你成了名啦！你是偉大的人啦！」

她一邊說著，一邊把手歇了，不幫他推車子，貴仔一時間便重重地感到吃力了，但他還是竭力來抗辯，呼號著：「冤枉啊！冤枉啊！」

走著拉著，他們就望見自己那片田，蒙在一層清晨的煙靄裏，捲鬚的瓜藤都伸到空中來迎迓旭日，上工的人都佝僂在那裏，貴仔這塊田是屬於十二聯莊的範圍，以前伊和笙仔分家時分到的，這地方人家稱爲刺仔圍，顧名思義，以前是有許多荊棘的，但經過開墾又土地重劃，便成爲好田了，貴仔把車掀翻在一叢觀音竹裏，拿稻草蓋起來，挑起肥料。

商人便等在他的田頭那叢柑桔樹下，這些柑桔也枯乾得像薪柴。今天看來他們是有準備的，騎著的幾輛機車都停在那裏，鄰近的耕友也都聚在那裏，吱吱喳喳地譪起嘴。貴仔想，好歹今日伊們是要來看我的田的，好比是做先鋒的，若是價格好，鄰近的價格自然是不低的，伊一向便輕視所有種地的老骨頭，今日逮到好機會，定然要好好來開價，為愚昧的打牛湳樹立一個榜樣，想著，伊走路的姿勢便更搖晃了。彷若和玉鳳結婚當新郎時伊樣。

長痣毛的人一見到貴仔，便在遠端打招呼，大約貴仔昨日強硬的語氣使他們有所警覺，不敢再盛氣凌人，果然長痣毛的人笑得藹藹然的，踏著他的三耳步鞋，便要過來請檳榔。

「謝謝。」貴仔不客氣地便接過。

「我們看很久了。」長痣毛的人說：「很好，枝葉健旺，又沒蟲害，比李來三的好多了。」

「就是。」貴仔點點頭，伊是有這一起碼的自信的，他快樂了一秒鐘，是有生以來忘掉憂鬱的唯一一秒鐘。

「但是，」展昭也來了，這時他忽然站出來：「但是，別人的也不錯。」

「你隔壁的那塊田比你好。」長痣毛的人更殷勤地說，好像唯恐這句話會傷害了貴仔，他說：「至少要比你多收兩成，你說對不對？」

貴仔先是一楞，猜不透他們在搞什麼名堂，還問他對不對，一時間他忘了答話。

「對不對？」長痣毛的人向著圍觀的左右耕友們說：「你們說句公道話。」

「對。」大家都說。

「剛才那塊田的阿吉桑說三分地只要七千塊就可以包給我們。」展昭說：「所以我們也想用七千塊來包你的。」

「七千塊？」貴仔又愣一下地說：「頭仔，你吃了瘋藥了，你們昨天說還可以加價咧。」

「那只是估計的。」展昭立即回答：「現在那塊好的才只七千塊，大家都看到了。」

貴仔終於不愣了，他已摸清怎麼回事，原來長痣毛的這批包商說話不算話，今天的價不同於昨天的價，自然一分鐘以前的價不同於一分鐘以後的價，貴仔有些慌了，但他的慌張又誘使他黑暗底心澎湃起來。

「頭仔，不要昧著良心來說話，昨天在柳樹下大家也聽到，比李來三好的可以加價。」

「唉，蕭老弟！」長痣毛的說：「做生意是兩廂情願的，若我們願意的話，一萬塊也可以包下來。」

「正是。」展昭又接腔，以指代劍的指頭在空中亂舞，他說：「最多七千五。」

「什麼話？」貴仔終於因爲黑暗底心而萌發了怒氣，伊說：「我比李來三的好，價格卻比他差。你們莫要來欺騙我吧，你們只會欺侮人吧。」

「蕭先生，你要諒解。」展昭說。

「諒解什麼，我豈是好欺詐的，幹伊老母，我蕭某是憨人嗎？」

貴仔終於憤怒起來了，他大步踏到田裏去，嘩嘩地撥開葉子，東抓西摘地抱了一大堆梨仔瓜上來。

「你吃吃看，幹伊老母，只包七千五，我都寧願放火燒掉，這種黑暗的無天無良底世界。」貴仔叫著，便用力砸破一個，把水漉漉的瓜果舉到展昭的臉上，展昭嚇一跳，便要走開，但臉上被塗得一片黏膩。

「你幹什麼？」展昭叫起來，伊沒想到打牛湳還有這樣兇狠的人，一時便招架不住。

「你也給我吃！」他對長痣毛的說：「這樣的梨仔瓜你好意思包七千塊。」

「不要亂來，蕭先生，我們是生意人。」

「你是生意人，幹伊娘，沒良心的那種生意人！」

蕭貴很生氣了，伊一跳，便落到草叢去，拿出一把鋤頭，把鐵片拆了，顫巍巍地舉著要來打長痣毛的。

打牛湳和十二聯莊的耕友一看要惹禍，便圍過來。

「蕭貴要殺人了，蕭貴要殺人了。」

伊們大聲地呼叫起來。

瓜仔市風雲

在打牛湳和十二聯莊的外邊，大約靠近農會的倉庫，有一個崙仔頂鄉城的瓜果市場。這個瓜果市場可以代表一切福爾摩莎目前的農鄉市場。

它本來是農會的秤量場，鐵皮的頂架搭蓋得高高的，水泥地面總是留著一些洞和髒亂的稻草。在冬季沒有人用這個市場，崙仔頂的人就用來堆堆肥，很多羊兒都繫在這裏來吃窟窿裏的野草。

在春季，就看出它底功用了，打牛湳和十二聯莊的人都到這裏來集散他們的蔬菜、豆子、油菜、小白菜、青葱、大蒜……全運到齊了，秤子被搬出來，許多北部的貨車都聚會在這處。目前談到蔬菜的運銷，就可以知道我們民主政治的偉大，現階段有許多吃菜的城裏人老覺得我們的菜價太高，若一逢水患或風災，只要你去市場，準會是小白菜一斤二十塊，大葱兩根五塊錢，即使是沒有風災沒有水患，平常有什麼風吹草動，菜價也會像溫度計碰到熱水一般，直線上升，吃菜的人都不敢吃了，寧願去吃肉。但你到崙仔頂來看，幾乎每個農民都苦歎著菜價的低廉，有時沒人要的整片菜地，伊們都願意用耕耘機把它毀掉，只爲了實在賣不到幾分錢而又麻煩透頂。上面也知道這件事，但從來沒空來管這種芝麻大小的小事。所以春季一到，打牛湳和十二聯莊的人便在這裏受氣了，伊們總想，這個鐵皮的市場實在是個刑場，要來折磨伊們憂患的心，所以總結來說，春天的菜市場是壓抑著心懷的，好比一個生悶氣的小孩。

一到夏季，這個市場又換了一張面孔，全都是梨仔瓜的天下了。早晨太陽還沒有攀過東天那羣山巒時，碰碰響的拖拉車便佔領了市場的每個角落，隨著陽光的爬升，拖拉車便溢出了市場，佔據了道路的兩旁，等到炎熱的陽光把路旁的粿仔樹曬得枝葉軟垂時，路面也站滿了人，最後還迤邐地排了一兩公里。路面阻塞了，客運都被擋住了，遇到好的司機便轉繞了道路，由別莊行過去，碰到不諒解的司機便把喇叭按得通天價響，聽不慣的打牛湳和十二聯莊的人便要用「駛你娘」的話來罵司機，還要拖下來揍。除了赤著污泥的雙脚的農民外，到這裏來的大約還有四種人：第一是農會派來的職員，伊們都拿著算盤，守在秤子旁，凡是想賣梨仔瓜的人都要經過他們的秤量，在秤量時他們便要收「秤費」，來充當農會的額外收入，好比你到我的地盤來，非收你的買路錢不可。當然他們從來不會覺得自己是強人，因爲他都是正正當當來服務的，穿著整齊的衣服，會一手的速算，遇到農民賣一個好價格時，伊們還會仰起頭來：「阿吉桑今天眞運氣。」當然，當然，他們的秤費是取之於阿吉桑的。第二是商人——瓜果運銷商，伊們普通都持有城裏菜市場（比如，中央菜市場）的市場證，伊們都穿花衣裳，戴著運動帽，穿著萬里鞋，口裏嚼著檳榔，大半都有一顆凸出的肚皮。他們走過一載載等著來讓他門叫價的梨仔瓜車時，爲了表明每一載都應該不値錢，所以都用鄙夷的眼光來看著，然後走著、走著，突然間停下來，偏著頭，把一口檳榔吐在地上，故意從口袋掏出一疊估價單和一支原子筆，然後問：「多少？」被問的農民說一個價。「太高！」伊們劈頭便說，然後走開，要走時還不忘露出鄙薄的神色，伊們彷彿在說：「憨人！今天你若不賣給我們，就只好把梨仔瓜拖回去餵豬。」據實際的來觀察，這些商人實在不宜稱爲「菜蟲」或「果蠅」，伊們更像一隻精巧的牛蜂，知道哪一隻牛的肉比較香，哪一地方是多血質，還可以從這隻牛的眼睛瞧出他是笨牛，怒氣的牛或乖巧的牛，必要時還可以從牛角上叮出一口很好的血來。他們來到崙仔頂的市場，佔了一塊地方，或在人家的屋簷下，或在粿仔樹下，或在馬路邊搭個寮子，寮子外停著貨車，貨車裏跳出幾個裝箱的工人來，便開始一連串的收購行動。他們總是來去匆匆，今早到崙仔頂這個鄉村來，晚上便到了台北市，自然他們可以在這裏以每斤兩塊錢的價格買來，而以每斤三元的價格賣給中央市場，自然，中央市場又可以每斤四元賣給商店，商店便可以用五元賣給顧客。第三是賣冰淇淋和賣麵的小生意人，他們都推著攤子，一面賣著一面流汗，但伊們笑呵呵，在大熱天裏，他們的生意是利市的。第四便是警察，他們是要來維持秩序的，因爲整個市場亂烘烘的，來到這裏的人，不管你是有修養的、沒有修養的、拐腿或缺手的，橫豎都非沾上幾分搶奪的煞氣不可。警察們便要來發揮他們鎮暴的才能，伊們的頸子都掛一顆哨子，還需要把警棍拿在手上，自然警棍非給擦得光亮不可，他們看到阻擋在路上的梨仔瓜車便要來請他推到一旁去，遇到糾紛也要來排解，但人實在太多了，伊們只好搖頭，有的是只擎著警棍，站在路口，在那裏發呆了老半天。

大致上，瓜仔市場是繁囂而充滿慾念的，凡是到這裏來的人，都好像沉到水底去，看不見什麼，聽到的只是盈耳的聲音，呼吸和心跳都變得困難起來了。

今日的陽光彷彿是故意和瓜仔市場作對似的，攀上了路邊那三、兩棵巨大的粿葉樹的頂端，便開始赤猛起來，照在瓜仔市四周亂糟糟的屋頂上，馬路的柏油騰蒸著一陣陣的熱氣，赤脚的人都趕快把布袋或稻草鋪在地上踏著，他們縮著頸子，頭殼都拚命想往斗笠裏去躲藏。但他們心裏都高興，因爲唯有好天氣，他們的梨仔瓜才會賣到好價格。今天大約是開市的五天後，價格升到一斤三塊錢，好極了的一個價錢。

蕭笙很早就來到菜市場了，照我們前面的敍述，蕭笙總是在打牛湳的人未醒時就跑到田裏去，所以半夜時就把瓜果摘好運到這裏來。自然，他停放的位置不會是在一兩公里遠的馬路上，而是停靠在秤子附近，商人都在這裏，佔盡了地利人和。蕭笙的載運梨仔瓜方式和蕭貴是不一樣的，蕭笙有一輛一百CC的鈴木機車，便把它當牛用，將手推車的柄子繫在後頭的貨架上，人騎上去，叫他多嘴的妻子坐在上面，便歪歪斜斜地衝著馬路來，彷彿二次大戰影集裏希特勒的摩托車部隊。從打牛湳到崙仔頂的路途還算不短，現在都鋪了柏油，除了破洞外，大致還暢通無阻，路的兩旁都是稻田和漂滿浮萍的溝渠，還有幾處的公墓。蕭笙有一次撞車和兩次跌倒的紀錄，但無大礙，只有一次他跌到公墓的洞裏去，一時間梨仔瓜散了整個墓地，伊爬起來，便看到口袋裏塞了兩支肋骨，爲此他不高興了很久。他一直懷疑一定有人把骨頭放在他口袋，聞一聞渾身的墳墓味後，突然想到鬼，但不高興只是短暫的，隔陣子，他又和藹溫煦起來，並且路過公墓時，還向著墓碑微笑著。

笙仔把手推車的肥料袋子掀開了，經過幾次洗刷的梨仔瓜黃橙橙的，溫煦和平的。他便盤起腿，坐在車沿上，拿起斗笠不停地搧著，伊肥胖的身子微微地搖晃，像受了母親溫慈所感召的兒童一般，無端地嘻笑起來，他的妻子在旁邊和一大堆的洗衣女伴嘀嘀嗒嗒地聊上了。若談起笙仔的妻子，在打牛湳是有名的，因爲在近代的打牛湳大約還找不出這樣擅於生育的女子，她好像一年到頭都在生育，七年前和笙仔結婚，現在已經五男一女了。

馬路邊開始有人熙攘起來了，原來一輛遊覽車撞翻了一載梨仔瓜，那個農友便叉開手來站在車前來擋住，一面朝玻璃裏的司機咒著三字經，還要他來賠償，車就像一隻游不開淺水的大肚魚，警察開始揮動警棍，哨聲像一支射人的箭，擋住路的人都要把車移到一邊去，但又被旁的車來擋住了，旁邊的人又要移開，於是整個的馬路都扭動起來。

遊覽車上坐的人彷彿都是紳士小姐們，伊們的頭都伸出窗來，都要來購買零賣的梨仔瓜，於是打牛湳和十二聯莊的人都拚命想搶到窗口去，一時間秩序大亂。

這時瓜仔市的擴音器便喊叫起來了：

親愛的農友，親愛的農友，請大家要讓路，不要妨礙交通，要遵守公共秩序……

笙仔看得很愉快，他是最喜愛一大羣一大羣的人了，他也喜歡熱鬧，從來不爲人多而心煩。比如，他不以爲六個孩子教人心煩，他用方向來命名，老大蕭東，老二蕭西，老三蕭南……等等，若米吃光了，他的妻子吩咐他去借，他總還是笑藹藹地立起肥胖的身子，用溫吞的步子來到別人的門口邊：「向你借斗米啦。」他說話從來都是微笑的。別人也知道他有借有還，便從不曾爲難他，他也很高興能用借米的機會來和大家聯絡感情，重要的是他對人實在感到興趣極了。

他坐著，看得津津有味，善良和煦的心像春潮一樣，漲滿了情趣，一滴汗不經意地流到他的前額，鹹鹹溼溼地掉在他的眼底。他用手揉揉眼睛，便在模糊的視野中，看到空中和電線上的一羣厝鳥，他們都優閒地在那裏翻飛跳躍，笙仔不禁想到他一向的宿願，在他老時，那時他的髮白了，走路拿著拐杖，他的小孩長大了，他一定要在自己空曠的田地裏蓋一幢大豬舍，養一大羣藍瑞斯，他要坐在籐椅上，喝著兒媳們泡好的茶，然後望著四邊的田野，望著豬舍、天空、厝鳥，呼吸著帶有糞香的空氣，然後沉沉睡去……

睡去……

「喂！多少賣給我？」

忽然他手肘被碰一下，睜開眼睛，才看到一個瓜販喚著他。哈！睡了一會兒！他尷尬地笑起來。

太陽都升到十點鐘的位置了。

「嗯嗯。」他溫吞地伸一伸筋骨，咚一聲跳下來，地都震動了。

「等得不耐煩，是不是，天都熱起來了。」瓜販故意指著太陽，又俯身下去，翻攪起伊的梨仔瓜。

笙仔一見商販來了，便振作起他的精神，他雖很和煦，但商人可是很聰明的，不小心就要吃虧，笙仔想起前幾天上當的事實。

原來開市的第二天，大家一時間都還猜不透瓜仔販的心，因爲彼此都不熟識，那天太陽也是赤烈，到十點多販仔才開始購買，剛採在季頭的梨仔瓜都很漂亮，笙仔就準備賣一個好價錢。剛開始，一個販仔走到跟前來，也不看看笙仔這批貨，便說：「你的梨仔瓜不好，只賣兩塊五。」

笙仔和他的妻子都嚇一跳，不知道他是什麼意思，當時大家都賣得很囂鬧，隱隱中聽到有人喊三塊錢。

「賣不賣？」商人又問。

「不賣。」伊的妻子說。

商人便跑了。

那時太陽赤猋猋，大家都想趕快回去，整個市場繁忙動亂，但商人眞會算計，伊們只是在那裏拖磨著。

大約又過二十分鐘，又有一個瓜販走來，也不看他們的梨仔瓜，便說：「你的梨仔瓜不好，只賣兩塊三。」

笙仔摸摸胖胖的後腦勺，想著，等二十分鐘沒賣得更好，價格反倒下跌了。他的妻子便嘀咕起來，這款的市場，一點準則都沒有！又過一刻鐘，忽然又走來一位年輕的販仔，伊也不太用心來看梨仔瓜的，他又說：「不好！只賣兩塊錢。」

笙仔的妻子終於生氣了，她把聲音提高到最高點，說：「不賣！」

瓜販又走了。

但日頭愈發潑辣，太陽攀在頭上，如若沒法儘快賣去，中飯煮不成，小孩都要餓肚子，他的妻子一急躁，反而責怪起他來了。

「你只是貪小便宜，兩塊五不賣，現在只賣兩塊，都是你的貪心害了自己，白等兩個鐘頭。」

笙仔有口難言，只好張開嘴巴，藹藹然笑著。

又等半個鐘頭，理應是吃飯的時候了，很多人賣完了都準備回去，卻沒有一個瓜販到他這裏來。這時又來了一個商人，在旁邊逡巡著，仔細一看，原來是第一個來開價的那個商人，笙仔的妻子趕快叫住他。

「怎麼？」那人便把手插在口袋，像電視劇裏的歹徒一樣，銜枝菸說：「要賣給我了？」

「對。」笙仔趕快說。

「哦，你們現在想通了。」那商人斜著眼笑道：「但是現在不是兩塊五了。」

「不用兩塊五。」伊的妻子搶著說：「兩塊三就好。」

「好。」商人把臉扶正，義正詞嚴地：「好，推去吧。」

商人終於給他們估價單，笙仔笑得直合不攏嘴來，好像賺了非分的錢一般。

但據後來一些人說，原來這幾個商人是串通好一齊來唬他們的，其實那天的梨仔瓜都賣三塊錢。

然則，笙仔沒有責怪誰，他想三塊和兩塊三，只差一些罷了，若小孩不慎生了病，一花就盡，多賺少賺是沒有必要計較的，有朝一日，有朝一日（也許是花白了頭髮那一日），他要來造一棟大豬舍，飼養著藍瑞斯，度晚年，那時賣梨仔瓜的事就會忘得乾乾淨淨。想一想，他又高興起來，還是歪歪斜斜地拖著梨仔瓜到市場來，還是坐在原來地方，還是想望著，吃虧的事只像船過水無痕般地消失在伊平靜的心湖中。

但是，今日這個商販可不像前日那幾個詐仔，他可是很認眞來挑選的，一顆一粒地看，仔細到底地看。

「大仔，」商販用這樣的稱呼來叫笙仔：「還是不整齊啦，有好的，有壞的。」商販說著，不知道從哪裏翻出一個綠斑的梨仔瓜，在空中拚命迎弄著，彷彿一個偏激的老師因學生的一點過錯就要開除他。

太陽並不比昨日小，雖則氣象報告有陣雨，但終於好天氣，陽光鮮亮，活像要烤剝人。

「頭仔，你莫聽人家這樣說嗎？」笙仔雖然沒受過什麼教育，但終於想到一個格言要來反駁老師的武斷，他說：「十個指頭伸出去也有不平齊的，這是正常的。」

「但是，有些實在不能要。」好像要挖出自己的心來，商人又把綠斑的那顆抱在胸前說：「這載貨只能賣到每斤兩塊二。」

「嗯，兩塊二。」笙仔一聽，懸疑一秒鐘，暗想這個人不會是來唬他的吧，他說：「你說兩塊二？」

「對。」商人說。

「不能再高了？」

「不能！」

「但昨日賣到三塊錢。」

「昨日不同今日。」商人終於跳起脚來，東翻西找，把次等的瓜仔全撿到上面來堆著，下結論說：「今天沒有人敢說你這種貨是入流的。」

此時，打牛湳有些人走過來觀看，笙仔的妻子也站到一邊來。

「賣不賣？」販仔掏出估價單來，講課般地說：「今天頭一載買你的，都是犧牲血本的。」

笙仔舉棋不定，看著就要答應，他的妻子卻說：「不賣！」

「不賣，嗯？」商人不客氣起來了，他用筆指在笙仔的鼻頭上，說：「你來決定還是她來決定？」

「我來決定。」笙仔的妻子說：「笙仔是憨人，怎能決定，由我決定。」

商人看看衆人，不高興就走了。

太陽又升高一截。

笙仔看著沒成交，瓜仔被翻得狼藉不堪，他耐心地一個接一個地又撿收回原來的位置，汗都流滿了整個胸前。

「以後再要來翻尋，不要對他客氣，都是一些黑心肝。」

他的妻子罵起來，但是梨仔瓜一經翻攪起來已經沒有剛才那麼亮潔好看。

隔一會，瓜仔市的景況更熱鬧了，很多人都叫嚷起來，伊們說：「三塊錢啊！又恢復昨日的價格了。」

笙仔聽了高興起來，瓜仔販的行動愈發熱烈了。

太陽又使他們的影子縮了一截。

「喂，賣不賣，怎麼有這樣糟的梨仔瓜！」

這時又有人朝笙仔這邊走來，他說著，定定地瞧著被翻得不像樣的那部分。笙仔一看，就知是一個商販。這個瓜販有一個和笙仔差不多胖的身子，短短的腿，厚厚的眼、嘴、頰，像一隻蛤蟆，但眼光像刀子閃呀閃的，粗糙的額頭有一個疤。

「你看看。公道一點我就賣。」笙仔笑著說。

商人可不客氣，一跳過來，又一個個來觀看。全車都找遍了。

「喂，不要亂翻找好嗎？」笙仔受委屈地、低聲地說。

「廢話！」商販劈頭便給他一句，他說：「我要買你的貨當然要仔細地看。」

「哦，哦，你看，你看。」笙仔趕快來笑著。

「不高興的話，我就走開。」商販說：「又不是買不到別人的！」

「是是。」笙仔說。

「不用講價，一句話，高興的話就說好，不高興就說不，不用講價！」商人說完，從他繪著大盤龍的襯衫口袋掏出估價單，銳利的眼光往笙仔的臉上看看：「兩塊五，賣不賣？」

「可以是可以，」笙仔一聽，興奮一下，因爲比剛才高了三毛錢，但想到應該可以賣得更高的，他便說：「但是，但是……」

「但是什麼？伊娘！你們這些種田的，貪小便宜，從來不乾脆，不會做生意硬要裝內行。」

商販跳起來，用著鄙夷的神色來瞧著笙仔，一枝筆在車桿上敲得咔啦咔地響。

「不能多一些？」笙仔的妻子說。

「嗨，憨查某，眼睛都放在你丈夫的口袋裏，這樣的梨瓜仔走遍全省都買得到，不稀奇呀！還加什麼價!?」商販說。又去翻尋著壞的梨仔瓜，找到一個壞的便把它放在上頭。

「不賣，不賣！」笙仔的妻子也不高興起來，大聲地說。

「伊娘，憨人！」商人說一聲，兇惡地踢了一下車子就走開。

笙仔終於也要蹙起眉頭，和這個商人講價實在不容易，像吵架一般。但他的委屈也只是短暫的，在陽光下，馬上又消失無蹤，他平靜的心湖又坦然無阻。

正等著，又來了一個粗壯的瓜販，這個瓜販看來是四十幾歲，他走到前頭來，看起來龐龐然，穿著短袖大花衣裳，手上露出刺青，他一走到前頭，出乎意料的，很客氣，只望了望他們的梨仔瓜兩眼，便說：

「我可以兩塊八買下。」

「哦哦。」笙仔高興得心差一點跳出口腔外，他說：「公道，公道。」

「但是，」粗壯的商販笑笑：「但我是買好的，先講好，壞的我不買。」

「沒關係，這是當然。」好不容易遇到這樣和氣又價高的瓜販，笙仔的妻子很雀躍了，說：「我們也不賣壞的。」

「好，我是先講好的。」商販說：「我的貨車停在農會口的粿葉樹下，你們秤過了，再推去讓我那些幫手揀選。」

粿葉樹下，眞遠得很，推到時汗都噗噗地流滿額頭，笙仔一把車子歇了，便跳過來五、六個人，動作可眞快，旁邊置放著一箱一箱整齊的梨仔瓜。但他又感到奇怪，這些梨仔瓜都是漂亮的，笙仔的那載梨仔瓜也找不到幾顆那般好的，正看著，那些工人便停手了，伊們不再翻尋，便把車推回這裏來，說：「好了。」

「好了？」笙仔疑惑起來，他看還有半載的瓜仔沒裝進去。

「好了。」他們快樂地笑著。

「喂，莫囉！還有半車咧！」

「那些綠的我們不要。」他們站直著身子來說，有些還把汗衫脫下來拭汗，露出強壯的臂肌。

「你講瘋話咧！這些你不要，我們拿去賣誰？」笙仔緊張了，他說：「好的你都揀去，留下這些幹什麼？」

「我們都買好的。」當中一個說，他纏一條白帶子在腰部，都像電視裏的打手。

「鬼咧！天下哪有這種賭贏不賭輸的，都是強盜！」

「你說話客氣一點，我們只買好的，你又不是沒聽我們事先說明。」一個三角肌的也站出來。

「要打架沒關係。」白帶子的說。

「死人！走呀！」笙仔的妻子一看場面不對，她便不敢說，只怕笙仔被欺侮了，就想拉他走開。

「鬼咧！你們都是強盜。」

笙仔的和煦暫時跑掉一秒鐘，禁不住也要叫起來。

躊躇三叉路

自從貴仔的梨仔瓜沒有包成後，伊便更覺得心底的黑暗了，伊覺得世界果然正如他所想：永遠好不起來的。這點論斷實在不是臆斷，是二十幾年，伊終日在田裏挖土所得來的教訓。

伊於是更加在村道踱著步了，口哨也吹得更響。

這日，空氣窒悶，在黃昏時，伊又穿著破布鞋出來了，但他不再在大道公廟前，他覺得那天在涼亭下的遭遇簡直遇了鬼，大道公附近的人實在都是識見淺薄的，都是受盡瓜販欺侮的蟲豸，不只是一隻蟲豸，更好比是瓜販仔脚下揚起的灰塵，伊們終於是無可救藥的。

他於是走到村中的三叉路，其中有一條是通到崙仔頂去的，開張著一家菸酒店和一家脚踏車修理店。

夕陽趁著沒人注意的時候，停在飼鴨頹仔家門前挿著的那枝旗篙上。路兩旁的電線桿都發楞地停著，貴仔背起手，這回伊唱著自編的「思想枝」，唱不起的部分便用伊響亮的口哨吹著，一時間咿咿呀呀，好似一個童乩。

今日，他出到外頭走動，實在不只散散心，伊有一個念頭，伊始終在想必得用一種好方法把那些梨仔瓜賣出去，他不願像笙仔一樣，做個傻瓜把梨仔瓜拖到市場任人宰割，他是聰明的，有別於打牛湳所有的人。

伊就試過一次。

有一天他吃過早餐，便騎著脚踏車趕到瓜仔市去，瓜販都歇在棚子下歇息著，他們都準備來賺一筆錢，貴仔便叫了兩個有貨車的瓜仔販到他的田裏來，一個駕著台北貨運，一個駕著桃園貨運，轟轟地駛到他的田底來，最後把車停在枯柑桔樹邊，貴仔砸著伊的頭殼，在田梗上指天發誓地說：

「要來與你做朋友。」

兩個瓜仔販聽了都笑起來。

「我們做朋友。」貴仔主動地說：「人家都說你們瓜仔販和我們沒有好感情，但是這不過是別人說的罷，我們來交易一次，你們就知道我貴仔是容易成交的好人。」

他說完，便在後口袋掏出扁扁的一包菸和檳榔。

若論貴仔的爲人在打牛湳是百分之百遭到反對的，但伊的頭腦有時很靈光，容易想到別人想不到的，貴仔也自己以爲是這樣的，所以來對付兩個商人，伊是頗有信心的。

「當然，當然。」兩個商人聽了貴仔的宣言，便接過菸和檳榔，抽著，嚼著，並且點頭。

「你來看看我這些貨。」貴仔摘一粒黃橙橙的瓜仔說：「都不是假的，我想和你們長久來交易。每天你們用不著到市場去叫價；只要你們願意，儘管把貨車開到這裏來，我們現買現賣，你省麻煩，我也省麻煩。」

「咈咈。」兩個商人便相覷一笑，朝著貴仔破髒的衣服瞧著，久之，伊們說：「你是聰明人。」

「不！」貴仔趕快謙沖來否認。

「和我們做朋友，你是聰明人。」其中一個穿著繪山水襯衫的人說：「我們是講信用和公平的人。」

「我也是。」貴仔抽著菸，把手放在胸口，說：「生意是雙方心甘情願的。」

「所以，由我們自己來摘，不管摘多少，一定給你公道的價錢。」另一個金牙齒的黑皮膚說。

「好。」

貴仔拿出決策的毅力來，咬著嘴唇，把菸丟在地上，用破鞋子踩熄。

繪山水的人看著貴仔答應，把手一招，車內走下一羣女工，扛著擔子，佝著身子便摘起來。

五、六分地的瓜園在午時燦燦的陽光時，便完工了，伊們把梨仔瓜洗得發亮，然則，今天這些貨都不很好，一些還是七分熟的，伊們也摘下來，在陽光下青綠著色澤。

貴仔枯坐柑桔樹下納悶，天氣窒熱，伊把舌頭吐出來，散發火氣，像隻土狗。

「我們是好朋友。」摘好瓜仔的金牙齒便走上來，拿了一支三五牌的給他，點了火，伊說：「所以我不要論價，兩塊錢全賣給我們。」

「哇！」貴仔一聽，忘了抽菸，伊揉一揉眼睛說：「哇，你說兩塊錢。」

「是的。」金牙齒把菸灰彈到他的破褲脚上。

「頭仔，」貴仔忙來辯駁說：「你不要講故事好不好，從沒有這麼賤的價。」

「你不知道，」山水走過來：「你看這堆青黃不一的瓜仔，運到市場去，能賣一塊半就好了。」

「你們不要吃人。」貴仔有點火氣，他說：「我又沒叫你們把綠色的也摘下來。」

「但是，我們已經摘了。」金牙齒說。

貴仔於是曉得上當了，他沒想到瓜仔販這款式的番天番地，但又不能不賣給他們。因爲綠果子哪有人要，何況像山一般多的這些瓜仔，三天三夜也運不完到市場去。

「嘿……」山水很快樂地過來安慰貴仔：「我們是好朋友。」

貴仔想發脾氣，但又沒好理由，最要緊的是不能翻臉，所以伊只能把委屈埋入更深的黑暗的心中，在那裏發酵翻滾，滋滋地都腐爛了。

「嘿……」金牙齒也笑起來，他看看上升到空中的太陽，便又說：「我們是好朋友，所以午飯在你家吃好了，不用太好的菜，隨便給這些人手方便就行了。」

貴仔看看青綠的梨仔瓜又看看商人又看看太陽，伊終於認定這世界無救了。

這次的交易立即傳遍打牛湳，大家都來嘲笑貴仔宴請瓜仔販底事實，他的妻子還罵他一頓，因爲經過這次地毯式的搜刮，伊的瓜園元氣大傷，至今還都沒復原。

貴仔想起這件事，便不禁要捏著拳頭對著牆壁呼號：「蕭貴啊……你這個蕭貴啊……」

他背起了手，從這杜電線桿走到那杜電線桿，又走回這杜電線桿，昏黃的色調逐漸在太陽落山時濃重起來。斜斜的光線在社區的瓦牆上泛耀著，成羣的細脚蚊在空中昏盪地旋舞著，都糾纏在貴仔亂糟糟的頭髮上不肯離去，有一些還舞來爬在伊底臉上，貴仔便伸出手望空抓來抓去。

脚踏車店那頭便響起了吭吭的金屬敲擊聲，在斜陽裏好比是荒旱大地的銅鑼，原來是萬金仔在敲一塊鐵片。菸酒店的人把電視機扭開了，打牛湳的一些人都坐在板櫈上呆看著，有一些小孩和女人讓伊們的赤脚把伊們運送到這裏，醬油、醃瓜、味精、魚乾……分別都送到伊們的手上……馬路便蒙一層淡淡昏黃的炊煙。

這時，國中的一羣學生補習回來，嘻嘻哈哈地騎車到這個三叉路口，他們使勁地貼噪著，車鏈卡啦卡啦響。有一個高大、黑壯的三年級學生故意把車子嘩地朝他撞來，貴仔本是低著頭，嚇一跳，便要躲開，但那學生又把車一捝，輕巧地騎了過去，然後叫著：

「掘墓仔！掘墓仔！」

貴仔無端被戲弄，很生氣起來，伊越來越覺得，近年的教育實在是徹底地失敗了。他跳起步伐，要追趕過去，但另一些學生故意騎車來橫擋，幾次他都被擋到路旁去撞牆，那羣學生又叫起來：

「掘墓仔！掘墓仔！」

他實在生氣，便唬唬地站路上喘著。

太陽已全然沉落在地底那端了。

「貴仔！貴仔！」

腳踏車店那邊有人叫起他了，伊回過頭去，看到萬金拿了那塊鐵片朝他笑著，他本來是不要理會的，但想來萬金也可憐，種不到幾厘地，成天總是蹲在家門口那棵青松下來替人修車。他想一想便走過去。

「替我寫字。」

萬金把一桶紅鐵漆拿出來，還拿一支大筆，可笑地佝著伊的狗公腰。

「寫什麼？」貴仔抓著頭不解地說。

「萬金脚踏車店。」伊得意地笑著。

「哦，這是招牌，對不對？」貴仔心領神會地說。

「對！」

「你都想賺錢了。」貴仔不禁打從心底笑起來，伊想不通，這樣破陋的店也要招牌，眞是瘋了，何況現在是機車的時代，不是脚踏車啊！貴仔便說：「那我也要招牌了，我都要在我的門口邊掛一個貴仔梨仔瓜園。」

說完，貴仔偏著頭，表示伊對這種愚蠢行爲的輕視。

「你只要寫。」萬金閃動伊不定的眼神說：「還要加上價格低廉四個字，我要把它釘在電線桿上。」

貴仔一聽，嘀咕起來，畢竟打牛湳已不同於往日了，大家都拚命在做賺錢夢，像萬金這樣渺小的蝦蟆都要化成蛟龍了。但伊們了解什麼？伊們了解自己的愚蠢嗎？伊想著、想著，便不知道心底何時升起一種黑暗的熱潮，抓起筆在鐵片上龍飛鳳舞起來。

燈，在路旁亮著了，在夕暮中像瘦細人的盲睛。

咔咔咔，又幾聲的響，一輛破的脚踩三輪車停在松樹下，跳下一個人說：「車胎又壞了，壞了。」

貴仔趕快抬起頭來，看到的人是鬍鬚李，他也是打牛湳無田地的人，到處打工，今天看來，伊的精神煥發，三輪車上還裝一個擴音器。原來鬍鬚李也是坐享著打牛湳梨仔瓜的利益，每天都到市場去收壞的、破的、綠的梨仔瓜，用他的三輪車載到沙仔埔濱海的漁村去，少說也有二十公里，但鬍鬚李每日來回一趟，從不間斷。

「車又壞了，嗯？」萬金趨近車來，彎下伊特殊的腰來查驗著車胎，說：「一定放太多的貨，騎得也太遠。」

「沒辦法啦！」鬍鬚李說：「缺了人來做股東，要不然換個好輪子，兩個人輪流踩著，也不怕重也不怕遠，一天賺兩、三百塊是沒問題的。」

鬍鬚李容光煥發地說，尤其是說到「一天賺兩、三百塊是沒問題的」這句話時還加重語氣，貴仔感到莫名地憂鬱起來，這些老骨頭終日在勞動，都只像牛一般地蠻幹，一天賺一百元就樂得像掉了囊巴。

「對。」萬金突然像症頭發作了一般說：「有個人可以跟你去。」

「誰？」

「他！」萬金仔指著貴仔的身上來：「貴仔，他反正一天到晚都踱步，沒事做，田裏的事有伊的妻子來做就夠了，他跟你去。」

「哦，」鬍鬚李把臉正式地笑著，好像要來勸募伊加入一百萬的股份有限公司似的，說：「貴仔若與我去，我願意一天給他一百塊。」

貴仔一聽，不禁大怒起來，伊：「你要我去做小商人嗎？」

「是的。」鬍鬚李說。

「幹你老爸！我都那麼沒有用嗎？都像你一般沒見識嗎？」貴仔指著鬍鬚李的下巴，發起性來，伊繼續說：「你打死我，我也不會去，我何嘗沒田產，硬要去幹無業的小商販，你莫知瓜販仔有多可惡嗎？嘿，鬼才幹這種沒出息的事咧！」

說著，他已怒不可遏，伊斷然不肯人家來貶低他的身價，以爲他只能幹這種第十等的瓜販仔，都不及金牙齒和展昭的百分之一。伊大怒，丟下筆便走了。

伊的跳脚，在夕暮中像童乩。

怒在棺材店

雨開始淅淅瀝瀝地下著了，氣象局報告，北部受著一個颱風的影響，天地陰霾得很，許多水果又紛紛上市，梨仔瓜便大幅度跌價了。這是很普遍的事。打牛湳每年就一定會碰上的。

田野裏便搭起了一個個草寮，在野地裏像一棵棵的菌蕈，藉著草寮，伊們可以遮陽避雨。人們在這種陰陽不定的大地上工作，眞像一隻隻小蟻螻，可愛、辛勤。

一大早，雨聲便把笙仔給喚醒了。伊很快被披著雨衣到瓜園來，伊昨日睡得好，所以心底便存有一個愉快的念頭，他一直思想著，若到晚年，他扶拐杖時，也還要來工作，即使像這個雨天，伊也要拄著拐杖來採著瓜實，若雨太大，他便要坐在巨大的豬舍下，聽著雨聲在屋簷上頭嘩響著，他還要來巡視一羣羣的豬仔，用拐杖敲敲那些豬腦袋和豬尾巴，然後雨中或許透些陽光，照在伊白鬢髮上，溼氣拂過顏面，伊的心跳和大地一般地和煦，舒緩的、平穩的……

想著，想著，可愛的念頭偶爾便跳到草寮上化成一個神仙，偶爾便在天空飄盪的雨中飛舞，他歡暢起來，躲在雨衣下的筋骨和皮膚都活潑有勁，這陣雨眞下得是時候。

雨不停飄著，他愈摘愈起勁，扛著的那擔子裝滿了，伊便趕快挑到草寮去讓他妻子來整理，他愈挑愈重，終於沉醉在伊律動的勞作裏。

田野的某些地方終於響起久保田的聲音，這正表示，有些人的動作較爲快捷，都要把瓜仔運到市集去了。

「停一停。」笙仔的妻子在草寮裏看著他又挑一擔青紅不一的瓜仔進來，就叫住他：「笙仔，你到底把心放在哪裏，都想睡覺了是不是？這種青的你也摘下來。」

他被罵一下，摸摸胖壯了而顯得有點小的頭顱，傻傻笑著，說：「賣得出去就行了，賣得出去就行了。」

「你賣得出去？」他的妻子聽了赫然大怒。她說：「你的頭殼都生蛀蟲了，籠統是死頭腦一個，也不會看看今天是什麼天氣，今天是雨天呀！下著不停的大雨呀！」

伊吃人的妻子拿起扁擔來揮舞，咔咔地都把草寮給敲垮。

「再摘一些就好了。再摘一些就好了。」笙仔嚇慌了，趕快沒頭沒腦地扛著擔子又要出去。

「摘什麼？」他的妻子啼笑皆非起來，說：「不用了，下大雨，賣不出去，這些就夠了。」

「是的。」笙仔又把頭縮回來，說：「夠了。」

七手八脚，笙仔和他太太便把梨仔瓜裝在車上，騎動了一百CC的機車，碰碰地向果菜市場去。

這天，菜市仍然像往日一般地囂鬧，雖然下雨了，但打牛湳和十二聯莊的人還是一樣地多，再仔細一看，數量好像也沒減少，他們都衝突在兩種心情底下，他們認定，在下雨天價格必然下跌，但伊們也認定，若不摘下來，八分熟的梨仔瓜一碰到雨，隔天便只有爛去。

從秤量場開始，他們仍然烘烘鬧地往馬路排開去。伊們穿著雨衣，站在車子邊，任風雨吹打在他們的頭上，有些人索性雨衣也不穿，任它淋著衣裳，好比都是一塊塊黑色巖石，定定地任它風化腐蝕。

笙仔費了一番力氣，才把車子停在馬路邊一家棺材店口，人實在太多了，好心的棺材店老闆笑哈哈地要討好人家，他便說：「停在這裏吧，停在這裏吧。」一邊還吩咐助手，把停在門口的大福壽棺材抬到裏頭去，笙仔一看機會來了，踩動摩托車一下子便衝到屋簷下，險些跌倒了，伊的妻子就罵他：「要死了，鑽墳墓都不用那麼快。」棺材店老闆笑得更開心，他敞開胸膛，拿著扇子搧著，還搬出茶水來請大家。

這次大約是笙仔到瓜仔市最晚的一次，主要的是泥濘的路太難走。平日天乾地燥，他用機車來拉是沒問題的，但逢著下雨，便沒辦法了。打從土地重劃以後，漫漫的田固然給劃割得像豆腐，但新修的路卻沒整理，全打牛湳的農路只要下過一陣雨，便爛成一堆泥巴，車輛人馬在上面，便好比是一隻蒼蠅擱在黏漆上。

但這些他都不在乎，他很快樂，他感覺盡力氣來拉車子是快活的罷，尤其拉不動的時候，突然拉動了，車輛在泥濘中滾動，嘩嘩地整個人愉快得像騰空一般，和晚年時睡在豬舍邊大約是沒兩樣的，所以這世界便用不著你來計較，休息的時候是快樂的，勞動的時候也有它的快樂，甚至伊也相信，餓肚子的時候也是快樂的。

哇！他想，一切都很快樂！

附近停車的人都跑來避雨，他們三三五五坐在棺材板上，用眼睛來盯著自己運來的梨仔瓜，準備若瓜販仔來觀看便要衝出去喊價。

時間便在斜斜的雨勢中慢慢地過去，馬路上瓜販一點動靜也沒有。

中午到了，雨勢小了，很多炊煙從崙仔頂周圍的房屋冒升上來，瓜仔市異樣地擾動起來，因爲大家的肚子都餓了，便各自要尋找吃喝的、賣麵的攤子到處亂轉。

笙仔的妻子便發脾氣了，他指著笙仔的頭殼說：「就知道沒人要，下雨了，還有人買嗎？不摘還好，你偏摘得這麼多！」

「我哪裏曉得。」笙仔趕快笑著來辯解說：「其實大家都一樣。」

「什麼一樣？」他的妻子說：「全打牛湳的人都去尋短路，你也跟著去嗎？你就是一個頭腦死寂寂的廢物。」

「再等一等啊。」笙仔說：「再等一等。」

「我先回去煮飯給那羣小孩吃。」伊的妻子說：「若賣不出去，你自己拖著車子回來。」

伊的妻子說完，慌得三脚兩步就跑著去了。

然則，情況還沒轉變，一個個的販仔都躲著不肯出來，他們都像玩猴子的人，他們深知下雨天的打牛湳和十二聯莊是最焦躁的，一則面臨瓜價下跌的命運，一則又面臨瓜仔腐爛的劫數。伊們要等到這批老骨頭來央求伊們廉價兮兮地購去，讓老骨頭淋夠雨，把價格淋成一斤五毛錢！

就在等待中，僵持中，雨又下起來，時間過了午後三點。

突然秤量場那邊有人喊起來了，警察的哨音嗶嗶響，人潮像水般動盪起來，有些人喊著：「吵架了！吵架了！」

原來是一個瓜販和一個打牛湳的人吵上了，在秤量場那邊用牛椿來毆擊著。棺材店避雨的人也不耐煩起來，他們站到馬路上去，便大喊：「伊娘！老躲著不來買梨仔瓜，還要打人，什麼意思。伊娘，打！打！」

說著，他們便要去搶棺材店的木塊。

路上的人紛紛也都搖動起來。

「找伊們理論去，這種吃人的瓜販。」

警察的哨子響得更大聲了。

笙仔知道，今日要賣去這載瓜仔非等到夜晚不可了。

石城的謀略

雨繼續下著，打牛湳的小柏油路上開始生一個個淺淺的水渚，許多霉爛的瓜仔都從田裏摘下來，有些拋到路上，每年的這時候也就是小鴨子最快樂的時候，它們沐浴在細雨中，盡情地來啄食拋棄的爛瓜仔。

這一天，客運的站牌下站了一個人。他穿一件皺襯衫，登一雙白鞋，那破洞的布鞋一浸了水，溼漉漉地像一團爛破布，這個人大約是心煩意躁，踱起方步，溼鞋子便窸窸窣窣地作響，他也知道要擎一支壞了的黑傘，任憑傘骨亂糟糟地掛在他底頭上，遠遠望去，雨中的這個人便像小雜草上赫然開一朵莫名的大黑花。

路上的人看了，都笑著。

但伊可不是來開玩笑的，伊是頂眞的，伊正正式式要上到城裏去謀求解決之道，伊是打牛湳最聰明的人，不會搗著嘴巴任別人來糟蹋，伊是貴仔！

原來貴仔這幾天在風雨中也是經過艱難困苦才把瓜仔賣出去的，他也都參加了抗議的行列。比如說有一天，大家亂糟糟地在市場囂鬧，橫豎大家都在激動中，伊毫無顧忌地呼喊著：

「伊娘咧！這個縣農會的人都死光了，沒派半隻蒼蠅來約束這批瓜販，硬派警察來管制我們，我們豈都是憨人，一年到頭，操勞筋骨，如今又要勞心，我們都是一個個傻瓜……」

他大聲叫著，只見他手舞足蹈，旁邊的推擠的人看到出現這樣猛惡的人，便讓出路來，貴仔看到人看他，便把頭砸得厲害，但又找不到適當的語言來表達他的憤怒，所以伊最後只叫喊著：

「揍死那些狼心狗肺的東西，揍死伊們！」

他叫著，跳到車上去指揮，但人羣大亂，他在那裏舞動著，很多人都只把他當成一個賣冰的小孩。

勉強地賣完梨仔瓜，伊便回到家來，躺在柴堆上，大大地生起悶病，他黑暗的心潮洶湧澎湃，按按肚子，發現硬硬痛痛的，便以爲什麼硬化了，趕快到外面走動，外頭的庭院雜生著一簇蕃石榴，有幾顆黑枯的果實掛在枝椏上，像他硬化的心一樣，幾隻雀鳥還在枝頭翻躍著。

「伊娘，我便不願做人，都願意變做一隻雀鳥，起碼也還逍遙自在。」

貴仔呼號著，這時他聰明的腦袋閃一道靈光，他想到對於瓜仔市的販賣方式他是很絕望的，不如直接把自己的梨仔瓜載到鄰近城市的商店去，他想到以前唸高農的石城。因此，他今日來搭車是基於他謀略的一部分，與往日的盲目的行動有所不同。

然則，今日他在等車的心境卻更黑暗了，頭腦一直誕生一個個黑黑的泡泡，一冒上來就破掉，破掉又浮上來，醫生曾說他是貧血，但貴仔自己斷定不是，體力不繼倒常有，貧血是不可能的，但他有昏贖的感覺。

咔咔咔，一輛冒煙的客運顚躓地停在他的面前，他把傘收住，像隻老鼠般竄上去，揀一個最後面的座位坐下來。車掌一看他，便躊躇一會兒。她彷彿在說：「世界上也有這樣黑瘦髒亂的人噯？」

貴仔懶得思想，只舔舔乾癟的嘴唇說：「妳莫須看我，以前我都在城裏唸書哩。」說著，便沉沉浸在溼黏黏的感覺中，伴著搖動的車子嘩嘩地睡著了……

城裏也下著雨，市場裏也亂烘烘的，商店都要撐著大大的招牌來顯耀它底威風，大夥兒都跑來購買吃用品，許多穿拖板的城底人都圍在攤邊來揀水果，在這個多雨的季節裏，水果卻也是一大堆，蘋果、水梨……有些女人都不顧她的身分，胡亂來開價，一趁大家不注意，便偷拿一個放在籃子裏。貴仔背起手，在旁邊踱著方步，但又怕人家起疑，以爲是無所事事的小偷，偶爾便也要擠進去，裝著要來購買的樣子。

然而，貴仔的憂鬱都是無限量的，這些瓜果都是很貴的，因爲不論什麼東西，只要弄到攤子上就都昂貴，但從沒有人想到在田野裏，那些瓜果都沒人要，伊自言自語地說：「城裏的人也還是笨伯一個，都買這樣浮漲著價格的東西，若要我做城底人，我是不幹的！」

終於伊便在吵鬧的一家大水果店停住了。

這裏是市場外頭，商店的人都用著很多顏色的碎紙條來裝襯水果，還擺了幾面鏡子來烘照，使人分不清他賣的水果是多是少，是好是壞。貴仔想，若能賣給這種大商店便好了，重要的是若能與它訂個契約豈不更妙。

正觀看著，店前竟有兩個赤脚的人指罵起來，他們都淋著雨，一個左邊面頰有些泥巴的人把袖子捲起來說：「我只要兩塊錢，全部都賣。」說完，便指著他後頭機車的一筐梨仔瓜。

「我不要兩塊，只要一塊八，我就通通買。」另一個嚼檳榔的，指著後面拉住的一個小堆車。

「伊娘！你跟我作對是不是？」有泥巴的那個叫起來，揮起他的拳頭說：「十天來老闆都買我的，現在你硬要搶我的生意。」

「但是今天是我先來的。」嚼檳榔的也不甘示弱地把他的斗笠摘掉，檳榔嚼得嘖嘖響：「生意是自由的，豈是你的專利！老闆買誰的，由他來決定。」

很多人都好奇地在雨中觀看，貴仔一眼就看出那兩個人是打牛湳和十二聯莊的人。

「你願意這樣來傷害自己人的感情嗎？」有泥巴的人終於震怒起來，他準備要打架了，說：「我是不怕誰的，若我發脾氣起來，就算是縣長，我也是不認的。」

「我也不是好欺侮的。」嚼檳榔的也說：「要打就來吧。」

「駛你娘！」泥巴的衝過來了。

一些人擋住他。

「駛你娘！」嚼檳榔的推開人，也要衝過來。

貴仔一看，就知道自己又落後了，他的想法終於是不能實現的，因爲早就有人把梨仔瓜運到這個石城來了，他的心一下子就沉到十八層的地獄去，伊感到這個天地都在縮小，他想找一個縫隙鑽進去都不可能，要當一隻蟑螂和一隻螞蟻都是困難的。黑暗的心突然湧升一種激越的黑流，使他昏眩卻也使他勇猛，他便跳上去，叫著：

「你們都是愚昧的牛，都不曉得自己的悲哀嚜？還要吵些什麼？世界都在擠壓你們，你們卻拚命擠壓自己，都是愚昧的笨牛！」

說完，一個昏黑，立地不穩地摔在地上。

問罪大道廟

喀喀的擴音器聲響在大道公廟庭，雨後的打牛湳在夜晚下竟然還有一片月芽，星子都在空中，像剛從水裏打撈上來的寶石。

一盞燈挑在廟階的龍柱上，庭前置了桌椅，在昏黃的燈光下，伊們都要來開一個瓜果會議。廟裏的烏沉香煙在五顏六色的燈光下裊裊地繞。

這是打牛湳的慣例，往年以來，凡是瓜果季，伊們都要來祈求大道公的幫助，給他們好收成，所以大道公廟的委員會便提議凡是瓜農都要奉獻一點金錢，一則可以翻修廟宇，再則可以維持香火，在會中都要來決定這種事，打牛湳的人都坐在椅子上談話，伊們把脚抬到椅子上放著，香菸抽得忽明忽滅，蕭家兄弟當然也來了，坐在最前排。

主席是主任委員，也是打牛湳的鄉民代表，他穿著潔淨的天鵝牌襯衫，戴著圓圓的眼鏡，拉拉脖子上的領帶，拿一個麥克風，就要來聲明大道公的功德，他說：

「各位村民來這裏，我們的大道公是要感動的，祂會保佑這場雨趕快過去，但是我們收成卻不要忘記大道公都是無暝無日來保佑大家的。」

打牛湳的人一聽，把頭仰起來，聒噪地往大道公廟裏面瞧，伊們都想到歷年來蒙受大道公的恩惠，實在感謝。

主任委員停一會，又說：

「但是各位不要忘了，大道公廟都還破舊啊！你莫有看到門上那兩幅門神的油漆都斑駁了，這要對不起大道公的。」

大家一聽又一陣聒噪，他們平常都看到大道公的破舊，只是想不出好辦法罷了。

「對的，」看顧大道公廟的花鼠仙一聽到主席這樣說，伊便用跳童時的神態從人羣中站起來，他佝著哮喘的身子來：「你們沒有顧這座廟，全然不懂得這件慘烈的事，每日天一透亮，我都要來打開櫥窗把大道公的衣服整理一次，但打開衣櫥時，總發現了老鼠。」

「噉。」打牛湳聽了，詫異非常，伊們從不曾聽到大道公廟裏有老鼠的事，他們都罵道：「伊娘！」

「我本來要除掉這批老鼠的。」花鼠仙聲色俱厲地說：「但沒鼠藥，大道公廟的經費不夠。」

「哦……」打牛湳都點頭，把菸絲抽得更明滅。

「有這樣的事？」李來三站起來，他主持正義地說：「若買鼠藥，由我負擔好了。」

「我也負擔。」李鐵道也站起來。

「大家合力來買捕鼠器。」更多的人都站起來，一時間嘩嘩地都談著話。

「感謝大家，感謝大家。」主席把眼鏡取下來，揉一揉昏花的眼，說：「但問題尚不止這一端，你們沒看到廟頂那些瓦片如今都破碎了，那些雕塑早剝蝕不堪，厝鳥都跑到裏頭去築巢。所以翻修廟頂是第一要務。」

「要修廟頂？」李來三又站起來，虔誠地說：「多少？」

「是的，要多少？」忽然最前排也有人站起來，伊用肥胖的身子來站在廟庭上，像沒頭沒尾的牛，大家注意一看，知道是蕭笙，他又咿呀地說：「若一、兩萬沒問題，每人只掙一天的梨仔瓜的錢湊起來就夠了。」

「對！對！」大家都點點頭，爭相來認可，有些人就跳到主席座位上要來替主席點煙，表示他們支持到底的決心。

「大家肅靜。」主席把手舉高要大家不要吵鬧：「修廟的錢不多，若一個人負擔就多，大家合起來便少了，要三十萬。」

「什麼？」李來三嚇一跳，說：「三十萬？」

「三十萬。」主席說。

「哇！」打牛湳一聽都放小聲音了，慢慢沒人講話。龍柱上的燈搖呀搖的。

隔一會，李鐵道站起來，沉沉地說：

「我們沒有錢呀！梨仔瓜都沒賣多少。」

打牛湳一聽人家說，便又恢復聒噪，伊們這刻便眞切地想到自己實在沒有錢的這一件事實。

「是啊，賣梨仔瓜都像在拚命。」

「各位不用驚慌。」一個委員馬上站起來說：「這筆錢我們可以慢慢來籌，日積月累，便有了。」

「對。」主席也說：「今日並不是要各位一下子拿出這麼多錢，只是慢慢來。也許等一段日子，錢夠了，再來修理。」

「哦。」打牛湳便放心了，伊們又繼續抽起香菸。

「所以，」主席又戴上眼鏡，說：「所以我們要來募捐。」

「什麼募捐？」李來三聽了便問。

「就是各人先說要拿出多少錢，我們在登記簿上先記下，然後等你慢慢把錢繳齊。」

主席一面說、一面從桌子邊拿出一本簿記來提著，上頭寫著：「樂捐簿」。

大家一聽要拿錢，便覺得不好玩起來。伊們都縮著頸子。

「各位不用驚慌。」主席便又說：「大道公都在這裏做證，凡捐出的，大道公都會感謝，一定不讓你們吃虧。」

一個委員也站起來說：「大家都爲了自己鄉里來奮鬥，好歹都是打牛湳的光榮，你們若不敢決定，由我開始，我決定捐兩千元。」

說完，主席便拿起筆在紙上記下。

「哇！兩千元。」打牛湳都叫起來：「一千斤梨仔瓜哪。」

「我捐一千元。」花鼠仙也說，跳起伊的脚，衝到面前來。

「哇！五百斤的梨仔瓜。」

「我當主席的也捐兩千元好了。」

伊們七脚八手，便爭相登記。

「伊娘！」李來三也叫起來，他一向是窮困的，但這時受了委員們的感召，也說：

「我捐五百。」

「三百！」

「兩百！」

打牛湳熙攘紛紛，都震動廟庭了。

吵一陣，天更夜黯了，黑龍仔蟲都在廟庭周圍的角落裏喞喞地叫起來。

捐好的，都坐定了。

忽然主席站起來，便謝謝這些人，之後突然指著一個人。

「喂，笙仔，你還沒有捐。」

大家聽了，頭一轉，看著他。

笙仔慌起來，他想到捐太少不好意思，捐太多又無能爲力。

「我不知道要怎麼捐。」他說。

打牛湳的人都笑動了，天下竟有不知道如何來捐錢的。

「笙仔剛不是說要捐錢一定沒問題嗎？」李來三說。

「沒辦法，幾千幾萬我怎麼可能？」笙仔看看大道公廟，又望望裏面的神像，很不好意思。

「你捐兩千好了。」主席站起來說：「和我們一樣。」

「兩千嗎？」笙仔一時間頗為躊躇起來，伊想到實在是有困難，一年半載都掙不到這筆錢，他慢慢吞吞地不知道怎麼答，幾幾乎要說：「好。」

「慢著！」

忽然有一個人從蕭笙的身邊竄出來，像巨大的蝙蝠，伊站出來，叫著：「你們盡是在胡鬧，都是一羣不懂輕重的老骨頭。」

大家嚇一跳，便知道貴仔站起來發議論了。

「你們就不會討論怎麼地把瓜仔賣出去的事嗎？只會做些蠢事嗎？修什麼廟？梨仔瓜賣不出去修什麼廟？你們一世人只做憨頭，駛伊娘咧！會議是用來宣揚理想和決策緊急的，不是做這些鬼怪的事啊！」

打牛湳一聽便鎖起眉頭來，但伊們都陶醉在樂捐中，沒時間來理會他。

「這個愚昧的打牛湳，還能與它為伍嗎？」

貴仔叫著，便拖著笙仔一起走到會場外了。

夏蟲在燈光下鳴響得更熱烈。

決戰沙仔埔

一般來講，打牛湳周圍的鄉鎮都是較富庶的，但若往西走，便是海邊，打牛湳天未亮時，常可以聽到小販喊著：

「蚵仔！蚵仔！」

阿巴桑們都要揉揉惺忪的眼睛來購買，固然如今蚵仔價每斤高達六、七十塊，打牛湳是吃不起的，但若嘴饞起來也買它三、兩尾，擺在桌上看著過癮。

這個產蚵仔的地方叫沙仔埔。

沙仔埔大半還是沙地，到處種植著蘆筍；鹹苦味的木麻黃都瘦細著針葉立在道路兩旁，一逢大風，漫天風沙便滾將上來，這裏人也養魚種蚵，但不像打牛湳那樣死心眼，他們很早就一家一家地遷到北地去，留下來的都是無奈的、靠海吃飯的人。

這天，太陽煎烤著大地，魚腥味和海羶味擴散在這個漁鄉，村路上飛舞著蒼蠅，聰明的沙仔埔人都拿水來潑在他們的門口，一逕躲到擦得一塵不染的廳堂上去看電視。

便在此時，有兩個人，踩著一輛三輪車來了，車上堆滿梨仔瓜，上頭綁一個擴音器，他們輪流踩著，不停拭著汗，一個大約是三十幾歲，滿面鬍鬚，另一個也是三十來歲，穿一件破襯衫，頭髮糟亂得像稻草。

這就是鬍鬚李和貴仔。

原來，貴仔終於不得不走上最後的一步了，他把一切的方法都試光了，從石城回來後便無計可施，時常發呆坐著，飯也不吃，只用拇指來撐住下巴，伊不斷詢問他的妻子說：「我們束手無策了嚒？我們束手無策了嚒？」他妻子看到貴仔快要瘋了，只好安慰說：「你不用動心思，反正別人也不笨，你想到的別人都想了，你只需規規矩矩把瓜仔運到市場去，別人能忍氣呑聲，我們也能夠。」貴仔只喃喃地問著：「是嚒？是嚒？」但是，老天既然賜給貴仔那顆聰明的腦袋便有它的用處，就在雨停了、陽光普照的時候，他叫起來：「有了！有了！我想到了！想到了！」

伊終於找到了鬍鬚李，他言明，他們合夥一齊做生意，用鬍鬚李的車子來運他的瓜果，擬定盡找荒僻的村子去賣，伊不相信只有城裏才吃梨仔瓜，這是大衆化的瓜果，也應該大量推銷到鄉下來。

今天是第一天，氣溫高升，伊們踩了二十幾公里，後頭的梨仔瓜堆得天一般高，伊們負荷過重，脚都要踩痲了。

他們把車子停當在一家雜貨店前，很多的人在這裏削著甘蔗，甘蔗渣散得一地，蚊蠅嗡嗡地亂飛舞，許多阿巴桑和營養不良的小孩都乘涼休息，呼呼的熱氣直使人發昏。

「到了。」鬍鬚李勉強振起精神說。

「到了？」

「到了。」鬍鬚李重重點頭。

「你有自信嗎？」貴仔露出還不敢相信的神色，他想，畢竟他自己是閱歷廣濶的人啦，這世界總是好不了的，有那樣的地方便有那一種黑暗，伊不信鬍鬚李能變什麼把戲。

但這是第一次，出師第一回，伊也不禁爲之興奮起來。鬍鬚李在跳下車時便開始微笑了，雜貨店的人看到他也圍過來，於是鬍鬚李便發揚伊的氣魄，他把擴音器扭開，抓住麥克風，大聲叫著：

喂，賣梨仔瓜啦
賣梨仔瓜的人來了啦
不甜不要錢
有甜不加錢
每人試一試
清涼又解渴
好消息啊
好消息啊
打牛湳的梨仔瓜
教你吃法第一步

去皮剁子洗乾淨
放在冰箱十分鐘
又脆又涼好口味
勝吃仙丹和仙桃

鬍鬚李像鬼附身地大嚷，貴仔擦著汗，覺得鬍鬚李的擴音器聲刺斷了伊的神經，痛痛痲痲的。

譁然，沙仔埔的人都走出來喧嚷。

「喂，鬍鬚李，昨天買的梨仔瓜都不能吃呀！」一個風沙眼的阿巴桑不客氣地翻尋著說：「白花了十塊錢。」

「就是，我買的全是爛的。」一個雞窩頭的也把她的尖嗓子放到最大聲。

「哦，哦。」鬍鬚李趕快來安撫說：「今天我一定補償你們，今天的貨一定好，這些不是沒有人要的那種壞的、綠的、白的，這些是直接由貴仔田裏摘下來的，哦，來來，我順便介紹你們知，這個人是我的新伴，叫貴仔，梨仔瓜就是他種的，伊是打牛湳的梨仔瓜王。」

「哦，貴仔。」阿巴桑便開始打量他，望著他的破襯衫詫異著，小孩也開始盯著他的白布鞋。

「是的，是的，大家不要客氣，指教，指教……」貴仔裝出笑容來，一生中只有這一次的笑容。

「這梨仔瓜是你的？」風沙眼的查某問：「多少賣給我們？」

「我這些可都是好的。」貴仔說：「和市面上的沒兩樣。」

「正是。」鬍鬚李幫腔說：「都是外銷的。」

「嘿……」貴仔點點頭，感到欺騙的荒誕，又覺得不自在，他說：「我們就實實在在地講好了，我依瓜仔市場價格八折來優待，只賣一塊八，怎樣，先揀的人佔便宜。」

「哇，太貴了。」他們一聽，都歇了手，說：「我們不敢買。」

貴仔一聽，頗為不悅，若賣不到一塊八，他還辛辛苦苦地拖來做什麼。

「喂，貴仔，」鬍鬚李趕快過來小聲說：「伊娘，你瘋了，這是沙仔埔，不是市場，我以前最多只賣一塊錢的。」

「什麼？」貴仔叫起來，他說：「但是這些都是好的貨啊！」

「唉！好瓜仔到了沙仔埔也一樣。」鬍鬚李說：「反正賣得出去就好了，賣得迅速、愉快、輕鬆就好了。」

「是嘘？」貴仔聽了，捫著自己的胸口問起來：「賺一兩塊都那麼難嘘？都是那麼難嘘？」

喂，好消息報你知
賣梨仔瓜的人來了啦
不甜不要錢
有甜不加錢
每人試一試
清涼又解渴
每斤五毛錢

這天，沙仔埔的叫聲是那樣嘹亮，但最後一句好似中氣不足，好比是重內傷的人所呼號出來的一樣。

趣事的迴響

梨仔瓜季節過一半了，打牛湳人都奮力忍氣地要做最後的努力，如果價格好就一定賺錢，如果價格壞就僅掙夠本錢，每年就都是這樣的。

這天清晨，笙仔把一大籮一大籮的梨仔瓜扛到馬路上來，伊的梨仔瓜在過了季節一半以後終於沒人要了，伊便準備把它曬成梨仔瓜乾，或許醃久了，等冬天一到，拿出來炒鴨蛋，也是一道可口的菜吧。他快快樂樂地對四周的景物來微笑著。

但就在這時，伊瞧見他們蕭家的壁上，還有打牛湳的告示牌上、柳樹幹上、社區牆上都貼了一張張的紅紙黑字，像光榮的大標誌，上頭密密麻麻的寫著一列列的條文，大家都以爲是縣政府的公告，但後來打牛湳的人知道，這些字是建議要改革崙仔頂的瓜市場的，還要鼓勵打牛湳的人團結起來打商販。

隔不久，蕭家兩兄弟就被請到警局去了。

打牛湳知道了，便聚在大道公廟的柳樹下來談這件趣事，談到高興時，伊們便咿咿呀呀地叫著，有些人則背起手，砸著頭，說：幹！黑暗的打牛湳。

談著，伊們哈哈地笑起來。

——原載一九七八年《台灣文藝》革新號第五期

娘子，回去未曾開墾的那片田

熄了火，跳下我那半舊的五十CC，一腳踩進頂現代化的村辦公室，壁間的那口英格納噹噹敲了八響，是的，準時上班，這是我當了幾年村幹事的好信條。

辦事桌上來了那麼一封縣政府的信，並附一張社區建設優等獎狀，我是有些飄飄然了。幹事伯，幹事伯，你是十分能幹，把這村子整修得像公園，要參加全省比賽。當社區成果視察時，那個後生縣長是這麼說的，你看他年輕的臉笑得多漂亮。你眞能幹，他又補上了一句。那時，村裏內外打掃得乾乾淨淨，紅色的磚牆可是刀切般的整齊，熱帶椰子樹就那麼盎然地種在道旁。誰說鄉村沒有都市好，誰說鄉村沒有都市好！我老漢一面對縣長說著，一面打從心底舒暢起來。想起社區建設，我不禁打開了擴音器，各位村民請聽，各位村民請聽，村東面的柏油路面昨天灑了滿路的野草，哪位村民丟下的，請他打掃乾淨打掃乾淨……維持村子潔淨，掃除髒亂，這又是鄉村發展的第一義了。我老漢是這麼說的。

「喀喀喀。」一輛脚踏車停在外頭活動中心大樓下，跟著清水仔就跑進來了：「幹事伯，幹事伯。」他兩步三脚猴急地喊。八成是又找我去排解是非吧。

「清水仔，你是理虧的，放田水不應該把水柵堵得那麼死，後頭的人乾著旱啊。」我想起那天的糾紛這麼說，順手把擴音機關掉。「你是理虧的。」我又說。

「不是啊，不是啊。」

清水用著極其懊喪的臉說著。

「好歹年輕人不要那麼衝動。」我和這村子相處好幾年，是略懂得那幾個後生的脾氣的：「會得不償失的呀！」我說。

「不是，不是啊。」清水仔略略停了口氣，正視地看著我：「唉，死了人，幹事伯，死了人呀！」

「一個人死了？」

「是火盛伯，昨夜晚上在鎮裏被貨車撞了，就運了回來，打算今天日暮時下葬。」清水駭駭然地說：「一定要來幫忙呵，幹事伯，一定要來幫忙呵。」說罷，他急急地走出去，跳上車，喀喀喀走遠了。

我不由自主地詫異了。就是那廝我認識不久的火盛伯吧。與我大約相等年紀。我們還不深交，村子的父老就只有他是我比較陌生不識的。聽說他剛從離島釋放出來，臉龐清癯癯的，人倒挺和氣，只是不喜歡社區建設吧。想起他對社區的反對連我老漢也不甚高興。幹事伯，把房屋修得那般齊整，我倒不反對，但要在我那片未墾的田築柏油路，那不好！不好！我和縣長走在一塊時，他吸著菸斗是這麼說的。那時，他還健壯的，好端端的，怎麼一下子謝世了。想起他是與我相等般的年紀，使我不禁心頭猛縮，興奮得叫我怎麼安撫它都不可能。

「彩鳳歌舞劇團，彩鳳歌舞劇團！」

我走出辦公室，大馬路的宣傳大叫著，車上頂著輕浮的大招牌。我是要去看看那葬禮，做祭的鑼鼓聲隱約可以聽到的。

「包君滿意啦！包君滿意啦！」

宣傳車又嘶著喉嚨叫。

一、鄉里子弟，你有輝煌的人生

剛轉過拐角旁邊的稻草堆，庭院便霎時掠來一片大喧囂，幫辦著喪禮的人可眞多，但多半還很勝任愉悅，陽光是有的，碧空如洗。

「幹事伯，你來了，請坐請坐。」

全旺在側廳房裏料理桌椅，他一看見我，溫文有禮。這後生不愛讀書，一心做農事，任勞任怨，年終怕要娶媳婦了，來日甚是樂觀吧。

「不客氣，不客氣。」我挨了旁邊的那張檀木椅坐上去，有點風溼的我那雙腳，在這大晴天竟也來擾：「你也到這兒幫忙啊，家的農事呢，家的農事呢。」我從口袋掏出那包菸，啄出一支，就讓外邊的笛聲和南北管震天價響了。

「唉，說來令我不安呢，我是無論如何也要來的。」後生靦靦腆腆地，惶恐了半邊臉：「火盛伯死時，我還在他身邊呀。」說著，那後生又去拭桌面，又順手把長板櫈也擺好，這處怕要是準備宴請做祭的那幾位道士公吧。

「歐，在他身邊？你運他回來吧，事也湊巧。」我把那酸痛的腿放在另一隻腳上，半支著肘撐起身，這樣就好得多，好得多：「沒送他去醫院吧。」我吸吸菸，止止那腿痛。

「是不可能呀！幹事伯。」後生搐動著他的臉：「不可能。」

「不可能？」

「好快呀！幹事伯，他就那麼快地死了。肢體散了，腳就掉在溝渠邊去呀。」後生滿臉悲戚：「是不可能。」他有些要悲泣了。

「歐。」我不禁伸手摸摸我那腳。

「還沒有遇到那麼大好人吧，幹事伯。」後生搖動他的頭，就把臀股放在長櫈，撐著肘，看著鋪得不好的水泥地板說：「他老是對我說，幾時結婚，新娘是哪家兒女，將來生幾個寶寶，並且告訴我，將來我會很美滿。黯著夜，我們常在財佬的那爿店相碰，他知道我年終要結婚的。」

「你要結婚，這是任務了。」

「是的，那麼，首先你要多買幾畝地。火盛伯是這麼說的，他的臉龐被米酒醺得有些紅。但是，我沒錢，娶老婆還是老母東借西借才湊足聘金的。我說著，是坦著內心說的。你可以努力幹活，只要不差錯，幾年就夠了。努力去翻那地皮，你就會挖到黃金。努力種田呀！努力種田呀！他這麼說，渾身都抖起來，喘吁吁的，教我想起以前家裏那條老水牛。但是，幹事伯，現在不是水牛的時代呀！是耕耘機。」

「他是眞心的。」我開始可以聽到外頭道士喃喃的頌經聲，以及孝男孝女的脚步聲：「你們後生不知道吧，我們那一代的人，都是這樣想。」我看看後生年輕的臉。

「但你們現在不像他那樣想，幹事伯，你一定想到光翻地皮不會有大收穫。」

「嗯。」我是表示贊同了。

「因此，我也就那麼這般地跟他講。要靈巧啊，要靈巧啊。比如，偷空閒到外頭去做工人，挑磚瓦、當細工、油漆工，只要你能做就好。那是計日付錢的，不要等上一年半載，他這麼說。」後生看了看門外，「但那火盛伯是要不愉快的，年輕人不懂事呵，年輕人不懂事，當初我成家不是這樣的，我從那片田開始。說罷，他就靜默了。」

此時道士聲音甫停，鑼鼓北管便齊聲大噪。有一個孝女從這間側廳堂的前門哭過，早晨的陽光是柔柔閃動在伊的白布上。

「他在另一個地方住過十幾年。」我猛然想到這個唯一而單純的理由。「十幾年。」我說。

「十五年。」後生確鑿地說：「十五年不曾到過鎮上去，我們去喝茶。他這麼說著。張著陌生的眼，像頭久不回鄉的老黃狗。好吧，我這麼應著他。但那是罪過啊！眞是罪過啊！」後生好像突然間被外頭閃過的魂轎驚嚇一下，大叫起來。那又黃又綠的小轎子在太陽底下嬈豔地像妝婦。

「你且寬寬心吧。」我知道那後生是要不安的：「你且寬寬心吧。」

「我們去了鎮上，到過一家食堂，很親暱和老闆打招呼，之後，就把脚踏車停在麒麟閣。那時火盛伯還是很快樂的。他看見坐在門前的秀玉仔，笑呵呵就把伊擁到裏頭去了。那老長壽，我怎麼不曾見過呀！見到查某怎麼那種動手法？我看他是十年不知肉味吧。小銀鈴半裸那雙茶色的布袋奶，尖聲地對我說。我慌忙堵住伊的嘴，三八，妳在吃醋嗎？我罵著，然後跟著火盛伯走到裏頭去。那秀玉眞是賤查某，怎麼任他玩弄，看她蹲在他懷裏就像小痲雀，他是老貨仔，不必對他客氣啊。小銀鈴笑聲響亮地說。火盛伯倒不是那般兇了。他只把手伸入秀玉的背部，努力地搓著伊的肩，像老牛嚼著草。起初我們是玩得很高興了，秀玉竟把上衣的鈕子解下來。啊，妳是怎麼到這邊來的，陪酒的生活不苦吧，後來火盛伯竟不該在歡樂場所問起了這種話。那秀玉是羞羞答答，一時回不上來。她阿爸入獄，她母親就賣她到這裏吧。三八小銀鈴竟代著秀玉說。誰知，以後阿盛伯就不再動了。靜穆得令人發寒了。」

「噢。」

「而後我們就走出茶室，騎著車到大街來。火盛伯起初仍保持茶室的靜默，後來就笑開了。笑得那麼令人放心。」後生搖搖頭，迷惑地看著我：「之後，他就說了很多話，我們是並排地騎著車，他右我左，爲了爭取我的同意，他還不住把頭偏過來。偏過來。你會知道的，你會有快樂的人生，只要你不差錯。阿盛伯說，屆時會有大彩繪的花轎啊，後生，許多許多村頭裏的人都來慶宴你。結婚呵，結婚啊，郎才女貌，富貴富足！劈哩啪啦，鞭炮會成串地響，而你的頭髮會梳得比黑心石還亮，新娘子的長裙一直拖曳到門邊。

「而你會有漂亮美麗的人生呵！」

「娘子，娘子，小心地跨過那門檻啊，你是那麼地挽著她，新娘是罩著紅幔巾，你也就不必害臊地擁著伊。那是你的洞房，你的家，你的人生，你的夢。啊，後生，後生，你有光輝的日子呵！就在那刻裏，那輛貨車閃動著明亮的眼珠，像巨靈。而火盛伯折騰起他的身子，轟然間被撞毀在街路上。」

「歐，歐。」我連連心顫了。

「啊，啊！」後生悲泣起來，捧著臉。

「沒事的，你要放鬆。」我過去撫撫他很無助的背：「你要放鬆。」

「而我還不曉得他爲什麼要那樣做呵，那瞬間，我是抓不住他呵。我將他送回來。對不起呀！對不起，我跪倒在火盛姆的脚前，對不起呀！但是，火盛姆只瞧著我，頭髮散亂得像蓬草。」

二、賢妻良母，這是一席山珍的洗塵宴

吃罷了午時的祭儀飯，我就被安排來接待外來的禮祭者，我和村子幾個父老就在壇邊的小棚子唏嘘起來。

正午的陽光是有些猛烈了，燒過的紙灰貼著在地上奔馳飛舞。有幾個囝仔抓了大把的香，追逐嬉戲著。水來仔有點生氣了。

「給我站過來。」他頂著怒顏喊了，白髮摻在鬢角：「眞是沒有教養，沒有教養。」

那小孩們是懾於水來仔的威嚴，直直地站在那兒。

「去替幹事伯買菸去。」我只好爲他們解圍了：「去去，買菸去。」然後我遞了十塊錢給他們。

「咳咳，這些囝仔，這些囝仔。」水來仔望著他們溜也似的背影歎歎氣。

「唉，唉，是那冤家的命呵，是他的命，剛出來不久呢，我還說好帶他去每家女兒那邊玩玩，不想他就這麼去了。幹事伯，這可是我婦人家的命呵。」火盛姆是哭腫了那雙眼，一把眼淚地走進來，這剛毅的婦人家一向不曾這樣的：「唉，命吧。」

「大嫂節哀吧，大嫂節哀。」父老都這樣說。

祭禮因午時就停落下來。大地是顯得靜寂了。庭院上收拾碗盤的聲響叮叮噹噹。外頭是亮晃晃的，午間無風。

「生死有命，富貴在天，半點不由人。」我這麼說，看看婦人那頭亂髮：「應該節哀保重啊。」

「我婦人家待他還是一樣，十五年不見面呀，不曾那麼並肩地偎著呀！他叩動門板的那刻，我的心是動著。十五年前走的那男人，這時就站在你眼前。剃光了頭，看上去還年輕，像他去時那個樣。我婦人三腳兩步跑到他跟前，伏在他曾一度溫暖我的胸脯上。老伴，老伴，我們還有緣見面啊，瞧你去時說十五年有多長，現在還不是挨過。」火盛姆扯扯她紮得緊的麻衣，不禁嗚咽起來：「現在還不是挨過，你在那邊是收過信吧，他們都婚嫁了呀！還有那些頑皮的孫兒，也不負我們一片心，不負我們一片心。」

「大嫂是一片心血。」水來說著。

「不是你撐著家，哪有今天。」父老們頂用力地說：「你們兩佬是要團圓的。」

「我是把老伴帶到大廳堂上。」火盛姆解下了她的麻衣，拭了拭眼淚，走動著她那雙很強健的脚：「燒燒香吧，向祖先們告訴你回到家來。那些日子，我是禱求著神明一地裏護著你的，二月十九，觀音媽生時，我再特別爲你收驚，那天是你的生日，我老婆子是記得緊啊，記得緊啊。老伴是焚了香，之後便不顧休息地，飛也似地跑到家後的那片旱田去。咳咳，他還是那脾氣。」

「那塊要修馬路的地嗎？」我猛地悟到那件事，老邁的心蓬蓬跳：「社區就只剩那路未完工吧。」我說。

「這馬路要修的，農忙時才不礙事，可以不要繞莊頭的那泥路。」父老們都說了。

悻悻然的我老漢想起火盛仔反對社區的那件事，便也一時心窄器小起來：「唉，那火盛仔老是不喜歡社區。」我是不該再對作古的人發脾氣吧。

「老伴是對那農事很愛好的，未娶我過他家門前，他便掙了那塊地，但迄今也只闢那幾畝水田，大都還荒著呀！」火盛姆俯下了首，那肩部寬得就像那片地，這處是可以看出她的堅強的：「還記得收穫時，老伴是喜得像他年輕時。他快捷地挑著茶水去。歐歐，阿公，我捉到草螟仔哦。捉到草螟仔。我懷中那三歲的小孫子銜著他剛認識的祖父喊。捉著綠蚱蜢的嫩手揚得好高。我那老伴十分高興了。他頂眞地編了個稻草籠給他孫兒。不禁令我想起昔日他娶我過門的那率直模樣。」

「歐歐。」我和那些父老不禁愴然了。

「但誰也曉得那片田是不毛之地啊。渠水夠不到那兒，地勢高，早就旱在那兒。我婦人家三番兩次也想䦨了它，就是沒法子。」火盛姆咬咬嘴唇像嚼著苦味的檳榔：「當時就有人要求著我將它賣給別人蓋雞場，好歹也有利用的餘地。我婦人是有些動心的。那些孩子都成器了，在外頭工作，也用不得那片地，把它賣了，倒也利人利己，想到這事，我就告訴老伴。不行呵，不行呵。那是辛苦掙來的，不能賣。我老伴竟閃動那陌生的眼睛瞧著我，但我老婦人十五年來，決斷行事，不曾有過差錯，我是決定將它賣了。」

「這樣做是不好的。」我想起火盛仔死前還有願違，便憐憫地說了。

「是不好。幹事伯。」火盛姆看看我，黯著臉：「觀音媽生果然屆臨。到時全家大小都會集在一起。我那一男四女一個也不少，齊整地坐在大廳，神案燃起熊熊燭火，把那歡樂生氣一下燃開了。和阿公坐在一塊！和阿公坐在一塊！幾個孫兒輕佻地就騎到老伴的身上去。引得哄堂大笑。而眞是千不該萬不該那說買地的買主也來了。在兒孫們都離開後，我們攤開話，老伴的倔強也令我嘔氣了。不能賣！你們是串謀來害我老人的。我不賣。老伴閃動不安的眼神，啊，可曾見到他那陌生的臉孔嗎？娘子，娘子，妳就決定嫁給我阿盛了，我會好端端地照料著妳。喏，這是把亮麗梳子，送給妳，送給妳。我就去找妳父親閒聊。猶記當初他上我家說親，率直、可靠。不行呵！要做大花轎，走路不太辛苦妳了。我阿盛還積點錢。我會帶著那幫手來，花轎上的彩繪一定會閃亮。一定會閃亮。唉，老伴當初是那樣的。」

「老伴！你也太過分！好歹十五年我都這麼做決定的！」霍地，我氣從心起，竟說出這句不該的話，剎那間，老伴在我和客人面前愣呆了，一杯我替他洗塵的參桂羹突然摔倒在桌面上。湯從桌面滑到地上去，一滴、一滴，唉，那一年一年艱苦的歲月。」

「現在不同昔日呵，不同昔日呵！」

「我突兀地不能自己說著。老伴定定看了一會兒，轉身便走出去。」

「唉，唉，老伴，我不是有意，不是有意。」

「事後，我婦人家悔恨地這樣想，但我竟沒有趕過去陪著他，陪著他。」火盛姆終於失聲地哭起來。

「錯誤啊，錯誤。」我說著：「這眞是錯誤。」

「但我婦人家還是待他一片善意，一片善意。」

「錯誤，錯誤。」父老們歎和著說。

「菸來了，菸來了！」棚外跑進那些小孩：「幹事伯，你的菸。」小孩溜著眼珠轉。

「到別處去玩。」水來仔用氣力地呵斥著。

三、成龍子弟，淸白顯赫的家世是必要的

金生仔戴著草箍低著身子在大門正中的痲燈下，他是在那邊試著端斗，準備黃昏時把他爹送出山頭吧。下山的陽光照在他細嫩的皮膚上，白白膩膩，把他高水準的教育都顯出來了。我老漢是有些怕這後生忙不出頭緒來，就趕過去指點他。

這後生是有二十七、八歲吧，家中長子，當初他父親離開時，怕只有十一、二歲，他後生是很能上進的，唸高中，讀大學，考高考，現在是鄉公所的財政課長，高我老漢一等。村子就這麼一個大學生。秀才命啊，村子裏的人都這麼說。

「幹事伯，還煩著你來，謝謝。」後生站起身子，高等教育地向我作禮。「謝謝。」他說。

「可不要心慮事煩啊。」我走到後生的背後去，紮緊他頭上就要散落下來的草箍，看來頗能節哀持平，白布痲衣使他寧靜致遠：「不要累壞了身子。」我說著。

一個胖嘟嘟的小孩戴著喪布疊摺的帽包走過來，一把抱住他爹的腿。要看阿公呵，

要看阿公呵。他說，接著對我羞答地笑笑，多半是看了老漢那些過時的鬚子吧。

「找媽媽去。」後生摸摸他的頭，在他的屁股打一下：「找媽媽去。」後生說著。小孩只好嘟著嘴，媽媽！媽媽！然後往後院中去了，那兒在做著喪禮的酒菜。

「鬼靈精呢。」我望望那孩子閃動在陽光底下的細烏髮絲：「是要成大器的。」

「現在小孩是幸福。」後生端著很文雅的臉：「當時我爹是丟下了我們，有話無從說呢。犯人的小孩啊，犯人的小孩啊，我那些同伴都這麼說。那滋味不好受。幹事伯，那滋味不好受。」後生試試斗的重量，然後把香插進去。

「那不得已吧，是要忍耐。」我說。

「我就學著不理它，並且把我爹忘掉，沒有父親的孩子吧，那也沒有什麼不好。我是有些自暴自棄了。但我父親是犯人啊，這是無可抹殺的事實，想到這裏我總要怛然心顫。那時候，我讀書是沒有問題，除了幾次的鬆懈外，我都是名列前茅。盜賊和狀元是同一家啊，那也是理所當然！嫉妒的都這麼說，幹事伯，小孩不能無幻想，可不是，當時我總想，要是我父親是達官顯貴那多好。」後生的手拿著香是抖著：「達官顯貴該多好。」但他的臉很淡漠。

「要過去的，壞命是要過去的，眞是人生不能無苦痛啊。」我說。

「以後，有那麼一大段的長時間裏，我除了受命於老母，和異地的父親通通信以外，我就很少再想他。孤立危巖，我竟能成長為大樹。」後生細膩的臉龐好像是笑了：「但那是錯的，幹事伯，小孩人家的想法是錯的。等到我娶了妻，生那幾個蘿蔔頭後，我知道父親不是那種樣子的，當時，我想起，要接他回來，盡心地奉養他。」

「歐。」

正堂廳的大門懸遮了一條長的曳魂布，飄飄然，大陽光掃去了所有的灰暗和戒懼，堂外的簷下插滿了燃開的香，活像隻趴著的大刺猬。

「就在父親踏入故鄉的那車站上，我見到十五年未曾謀面的他。看來是有些清癯的，剃光了頭，舊西裝，那是我父親嗎？那會是我父親嗎？我搶上前去，接過他手上那日據時代的手提箱。啊，金生，金生，竟能看到你，竟能看到你。父親這麼說。兒子不孝，兒子不孝，我緊握著他粗糙而老邁的手，熱淚竟也揮灑而下了。十五年啊，那麼漫長的歲月我不曾流過這種淚。父親還好吧？還好吧？我還伴著他走出月台，伴著問。」

「對啊，對啊，」我欽佩起來，不覺有些振奮了：「做父親活著就為這個，就為這個。」

「回到家裏，見了老母，我立刻就搬出書房的東西來。父親你就住這裏。我對他說著，那曾是我精心設計的房間，我要父親舒適。並且我還準備要他與我妻小到外頭去度假。」

「唷唷。」我老漢連連點頭：「在鄉下是少有的，少有的。」我說。

「而我父親說來也奇怪的。回到家後很沉默。看起來陌生生。閒時多半到那片田去消磨時光。在那田埂四周走吧，也沒有看他要做些什麼。有一陣子裏，父親突然是跟我母親不快活起來。大約是爲著出賣那田地的問題。讓著他吧，以後再好好勸他就行了，我是這樣跟母親說的。但那不是大問題，我只要父親安樂，只要他安樂。所以就利用假期，我們到市內去了。」

「嗯。」

「這就令我也迷惑了。父親好像對城市很戒懼。只抱著那些孫子親親他們的頰，教他們玩，對景色也就不感興趣。我是認爲他老人家多半不喜歡外頭奔波勞頓的模樣吧。但我記得就那麼一次，他是快慰過的。我們來到市內水上樂園。穿上游泳衣後，父親的身子還算康健，雖說較瘦了一點。太陽照在他褐色皮膚上看起來似乎是生氣勃勃。呵，呵，還有像我這般愛風騷的老頭嗎？呵呵，父親一面在池邊走，一面向我說。啊，阿公像泰山，像老貨仔泰山，那些孫兒纏在他祖父的身邊叫跳。池裏的水像結晶般地藍，可以看見嵌在池底那片片的瓷板，清澈盪漾，呵，父親陡地叫了起來，金生啊，就像這樣，像這樣。父親指著水說。我和那羣日本仔一起在紅河上作戰，在郊外紮營，越南的天氣乾熱，一晴如洗。我們遛達到一處山洞去，猛然看見山脚的一潭水，好清澈，好清澈，汗流滿身的我們脫光制服就跳下去。唉！從頭涼到脚底板，好快慰。不能洗啊，不能洗，一個長官從營地狂奔過來。是礦水啊，礦水啊，他叫著，那夜，我們的全身腫得像麵團。說罷，父親狂亂地笑上來。然後噗通地往池裏跳。我和那些孩子也跟進去了。只要父親快樂，我便無憾，我便無憾。」

「嗯。嗯。」我點著頭。

這時，方才去了後院那小孩就被抱過來，他母親年輕的臉是很肅穆哀戚的：「幹事伯，勞駕你。」她很賢慧地說。

「要跟阿公玩，要跟阿公玩。」那娃仔又叫了。

「噓噓，阿公睡覺了，以後和幹事伯玩。」那母親摀著他的嘴：「現在不要吵，不要吵。」她說。

娃仔望了望我又害臊地笑一笑，陡地反過身去，不好意思地鑽到他母親的懷中去。

「先把他哄睡，先把他哄睡。」那母親說著，便往側房去了。

「啊，和我玩。」我想著這話，不禁安不上心來。

「以後，父親仍是那老樣子，我是有許多事忙的。就不時常跟在他身邊。」後生繼續說，他歉歉然了：「有那麼一天，我在鄉公所辦公，父親氣沖沖地邁過來，驚動了那些辦公的同僚們。他突然談了許多，金生，人要奮鬥呵，要奮鬥，穩穩當當的。千萬不要差錯才好呵，留給子孫好的榜樣，好身世呵。屆時我們的家會有那麼塊金色的大扁額掛在門楣上，你是秀才呵，你是舉人呵，子子孫孫、萬世萬代居福祿。會有許多人恭賀著你，恭喜啊，恭喜啊，他們的手會搖得猛烈。」

「但是，但是，你母親是串通著別人來謀害我！來謀害我！」

「突然，父親叫了起來，要記住呵，田不能賣，金生，你要承繼它，用力地耕田呵！用力地耕田呵！父親說，便伏在我身上哭泣起來。唉！阿爸，好的，好的。我不會忘的啊，我安慰著他說。然後我塞了鈔票給他。明天到妹妹家去看一趟吧，去二妹的家。我慫恿著他。良久，他才疲憊地坐在我身邊的辦公椅上。臨走時還把鈔票還給我。」

「太憨直了，你那老爸。」我老漢有些感慨：「你的做法是不會錯的。」我說。

「但是，我不了解他，不了解他。」後生說完，變得戚然迷惑了。

四、好心老闆，食堂生意更昌隆

「想不到，前些日子他幫我的忙，現在是我幫他的忙。」

後院就聽不到喪禮聲了，做酒菜的王其發忙得團團轉，他對著我說。這漢子乃是鎮上一家食堂的老闆。

「你老遠趕到這村來，誰驅迫著你呀？」我老漢說著，把地灶燃的那塊木頭放進去，立刻燃起熊熊的火來。大太陽天在爐旁，是把我老漢烤燒得有些炙熱了。

「幹事伯，就是說呀，我是幫著他。」王其發挺著大肚子，那條圍巾好像要掛不住地、鬆垮地勒在肥腰間，他接過來一塊肉，使力地切著：「好歹，他在我店裏幫過一陣呀！」他說著。

「嗯。」

「那時我店裏生意好。」他仰起頭，愼重其事瞧著我：「就是你村裏父老，還有鄉公所那些職員也要去我那裏的，幹事伯，你也是去過的。」

「是是，」我說著，又蹲下去撥那木材：「你店裏較清潔吧，蒼蠅不那麼多，不容易的。」

「就在那收穫前的時候，火盛仔去我店。」他說著，當面把肉掃到鍋裏去：「兩手空空，像無家可歸的雀鳥。」

「嗯，嗯。」

「他說要找工作，問我店鋪有無空缺，唉，哪地方跑來這個人？陌生生的。有呀！我這麼回答他。」王其發嘿嘿笑了：「老鄉，家住哪裏，爲什麼不回家呀，在外面謀生多不易。我是這樣地問著他。但他一句話也不說。只要在店裏幫傭，只在店幫傭，煮東西我是會的。後來他曾這般自信地對我說。」

「我和那些後生去你店喝酒，爲什麼不曾見到他。」我老漢疑惑了起來：「你又沒設分店？」

「不是啊，不是啊，幹事伯，我王其發哪敢要他做事呢。有人告訴我，那人是鄉財政課長金生仔的老爹呀！所以就叫他在裏頭打雜。」王其發很愧歉地說：「但沒叫他做多少事，沒做多少事啊。」

「嗯。」我不禁瞧瞧周圍堆積的那些菜類，纍纍疊疊，是有些鋪張，但那也許是子弟們的一片孝心了。

「後來我是勸著他。老鄉，老鄉，你也該回去吧，在家有人照料萬事爽，單身在外，這多麻煩。夜裏我沒事，喝起酒來，我總勸他說。不能吃閒飯，我還能做事，他這麼說。然後就很快靜默。我問他孩子沒給他贍養費嗎，他搖搖頭。我不能要金生仔的錢，他說著。那臉面好像在羞愧什麼似的。教我想起街角那些鰥夫來。」

「應該送他回來。」

「我也是這樣想，但他老人家不走。若是吃住，我王其發是本行，少不了那三餐的。若眞的教他做事，他老人家應享淸福啊。在左思右想中，我也不知道怎麼辦好。就在五月中旬吧，晚上我忽然提起他家的事，老鄉，老鄉，你種些地吧。現在正割稻呢，一定長得很好吧。他老人家聽了怔了怔，啊，是是，我家要收成了呀！那夜裏，他匆匆地就走了，不要告訴金生仔，不要告訴金生仔，他說著。去得那般快，也不及多說話，那工錢還是我央人暗中送去給他。這我眞不懂，眞不懂。」王其發從水桶裏掏出一把金針菜，用力地打著結。

「嗯。」我也應著：「眞不懂。」

「而昨天他還去我店鋪裏，我們談得還熱烈，不想現在就過往了，過往了。」

五、同袍舊友，千山萬水也會度過的

祭壇上擺滿了各類的鮮花果蔬，一隻被修飾得粉紅黛藍的豬仔咬著碩大的鳳梨趴在那裏，媚得像待嫁的處女，幢幡迎風亂舞在西方佛祖的蓮花座前，幻出了五顏六色的異彩。喪主就跪在桌下，頻頻向跪拜的外祖、女婿、孫婿答禮。禮生展開了一頁紙，大聲朗讀祭文：

伏維我先君王諱火盛，一生忠厚篤實，顚沛偏能創業，流離卻能成家，堅苦不奪其志，困難不挫其心，兢兢業業，不敢稍懈，今能團圓妻女，竟於功成身殉，不克天倫共享，豈不令爾人共泣，路人同悲。

……………

……嗚呼哀哉，尚饗。

祭文過後，封釘、旋棺、弔祭、發引，草龍就高高被舉向天空，一陣鑼鼓喧天，頓然間西邊的夕陽燦爛了起來。出山呵！出山呵！款！款！鑼鼓響得有些軒然了。

我是有些累，就拖動我那雙不中用的腿跟在隊伍的最後面，在那批村子裏的士紳父老裏慢步著。我的前頭一隊穿白衣的整齊西樂隊，那些浮躁的音樂怕要引起我老漢的不悅吧。

「啊，時代過得快，過得快呀。」鐵城仔歎歎氣，他走在我旁邊是有些蹣跚：「轉眼間，我們這些老人就凋零殆盡。」他說著。

「嗯，嗯。」我應著：「就讓給那輩後生，那輩後生。」我是指那樂隊說。

「當初我們也像那樣。火盛仔的脚步比那後生還穩健吧。用走的，走過那座山，再轉回頭，不用半天啊，少說也有五、六十里，火盛是了得。」鐵城沙啞半個喉嚨說：「那年我們被日本仔派到越南去，在紅河邊上我們打得多好，和那些自大的日本仔比賽。我和火盛是共用一支槍，然後他爬到對手的倉庫去。我們喊開始，他把電線一剪，立刻天昏地暗，我把槍端在肩上，朝空一陣掃射，對手便溜也似地全跑光了。那些日本仔能得到嗎？做得到嗎？」

「歐歐。」我很是驚訝了：「你們當初還共過苦？難得呀，難得呀。」

想當年日帝有些霸道的，那惶惶的那代裏，使我老漢都覺得舉步維艱。我後來還是到日本去的，唸完書就回到台灣，待在糖廠鐵路局服務。那日子兵丁調得兇，竟有父子一齊出征的名堂。那鬼玩意我老漢看得清。所幸我一直任要職，就省去了那劫運。

「火盛仔聽人說什麼皇民榮耀就準備去。我聽他要去，也就跟他去了，是這樣的，我們就在一起。」鐵城說著。

「好多人沒回來。」我想起那愁慘的往事，不禁悻悻然：「太郎那後生的爸也沒回來呀。」

「所以，我當時也跟火盛仔說。要是回不來，就不妙了。我們都還沒娶媳婦。我是這麼說的。沒那事的，有去有回，方今當兵待遇好，等賺夠錢，回到鄉來，我先買塊田。他是這麼應著我。而後我們都很雀躍。以後火盛總想到要一塊田。」

「歐，一塊田。」

「那很重要的，火盛仔的父母是長工，就幫著人家種田鋤草啊，他們死時，沒留下什麼給火盛仔，而他也是一直做長工，直到他長大。」鐵城的絨布鞋踩在社區的柏油路上，怕要有些炙的，那路剛被大太陽曬過。「那很重要。」他說。

「他應該去糖廠，好歹也能秤秤甘蔗。」我想起日本時代收割季的那批台車上的甘蔗綑：「換換工作。」我說。

「沒辦法呀，又不識字。那日子我們拚命打仗，起先還好，吃住都不成問題。慢慢就不行了。薪水也停，糧食也吃光，最後逃亡。但即使是那時候，火盛仔也還是勇敢和滿懷希望的。你是不曾看過他用山籐殺死一隻四脚蛇，要快、狠、準啊。」鐵城一時好像興奮起來，臉色赤紅，分不清是西邊霞光返照或是血氣騰起所致：「最後我們一齊被遣送回來。還好好的，就像火盛所說有去有回。」

「那可是觀音媽保佑，是觀音媽保佑。」

「回來時又跟以前一樣了。但聽說台灣光復要實行耕者有其田。好消息呀！我會分得一塊地，是我的，用力耕田呀！用力耕田呀！我就有好日子過的。火盛是癡癡地對我說了。不久他就討媳婦了。很辛勞在度日，後來終於買了那大片地，火盛是很賣命地耕，但兩年後，他入獄了。」

「嗷嗷。」

「我們都不知道爲什麼，聽說販毒吧。但那大好人怎麼會呢？怎麼會呢？我和火盛仔深交那麼多年，我不會相信的。」鐵城停了停，面色肅然：「但，幸好呵，他找到的是好老婆，靠她苦撐，家庭才勉強維持下去。」

「那老婦人家我是曉得的。」想到火盛姆，我是要欽佩她三分。

「誰知，我們都還未作古前竟能見面。」鐵城微微寬下臉：「那天，火盛從監獄出來。我是為他高興了。想想他那上進的孩子與我家那幾個廢物不啻天差地別嗎？憑著金生的才幹，火盛仔是要享福的。啊，啊，同年，你是吉人天相，福臨晚年。看看你那成器的妻兒，十五年的寂寞是有所償報啊。我們在村店喝米酒時我是這麼說的。誰知他一直嚼著花生，一句話也不吭。要隔一會兒，他說，鐵城啊，還記得那年我們端槍守在那片田上嗎？陽光像鐵蒺藜的芒刺，照著那片綠著草的旱地，像無盡地鋪毯在那兒，我不是說過，我要有一塊地像那麼大，然後我由槍托地點這邊開始，一直墾過去。努力耕田呀！努力耕田呀！直到我老了，死在那上面。村店裏他是這麼說的，火盛仔的記憶還很好。那芝麻的事他都還記得。」

「噉噉。」

「但是，我說。但是那是夢吧，同年，那時候我們在越南作戰，是懷著希望去的。而後，我們也沒得到它。我一面說，不禁想到我們是老邁得這麼快。我得到了，鐵城仔，他突然這樣朝我說，我得到了。那時我終於購得那片地，我是準備開墾它了。我對著我那妻子及小孩說，從此我們不再是長工，我們是主人。人要有榮耀、有身世、有光輝燦爛的人生，要奮鬥，努力耕田呀！努力耕田呀！這樣你便會成功。但是……但是……突然間那火盛仔竟悲泣起來。但是，同年，那是意外呵，警局來了幾個人，說我與安全有關係。那天在家裏搜出那些紙片，一切就沒有了。而我還不知道爲什麼，不知道爲什麼。所以呵，人不要有差錯。」

「那不值得，不值得。」我連連搖頭。

送葬的行列繞村子一周，終於轉頭向目的地而去。夕陽更輝煌了，天邊一片雲蒸霞蔚，彩了色的霞帶，展開伊們柔軟的蛇臂伸過了整個天空，伸向了原野。

列隊就要停止了。那親屬們是要哭得很厲害的。節哀呵，節哀呵，我們是這樣勸著他們的。然後我們父老們在半路是要先折回去的。我看看他葬的那地方就是要鋪柏油路的路道旁，不禁又想起我那社區建設，而此時夕陽更壯麗。

我看到櫻花樹下的老婦

一

若想到達海拔一千兩百公尺的翠玉環湖，必須經過山勢險要的惡貍路段，這是位於福爾摩莎中部的一處風景絕佳的勝地，早晨，公路班車駛入了連綿的山巒中，春寒料峭。

由於春雨連綿，沿路的山崖土質鬆軟，這條路曾坍塌過幾次，駕駛員格外的小心，不時停下來勘察路況，然而，終究因爲迴轉過於激烈，到了惡貍路口，車子終於撞上了山崖邊的石欄，轟然一聲，車子起了激烈的震顫，便像一隻重傷的野牛，這輛車子嘎嘎地呼號著，吐著濃煙，卡在石欄間，再也無力攀爬了。

抱怨的旅客們大喊霉運當頭，紛紛走下車子，這一瞧，大家才嚇一跳，原來車子的前輪已懸空掛在山崖邊，若再要向前幾公尺，這輛車子便會衝墜到深谷去，那谷地少說也有兩三丈，谷底的磐石糾結著蓊鬱的籐木，翻白的流水嘩嘩地朝山脚奔騰而去，大家嚇出一身冷汗，但卻沒有減低旅遊的興致，幾經商量，大家決意走過這個路段，到達翠玉環湖。

早晨的太陽攀上了山頭，在對峙的山嶺叢樹中露出了臉，把山崖上的露水照得閃閃發光，晨風習習，所有的植物楚楚地顫動，充滿了躍動而新鮮的生氣。

這段路果然名實相副，青翠的草木在崖縫間挺拔成長，光滑的岩壁由高空直落谷底，奇怪的石頭額角崢嶸，道路是劈斲出來的，沿著崖邊一寸一寸地鑿出雙線道路，但靠近山崖一邊是臨空的，因之若從側面望去，它就像一隻惡貍張開了嘴，踞伏在那裏眦牙號叫，旅客一走進這個巨嘴裏便感到落在一個沁涼的天地裏，聲音盈耳，水珠不停地從洞頂滴落下來，嗒！嗒！嗒！

走出了路段，便逢著一處開濶的山路，這裏形成一個聚落，有著小小熏黑的木房，小小的鐵路，堆積的木頭，這是山貍村，居民在這裏依恃伐木為生。

我雜在旅客中行走著，一道旅行的林君，望著陽光下的惡貍村景，頻頻地點頭，他把禦寒的衣服披在肩上，抽起板菸，揚著手，談起山中的奇景：

「我不是登山的會員，但在日據時代我確然曾漂浪在許多的山村，你到過阿里山嗎？」

「自然，阿里山現在是很繁榮了，帶了太多文明的氣息，但在日據時期可不同了，在沿線，我們坐著小軌道的火車，砍伐樹木，在溫涼的夏日，赤著臂膀，抽著劣質的菸，山村籠罩在一片綠樹和山花之中。」

「還有，在太平山一帶，伐木的山村就像這樣，我們要行經許多的山巒，才到達伐木的地點，在那寂寂的山村，我們懷想男兒的一生到底是什麼樣子，還一次又一次唱著漂浪的歌曲，在陽光日，我們坐在山村，可以望見許多的山岫飄出了一綹綹的白雲，一剎那佔據整片的山巒，浩浩然像一片白色的汪洋。」

我的朋友把鴨嘴帽拉低了，他的皮鞋在山路的石子中，敲起了咔咔的聲音。

「在翠玉環湖，」他忽然指著遠端山巔的山林說：「我年輕時曾住過那裏。日本人在那裏開張著溫泉。日本人走後，我在那裏工作二十餘年，幾年前，我才離開。於今想來，這地方原來是我的故鄉啊！」

「你不會再回來吧？」我問著這位忘年之交說：「現在你在山下的成就實在非凡。」

「但它值得我來懷念。」林君把菸抽得瀰漫了，說：「我回來正要來看看我以前那些親朋，還有那幾位替我看管溫泉的小孩是否長大了。」

「這眞是令人羨慕。」我說：「你是情感中人，記憶裏總是充滿溫馨的親情。」

「是的。」林君笑起來了，說：「那裏更有一種令我懷想不忘的景致。」

「什麼景致？」

「櫻花！一大片生長在溫泉區的櫻花！」

二

近午，我們終於到達了翠玉環湖，這裏果然是經過一番雕琢所構成的觀光區，在車站邊，有一個小小的市集，商家販賣著山產，諸如貂皮、貍皮、手飾、頸飾之類的玩物，有一個顏彩鮮明的鄉公所，扶疏花木的警察局，道路用柏油鋪得乾淨整齊，蘊含著溫寒山林的鄉鎮氣息。

旅客們一跳下車，衆多的孩子便圍來兜售山產。

我們走上一處高築的望遠亭，由這裏可以望見山脈的面目，在這些山脈的環抱中果然有一個浩大的湖泊，像一面巨大的鏡子，高大的水壩修築在遠端，隱隱墜落在一片煙雲之中，許多撐著竹筏的人，靜靜地在湖面上下著網，據說這裏盛產金鰱，若天氣晴朗，還能見它們躍起湖泊上的姿影。湖之上，縱列的山脈草林萋菁，綠色的山影投映在湖裏，使得湖水變得青綠，交織成一片如眞似幻的景致，而在這片景物之上，天空以其異樣的悸藍向著無限的邊際擴展而去，白色山霧正向著天穹蒸發而上。我看著這一片類如江南的湖色山光，心中響起錚鼓般的鳴響，不禁擊節地讚歎起來。

「莫要藐視這片山湖。」林君懷著濃重的鄉情，注視著如畫的湖色，說：「這裏也是全省水蜜桃的名產地。固然，沒有哪個人曾因爲水蜜桃致富，但它確實是豐腴的地方，在平日，山地的人還會帶著寶貴的貂、山貍到這裏來販賣，它原不只是賴著觀光而存活的山鎮。」

「看得出來的。」我說：「你在這裏住了二十幾年，不是沒有緣由的。」

林君精神矍然地掏出一個鏈錶，看了看時間，說：

「來，我們下來吧，這裏只是一個外貌罷了，下午，我們到達溫泉地去。」

「好的。」

午膳後，我們又上路了，由市集到溫泉地，有一段相當遠的行程，但因著環湖而走，我們不放過這裏的勝景，猶然願意步行而去。

山風在午時涼涼地吹，但陽光減低了寒氣，我們走過了幾個山洞，越過臨空的古老吊橋，沿途林君不停和山村的熟人打招呼，偶爾還進入住家去閒聊，我爲山村的人的衷情所感動。終於，在傍晚，我們通過一座山谷上的長橋，聞到硫磺的礦味，而來到名震遐邇的溫泉地，太陽已停在山稜邊了，青色的山嵐開始漫開來。

這個臨湖的溫泉地，十分的幽靜，沿著山坡，興造一座座堡壘式的旅店，整片的溫泉地種滿了櫻花，在這個早春的山區裏，紅白的花朶像衆多的蝶子一樣，紛紛然開遍在整片的天空，櫻花樹下，在斜靠的椅上，躺著休憩的旅人。

我們在一家「京子飯店」的門口停下了腳步。

「這是我以前經營的旅舍。」林君環顧著四周，說：「後來，我轉讓給一位朋友來經營，你瞧這些牆上的鑲嵌，漫地的櫻花，都是我和那些老少的幫手完成的，只不知道那些人怎麼了。」

我們一面看著，林君不停地說。正準備去按鈴，但這時林君忽然回頭，好像被一個奇異的東西吸引住了，停一會，他說：

「慢著，你看那個賣著水蜜桃和香菸的攤販。」

我轉過頭去，便瞧見了在旅店前的櫻花樹下，一個頭髮已然黑白相間、缺了牙、懷著身孕的老婦人，她寂聊地拿著破布辛勤地在那裏擦拭著光潔的大販賣橱，每一個動作都要費很大的勁似的。這一照面，我卻也瞧見她有一張十分姣好的臉，只是在缺牙和白髮間顯得驚人的衰竭。而林君也驚異不置了。

「呵。」林君叫起來，說：「那不是池阿紅嗎？」

林君叫著就要走過去，但忽然又躊躇一下，搖搖頭說：

「不對！不對！她不是阿紅，這是一個老婦人，我一定把自己弄糊塗了，阿紅今年不過十八、九歲罷了！」

林君打消前去的念頭，伸手去按門鈴。

一會，旅店走出了一個穿拖鞋、身體寬胖的人了，他一見了林君，哈哈地笑起來：「林，你來了。我剛接到你的信呢，想不到你來得比風都快。太好了，你現在過得還好嗎？」

「好好。生意順利，總算沒有什麼不滿的。」

「哈哈哈。」旅店的這個主人朗朗地笑：「這次你好比是回鄉的人啊！我們要慶祝慶祝，你猜我內人和裏面的那些人有多想你。」

「是的，我也想著他們啊。哈哈哈。」林君像久回的浪子，開懷地笑了。

在偌大的一個幽雅的榻榻米房裏，我們落坐了，由落地的長窗，可以瞧見旅店前的櫻花和湖上風光。我們趺坐在粗糙的茶几前，抽起菸了。

旅店的人聽說林君回來，趕過來衷情的問好。林君以前雇用的小孩都長大了。

「嗯，時間過得眞快。」林君熱切地訴說著：「想不到他們現在都長大了。」

「有些留不住了。」旅店的主人說：「長大了，都到平地去了，所以我又雇用了幾個。」

「是的。」林君說：「時代不同了，平地在近幾年，有著異樣的繁榮。」

落地的長窗外，相繼來了許多遊客，他們都是來洗溫泉過夜的，旅店生意正旺。

「對了，」林君忽然若有所悟地叫起來，說：「阿紅呢？我沒見到她，是否走了？」

「阿紅？」旅店主人說：「你說池阿紅？」

「是的，那個鮮潤臉龐，綁著辮子、勤於工作的小女孩。」

「她嗎？」旅店主人躊躇起來說：「她還在這裏，她實在是勤苦的女子。」

「我以前說，若不是我的小孩都婚娶了，就要她當我的兒媳，現在還在這裏嗎？她好嗎？」

「哦。」旅店主人抽菸的臉憂愁起來，說：「她還在的，就是在櫻花樹下賣桃子和香菸的那個婦人。」

「什麼？」林君終於因驚訝而震動起來，說：「你說那老婦？」

「就是她。」

「不會吧。」林君笑起來說：「你是開我玩笑的吧，那婦人少說也有四十歲，頭髮都白了啊！」

「這是眞的。」旅店主人把菸抽得吧噠吧噠響：「這件事，我們慢慢談吧。」

三

池家搬到翠玉環湖來居住那年，阿紅是八歲。他們做著種水蜜桃的佃戶。

海拔一千兩百公尺的山上，格外溫涼，水蜜桃在山區的夏季以其驚人的生長力結滿了多汁的果實，使翠玉環湖形成交易的小市集。

爾時，平地的鄉間正值農作凋頽時候，大批的人遷往城裏去了，池家便遷進這山地來，想度過水稻價格低廉的困境。

然則，在這個以交易爲主的工商時代裏，運輸事業卻以其日益重要的功能而支配了整個農業生產。特別是這個海拔一千兩百公尺的水蜜桃產地，成爲生產容易而交易困難的地方了。幾年後，池家搬出了別人的藩籬，自立門戶，在溫泉這附近，墾植一小片臨湖的水蜜桃園。在辛苦的收穫季裏，池家挑著桃子到市集來，但剝削使他們苦惱。幾年中，池家陷在困境，他們的生活沒有改變。

但是，池家是人口旺盛的家族。

在無力供養小孩的情況下，他們的子女只受了基本的教育，便遷到平地的城市去自謀生路，或在鐵工廠，或在繁囂的加工區，雜鬧的漁港，七、八個小孩開始他們幸或不幸的人生旅程。

池阿紅是最小的女孩，在林君的照顧下，留在溫泉區當一個小服務生。

日子大約總像一般鄉下女孩的日子吧，在微薄的薪水和幫忙家務中度過。

幾個年頭一溜煙地過了，池阿紅由一個打雜的小孩變成亭亭玉立的少女了，京子旅店前的櫻花繁茂到屋頂上去了，並且開滿愈加茂盛素樸的花朵了。京子旅店隨著林君的離開，池阿紅變成一個標準的女中。

十五歲那年的春節，池家的兄弟遠地歸來。他們在異鄉自謀生計，或做著小生意，或過著還算小康的生活。

爆竹在溫泉區響得很熱烈了，池家自然有光榮了，就像所有農鄉的人，當他們的子女回來，單憑著從城裏穿戴回來的流行衣飾，就可以掃除他們久年的艱辛和苦難。

但不久，溫泉區的人曉得池家有了困難。他們的兄弟姐妹流落在城市，除了四個兒子娶有家室外，其餘的或者無力來娶妻，或已過結婚年齡而不願婚娶，即若那四個娶妻的兄長，兩位娶了不能生育的女子，另兩位娶了妓女，從未有過孩子。

這個有著衆多子女的家室，卻面臨斷嗣的危機。

而這個繼絕的任務只有靠這位么女來完成了。

池阿紅越長果然越漂亮，旅客來到這裏，他們注意這位有著長髮、潔白皮膚、類如山地幽雅的女子，他們說：「這是一朶永不凋謝的翠玉環湖之花。」只是沒人來提親過吧，大約旅人在平地也曾見過這樣美麗的女子吧！

十六歲的那年春日，翠玉環湖來了一個平地的水果小商販，他依恃著微薄的水蜜桃運銷利潤來營生，他在運載桃子時認識了池阿紅。在櫻花樹下他們和所有的男女青年一樣，有著甜蜜的愛戀的日子。

他們結婚了。

四

「當然，結婚的條件是男方入贅，所生育的子女全歸池家。池阿紅必須一個人負起八位兄弟姐妹生育的責任。」旅店的主人繼續說：「固然，生育這件事是女人引以爲傲的，沒有一個女人認爲生育是件壞事，甚至現在提倡的兩個孩子的節育要求還有點違背倫常呢！」

「所以阿紅很快就在隔年生了個孩子，在父兄的命令下過繼給長兄，生育後的池阿紅漂亮豐腴過一陣子，但父兄要她繼續生育下去。」

「不到一年，池阿紅生了一對雙胞胎，自然又被領養了，但已現出婦人的頹態了。」

「然而，池家的水蜜桃並沒有使池家變得富有，剝削下的池家仍然窮困，池阿紅帶著永不消褪的孕肚，做著粗重的農事。」

「每生下一個子女，就被領走了，而每生一次子女，池阿紅也變得蒼老一分了。」

「五年不到，包括雙胞胎，這個十九歲少女竟然生了六個小孩。」

「但是，她的身子終於因羸弱而匱頹了，操勞的頭上伊始長出白髮了，牙齒慢慢掉光了，她看來竟像一架生產過量的機器，在不停歇的運動中逐漸疾斃了！」

旅店的主人說完，暮色開始聚攏過來。淡淡的山嵐停在湖上溢到櫻花樹叢來。京子和許多的旅店的姿影淡黯了，燈開始一盞盞在這個溫泉區亮起來。

我和林君在店前的櫻花樹下，過了一個沁涼的夜晚，那個老婦在夜晚時回到她的水蜜桃園去了，一直就沒有出現過，我和林君相視著，不禁思想起在遙遠的我的故鄉，那些漁村，鄉下是否也有著這樣令人黯然神傷的事？

五

隔日，山鎮氣候仍然溫涼，櫻花依然盛開。林君與我離開這個溫泉區了。我們把所有的錢湊集了，煩轉給那個櫻花樹下的老婦人，究竟我們是因爲憐惜她或是欽佩她呢？在這一點上，我們是無能去確定的。

——原載一九七八年《現代文學》復刊號五期

在港鎮

一

清石灣是位在南台灣的一個小港口。它是一個古老的港鎮。不同時代的傳習，使此地留下了紅磚砌成的舊牆垣，寬僅三尺的狹窄青石路，以及東洋式的木造小舍。

一九七四年，四月春日，我旅行到這個地方來了。南島碧藍的天空又深又遠，向著大海投下巨大的反影，那些岸上的綠棕櫚，濶葉的熱帶樹，使得清石港鎮變得優美而適然。但是在這個變動的世代裏，這個隱匿的港鎮也無能保持她古昔的景觀了。我在那蓋磚屋的街路上，看到了矗向晴空、閃動著銳利光芒的大理石建築，並看到年代久遠的廟宇前搭建的新式亭閣。那些穿戴時髦的年輕女子，長髮飄肩的奔躍男孩與粗礪手脚的父老，和華髮早生的門閥子弟一起雜沓在這個城鎮。

朋友招呼我到一個寬廣的河渠邊的茶樓上，我們可以見到了清明龍舟競賽的海人在努力地修葺他們的船筏，美麗的雕鏤和顏彩，使得河渠變得鮮豔而成熟起來。我們踏著愉快的步伐，走過叮噹作響的首飾小街，穿越毗連的古老市墟，流連在芳香四溢的珍餚店舖，最後走到一座荒廢但看來堅實的日式建築前。它坐落於一片檳榔樹下，巨大的香蕉樹樹叢環抱了它，有一條小河輕輕地流動在建築的四周。它看來幽深，我們在木造的門柵邊停一會，竟看到黃藤花和鳥蘿幾乎把毗連的房舍吞噬了，只留幾個窗子來承接一些南島的陽光。幾隻貓在庭院裏靜靜地瞪視著門柵邊的這兩個可疑的訪客，便忽然拉起了牠曲弓的背，反身沒入了草叢中了。它看起來不像一個住宅了，卻像開滿草花的大窀墓。

「這棟房子看來奇怪，在這個港鎮裏，它不同於那些荒廢的舊宅院。您覺得呢？」我問起旁邊的朋友了。

「唔。您說對了。」朋友把菸從嘴唇上取下來，說著，又舉起手指著花草蔽住的屋簷下，說：「你仔細瞧瞧，那裏不是坐了兩個人嗎？」

「啊！」

我止不住叫起了。原來在那草花形成的帳幕裏，在那幽靜的簷下——那兒以前是用來盥洗或披晾衣服的，有兩個人坐在那兒。一個是年輕美麗的女孩，她靜靜坐在輪椅上，並維持著始終前看的姿勢，另一個是老婦，她在綴補著一件玄色的衣衫，頭髮微微花白，她的肩身寬濶，雙手特別地顯得巨大。每隔一段時間，那個縫著衣衫的老婦總要轉頭來注視著那個女孩子，並且替她輔正坐姿，然後又專心去工作。

「她們是一對母女。那女孩子是白癡，老婦人在縫織鞋底，在這棟屋子裏，他們已住了二年了，從不離開。我相信沒有任何的力量可以使他們母女分離了。那個母親是我們港鎮裏所津津樂道的女性，大家都叫她虎大嫂。你想知道什麼叫虎大嫂嗎？」

於是，朋友談起這件故事。

二

虎大嫂的名字已經很少人曉得了，只知道她姓楊。是昔日清石楊家鐵舖的一個女兒。說起打鐵的行業，在清石灣裏還有它久遠的歷史，楊家世代相傳，由於鍛燒的技巧和製模的準確，使得楊家的鐵器揚名在附近的鄉縣。鍛燒的鐵器因楊家而成名，而鐵器也使楊家的子孫體魄強健。這個楊家的女兒出生時，除了有一種秀麗的丰采外，竟然也有父兄一般健麗的身材。幼年時，她在港口邊照顧一些船隻，竟能獨力來做完兩個男子的工作，因爲她有一雙關節特大的手掌。

港鎮沒落的李家老爹看到這個楊家的女兒是在二十五年前的一個春日，李老爹很喜歡這樣一個擅於做活的女子，李家是從前清石灣的巨戶，擁有幾艘漁船，他們的大網遍布在清石灣附近的海邊，衆多的漁民靠著爲李家工作而生活。但慢慢的，李家因怠於理財而顯得有些頹敗了。戰後的經濟的凋敝也使清石灣發生了變化。李家的次子——李儒這個人曾在戰前赴日求學，戰後歸來，在一個鎭公所裏謀職，靠祖蔭來過著閒日子。李家的老爺向他提起娶妻的事時，李儒表示反對了。可憐的這個年輕人，生性懦弱，他蒼白而意志不堅，在日本曾與一個女子戀愛，他惦懷過往，竟至決定不娶。

春日的雷乍響在天邊，港鎭的景致異常地鮮麗而潔亮起來，楊家的老爹和李家的老爹一齊到酒樓上去傾談，許是春日的風光總令人易於遐想起幸福的事兒吧，楊家的老爹把酒杯端起來，說：「我們在月底結成親家吧。你現在就回去辦些迎親的東西。」李老爹快樂地笑起來，兩人醉眼惺忪，把幾張桌子掀翻了。

李家忙碌起來，大肆備辦婚宴，淸石灣的人都風聞到這個消息。小孩子甚至都站在馬路上來嚷著：「李老爹要娶媳婦了，李老爹要娶媳婦了！」

李儒知道這個不佳的消息後，坐在家裏發愁，一會兒發愁變成焦慮。他背著手，走來走去，雙手都發汗了。他覺得要他成家簡直是太可怕了，他是還想和情人成爲眷屬的，最起碼他對大世界的自由戀愛是充滿嚮往的，他想要有一個美麗的戀情，唔，戀情才是一切。和心愛的人結婚才對呀！若是和自己不相愛的人廝守在一起，那才是發瘋的事。

強迫自己去愛不喜歡的人是殘忍的。他焦慮地逃出了房間，到了鎮公所，又焦慮地逃到了海邊，他感到危險，最後他的理智完全被焦慮所吞沒了，他搖搖擺擺，失魂落魄地走到父親的面前，說些喃喃的話，末了跪下來，哀號地說：「求求你，父親。不要逼我吧，父親。」李老爹看看這個兒子，不禁怒火中燒，他告訴兒子，男兒就是要事業爲重，男大當婚是必然的事。李儒看著父親不答應，渾身都發抖了，最後他爲瘋狂所擊，站起來，竟能睜大他的眼睛，像一個壯士一樣，說：「好！你既然不能諒解我，我也有了打算。」於是在婚禮的前一個星期，李儒不見了，沒有人知道他去哪裏，也許去北部了，或者去遠航了，或竟有人傳說他偷渡到日本去找情人了。

李老爹知道這件事時，暴跳如雷，他在媳婦和兒子的面前大聲斥責，還把李儒的房間的桌椅都砸壞了，最後還去櫃子裏尋出日本的軍刀，把他掛在大廳，準備在祖宗的面前來殺李儒。家人都跪在面前，勸告著父親要原諒李儒的不是。李老爹坐回到廳堂的椅子上氣喘連連，終於說：「他跑了，便以爲婚事不成了。但他錯了，我們還是把媳婦娶過門來。」

於是李家照樣轟轟烈烈地準備來迎娶，但大家都在紛談著，以爲這種婚事實在可笑，會誤了楊家的女兒的，簡直是荒誕的兒戲，最後有人來笑這個李家了，他們以爲這種事是李家家門傾頹的象徵。自然楊家也責問這件事，楊老爹甚至幾次想停掉這件婚事。但，誰知，在結婚的當天，李儒竟而臉色蒼白的回來了。李老爹大怒地打了他，在他的身上踩著，但李儒縮著身子，像一條暴露在鳥喙下的蟲子，李老爹一面打一面罵：「你這個不中用的東西，你這個廢物！」

時間匆匆地過了兩年，李儒雖然不喜歡楊家的這個女兒，但在父親的面前竟提不出反擊，與其說他愛他的太太，不如說他怕他老爹。不過他竟能心平氣和地在妻子的棉被裏睡覺，兩年之中竟生了兩個孩子。這年李老爹死了！

李家的人大力地來搶分著財產。所有的地契、房屋、漁船、拖網都分掉了。李儒得到一筆大錢財，還擁有了為香蕉樹所圍繞的一棟日式的房子。淸石灣的人客氣地稱他「李儒先生」，他並在自己的大房前釘著牌子，寫著：「李寓」。

李儒成了優閒的祖蔭下的布爾喬亞，現在沒有人來管他了，他的老爹在地獄裏看不到他了，於是李儒開始要來使自己成為一個能決定自己生活的人。他把頭髮抹上油，穿著戰後剛流行的西裝，把香菸改成菸斗了。到鎭公所上班時，總跑到鎭長室去譎談，表白他對地方的事情充滿關心，鎭上的人把他當成一個躍動的丑角看、拉攏他，但他的談話沒有一句是切中時弊，鎭上的人都曉得他是夸夸之言、多餘懦弱的人，和阿貓阿狗沒有兩樣。他的湊熱鬧的個性整個爆發了，出入在酒家、茶室，和大家稱兄道弟，並談起自己輝煌的往事。他開始把自己當「名士」看待，大談他知道的日本、台灣、外交、政治……有些是憑報紙臆測的，有些是杜撰的，但絕大部分都說錯了，因爲他懦弱和蒼白的本性把世界誤解了，他唉聲歎氣，捶胸頓足，以爲自己懷才不遇，被時代埋沒，他總儘量把自己誇大成滿懷大志、洞燭時代的人，但當他談到自己的愛情觀、人生觀，和家庭觀時，總是要不順暢，因爲朋友嘲笑他，他竟娶一個目不識丁的女人，一個目不識丁的女人。

冬日來臨到港鎮了，瑟瑟的寒風掃過屋角，吹起呼呼的聲音。冷肅的空氣，使港鎮換一個容顏。人們偶爾迎風站立，臉便被凍得發疼。李儒在冬至的夜裏和朋友赴宴了，他喝得大醉，並且和人吵架，回到家來，看到妻子抱了兩個小孩踞守在屋子裏等他。李儒把自己的房子看成是宴會的延續。他放聲大叫說：

「你們是什麼呢，我又是什麼，你們都是小卒，我是飛龍，唔，飛龍在天，你們懂嗎？……」

李儒伸出一個小拇指來指著對方，又一個大的飛翔姿態，便躓倒在地上。他的妻子站起來，伸開寬濶的手來，把他扶起來。李儒揮揮手，拂一拂酒氣的臉，看清了他的妻子，忽然他的腦中浮現幾個影子出來，一個強烈的打鐵匠的姿影，一個目不識丁的女人的姿影，一個在日本的女子的容顏，一個嘲笑他的面孔，於是他忽然一躍，伸手朝著自己妻子的臉上使勁地打去，「帕」地一聲，清脆的響聲震動在夜空中。李儒的妻子跌到屋牆邊，而李儒也大吃一驚，這是他第一次打自己的妻子，唔，妻子竟是可以打的呀，他繼續大叫：

「都是妳誤了我，都是妳這女人誤了我！」

於是李儒跳上去，用力地在自己妻子的身上捶打著，而終至於睡著了！

從此，李儒學會了一樣事情了，而那便也是李儒妻子困苦的日子的開始。李儒虐待他的妻子了。

這個可憐的年輕婦人開始過著惶恐的日子了。她不曉得自己的丈夫為什麼變成這樣。她日夜地煮食、洗衣、照顧丈夫的漁船業務，她在鎮上奔忙、看顧小孩，回到家還要撿拾被丈夫打碎的碗盤，她替丈夫打洗臉水，侍候丈夫在酗酒中睡去。最後她了解，那些鎮上的高級的人都認為她是丈夫的一個笑柄，因此當他丈夫的客人一齊到這個家來，她便躲得遠遠地，生怕自己破壞了丈夫的聲名。七、八年過去了，這個婦人又連續地生了幾個小孩，她的臉龐憂鬱，變成一張類如贖孽的臉。她以為自己倒不如死去吧，但當她看見自己的小孩時，又決定活下去了。

整個台島的變化，好像使得港鎮的經濟變得更不樂觀了，愁慘的港鎮的人感受到一種貧困的壓力，李儒的一些小事業都沒有成就。他的懦弱、陰鬱日深一日了，以前他的妻子使他在鎮上的上層社會沒有顏面，現在他的小孩把他的日子拖窮了，他日日深陷在家庭和妻女的牢籠中了。他的酒喝得愈勤了。在一次的鎮上的節慶裏，他把自己喝得大醉，又要了許多的雜酒，把自己弄得全身發抖，好像得了跳舞症的人一般，奔回家中，他大叫幾聲，將五個小孩弄到庭院來，叫他們跪在庭院裏，七顛八倒地到後院去取一支棍子來，他無端地問一些問題，甚至是國際、政治新聞，小孩不會，便在他們身上打一下，最後把小女兒打昏了。李儒的太太爲恐懼所攫，她奔到房裏去，從床鋪裏去搜一把東西出來，拿到庭院的月光下，指著丈夫放聲地叫著：

「是你逼我的，若你再動手，我便和你拚了！」

李儒一看，恢復了理智，因爲他看清，那婦人的手握了一把楊家鐵店打製的小刀。

李儒的妻子終於敢提出反擊了，因爲她竟發現，丈夫是可以對之反抗的，與其有個壞丈夫，不如沒有丈夫算了。她開始學著不依賴丈夫，並用自己粗礪多關節的手來抵抗丈夫無端的毆擊，她的反抗，使李儒稍稍生畏。因爲他的懦弱和蒼白有時是打不過自己的太太的。李儒又成爲笑柄了，那些阿貓阿狗的朋友說他娶了一個虎姑婆。

這個不負責的丈夫想擺脫他的家庭了。他到處和別人談自由和解脫，逢到女人便和她談愛情，他覺得自己的青春曾被躭誤，不應該再躭誤第二度的青春，於是和一個鎮上的酒女逃亡了，離開清石灣躲到另一個地方去了，港鎮的人聽到這件事，驚訝地張大眼珠，他們想一件事，說：「李嫂和那羣小孩要怎麼生活呢？」

那個可憐的婦人聽到這個消息，始而流淚，終而嗚咽，最後她憤怒了，竟能毅勇地站起來，她走到房裏去了，把所有美麗的衣服，結婚的紀念品、胭脂、粉盒、髮飾全包紮起來，她走到港邊，把那些東西擲到海中去，人們便看那婦人激越地抖動著她的身子，如石像般的臉映著日光閃閃發亮，她把巨大的雙手握緊了，捶打著那些巨大的石椿，一會兒她奔跑地回到她的娘家了。由於丈夫的音訊全無，爲了撫養五個子女，她開始在白天幫人做活，夜晚和兄弟一起打鐵了。她把自己訓練成男人一樣。

歲月匆地過了十幾年。這個婦人靠她的雙手，養活了五個小孩，能夠自立的孩子都在外面奔忙了，孩子的離去，使她的生活冷清了，她便完全搬回娘家，和最小的女兒廝守在一起。她的女兒十七歲了，是個美麗聰慧的姑娘。但這個母親完全扭曲了，她的臉龐黧黑，雙脚粗碩，肩背有力，她把雙手張開時，人們看到的是一個海人的形象，找不到所謂的溫柔美麗了，她把自己的青春全付給了自己的子女，港鎭的人暗中來叫她虎大嫂。

在兩年前，這個虎大嫂接獲了一封信，赫然是丈夫寫來的。那信上的內容是這樣的：

吾妻如晤：

想一想，我還是寫了這封信給妳，我是多麼地想念妳呀，十幾年了，雖然事業有些基礎，但我日夜的悔恨，總希望能再與你們相聚。但我是多麼地徬徨啊，妳能讓小孩與我相聚嗎？我現在固然是有另一個家了，但妳若肯讓小孩再與我共聚，我這個當丈夫的人便是死了也甘心啊。在異鄉多麼痛苦，但後悔已來不及了。妳怎麼罵我、責備我都無所謂，我害苦了妳們，只期望能補償於萬一。請妳千萬答應這個要求才好。若見到孩子，眞不知要如何哭著向他們悔罪啊。

夫李儒敬上

虎大嫂看了，起初低頭地沉吟著，最後她答應了這個薄倖的丈夫，讓她最小的女兒到父親的身邊了。那是繁華的北地。這個婦人遐想那個分離十年的丈夫能給他的女兒一點什麼。

幾個月後，忽然港鎭卻傳出了一個消息。那便是李儒的女兒竟被他的年輕的同事拐騙了，那個年輕人是有婦之夫，她住在一個精神療養院了。

虎大嫂得到這個消息，在自己的娘家昏倒了。後來她竟然沉默地打了一個包袱，隻身到北部去了。她在丈夫的家和那個年輕人見了面。那個年輕人涕淚縱橫地跪著向那婦人請求諒解，李儒也囁嚅地向他的妻子解釋。他們談起都市的婚姻觀，以及自由開放的思潮，竭力來爲自己辯解，後來竟說起放蕩的問題了。這個婦人始終不說一句話。她靜靜地坐在那裏，後來冷肅地站起來，像一塊堅毅的石像，她盯著那兩個男人，手掌的指節嗶嗶剝剝地發出響聲了。

不久虎大嫂把病癡的女兒帶回來了，住回日式的舊屋子，悉心照顧這個可憐不幸的么女，好像被埋在世界的一個角落一樣，但就在虎大嫂回來幾天後，北部報導一則兇殺案，據說一個年輕人在路上被殺，他的頭被活活地扭斷了，好比一雙大的鉗子，把他的面孔扭到後面去了，他的身邊留下男用的一雙鞋子，由於找不到那個強壯力大的男性兇手，警方便把他當成意外事件處理了。

三

朋友說完。屋簷下的老婦把縫著的衣服放下，站起身來，又去輔正那女孩的坐姿。我不禁感到敬畏，止不住地再三點頭了。這才是港鎮眞正的母親啊！這才是母親啊！

舞鶴村的賽會

一

「若以本地的民俗才藝而言，頂埔村是以代天府的宋江陣聞名，他們勤習一套形意拳，並擅用刀戟，我曾看見那個師傅穿一套透溼的長衫，只一抖，就再也擰不出一滴水了，那種功夫，你不能想像。」

「下黏村呢，是以踩高蹺著名，在城隍的慶典上，黑白將軍的身子撐高達丈餘，他們晃動著巨大的步伐，眞有驚動鬼神的氣魄。」

「溪邊村呢？是以划龍舟有名，牛角溪的水位在端午時高漲起來，他們的龍舟繪著顏彩，在斜斜的雨中往前衝刺，岸邊的人都把傘揮動起來喝彩，那種熱烈的場面一生少見。」

「至若本村——舞鶴村，則以養狗著名。」

一九七九年我到達島中部的一個舞鶴村，時值賽會，朋友拉著我，走到廟場。他指著熙攘的人羣說著。

「這些賽會，在一九六八年後，曾消聲匿跡。好像心有靈犀般地在本地一齊消失了。今年，又不約而同地出現了。你看，這個舞鶴村又要賽狗了。」

朋友和我停在廟階上。那廣場設有許多的障礙物，無非是測試狗子的奔、跳、應變能力。許多的人牽著大小不一的狗，坐在場上選手席。那些狗看到陌生的羣衆，汪汪地吠著。

「這些狗來自鄰近的鄉村。這種狗的賽會在本島是絕無僅有的。談到本村賽狗的發跡，還須談起創始人李高這個人。」

於是，朋友說起一件奇事。

二

舞鶴村是中部平原的村子，陽光終年灑落在這塊土地。戰後，這裏仍種著熱帶的經濟作物。於是連綿的稻浪、甘蔗的長葉、漫地的菜花黃把它整個兒給包圍住了。在每一幢茅舍的上頭，在天空，簇起了搖晃的竹篁，黃昏時，白鷺嘎嘎地由田間飛回來，熙攘地棲在竹篁中，因爲白鷺似鶴，便取了這個美麗的村名。

李高是舞鶴村的富農，住在村中一幢古式的四合院裏，他的祖先是本地的懇首，當日本人殖民在這塊土地上時，他的父親是保正。長時代的優裕生活，使這家庭的行爲和習慣與村人不大相同，你可不是不知道，當大家在村裏一齊朝拜湄祖時，李高卻另迎張天師的神位去供奉。當大家在冬天的庭院下曬太陽時，李家的庭院卻大宴賓客。他家包辦本村的婚喪喜慶和公益事業，出入在大小會議上，彷彿缺了他就不成爲村子了。

戰前，李高承襲了遺產，竟有二十餘甲的土地，家宅的地下埋藏了數不盡的龍銀，這些財富足夠讓他娶一妻二妾，並生了大大小小十三個小孩，過得富足、豪貴。這李高是大個兒，有個便便巨腹，臉色堆滿富裕的笑。他愛穿白色的西裝、白色的皮鞋，戴白色的扁帽，拿拐杖，抽著菸。當他翹腿，偏著頭來傾聽村人的談話時，丰采眞是好極了。但這人個性豪爽，竟一反祖先的慳吝，任意地把銀錢施捨給他人，並大宴賓客，唔，今天，你若手頭緊去找他，李高絕不會使你失望，他把銀錢從口袋裏掏出來，說：「慢些日子再還。」這樣的態度使舞鶴村的窮人開心，但有些人則認爲李高瘋了，是不聰明的。但李高呵呵笑，不在乎。因爲他的精神全給一種玩意吸引住了，那便是狗兒。

你在戰前戰後看過趕狗的人嗎？那些趕狗的的人騎著車子，身邊奔竄著一羣狗子。他們幹什麼來著？他們以捕鼠爲業。這些人把車子停在每家的院子，在木柴堆邊，在小房子裏，在堆貨倉口站一下吹了口哨，狗子便汪汪地躍動一陣，像熟悉陣法的兵一樣，把敵人的營窖給包圍住了。牠們用鼻子在地上嗅嗅跑向角落，忽然便銜了一隻掙扎的老鼠出來。於是這些人把鼠兒成串地綁在車後，呼嘯地又到別地去了。這些鼠子是做什麼用的呢？賣給鄉人吃。唔，那時的鼠肉便算是佳饌呀！

李高養狗卻不是捕老鼠的，他為了興趣，為了狗兒的品種，他到處託人，帶回各類各樣的品種，在前院的兩根門柱上綁了腿兒瘦長的牧羊狗，後院則是警用的狼狗，每個屋子豢著變種狗。他勤於替狗子洗濯、餵食、帶牠們運動、替他們治病。但他卻不養小家子氣的美麗狗。他要的狗是兇狠的、威武的、具有類於武人戰鬥特質的狗。每當這個全身雪白的富人帶著他的狗在空地操演時，眞不可不看，他把一根棒子丟向野地的叢樹中去，那些狗吠叫起來，風一般奔躍而去，一會兒，一條威猛的狗扯開腿，奔回來，口裏銜了棒子，李高便給這隻勝利者一塊肉。他的狗都是勇士。村人都說：「李高的任何一條狗都可以把宋江陣的人咬碎。」他的聲名慢慢傳播到各鄉縣去了。各地愛狗的徒子都來了，李高的門庭出入著這些人。在一九五〇年，本地的賽狗大會便在舞鶴村舉行，各地的狗徒、參觀的人們第一次羣聚在這裏，廟場上的火圈、高欄、跑道……被擺起來了，熱鬧的場面勝過划龍舟。李高的旗子豎在廟門前，迎風招揚，寫了一個大字「李」。他是創辦人。

然而，李高的家況慢慢轉變了。那便是土地政策的改變，一九五〇以後，李高的土地慢慢地少了。那些土地逐漸在變遷中發放給鄉人了。收成的減少，使那個家裏的厨師也不得不省下了每餐的雞翅或魚翅，最後把張天師的供禮也減一點，甚至兩個月才演一次戲。但是李高毫不緊張，他照樣地把錢借給鄉人，即若不還也懶得去要。他的精神更集中在賽狗的事情上去了。他把這比賽修改成兩賽制，分別在每年的夏秋兩季舉行，並廣爲提倡，使得舞鶴村的每戶人家都或多或少參一隻狗，因爲只要這家參狗時，李高便去看他，指點一些訣竅，或給一些參養費。各地的人都來到了，李高不停大宴賓客，他的皮鞋刷得更白，衣服更加耀眼，把他的手杖敲在賽狗場上，完全成爲養狗的藝術家了。但一九六〇年，他的大太太以和兩個姨太太不合爲由，和兒子離開舞鶴村，去城市做事情了。

舞鶴村的稻價意外地低廉起來了。許多的藥劑和肥料卻奇異般地高昂。收支相抵，看不出有什麼可賺了。於是像潛隱的一場病一樣，舞鶴村的一些人遷往城市去了，年輕人流落城市，不再回來。李高的管家把收支一算，竟然虧本。這時，李家賣出龍銀。但是李高的狗愈發勇猛，他的狗竟如同附身的幽靈般，能夠輕易地掠過一丈的牆垣，並穿過牆上的火圈，他的狗張開牙來，扯高前腿，活像要踩平廟場，李高的拐杖擲向天空，翻個身，又落回他的掌中，他的白帽子望空發光，看的人爆發了一陣陣掌聲，但一九六四年，他的最小的姨太太也帶她的小孩，離家出走了。

這時，他賣了部分的土地。耕作的田終於需要請人來耕種了。他的大姨太辛苦地下田去工作了，並因傭人的減少需要親自下厨房。一個受雇的長工，因牛瘋被觸死在田裏，李高賠了一筆巨款。舞鶴村的人都說：「這是李高的壞預兆。」

果然，一九六七年，大太太和小姨太從城裏回來。他們攜帶著怒氣的小孩坐在廳堂。

「唔，要分財產啦。」嫡長子把他的菸往嘴上拿下來，臉面精敏，他說：「阿爸應該協助我們在城裏創業。」

「怎麼分呢？」李高用著溫文的臉問著。

「只拿我們的三分之一。」大太太說。

「唔，我們也拿三分之一。」小姨太也說。

於是他們像一羣爭食的蠅子嗡嗡地吵著，最後愚蠢地對峙在廳上。小姨太的兒子大怒，在廳堂上舉著桌子揮舞，由於力氣太大，把李高的拐杖打斷了，廳堂上的狗叫起來，大兒子便把一隻賽狗打成重傷了。纏訟開始了，那兩個移居的太太立即在法院控告他，成爲不厭的索求者。竟像每個王朝都有的外患一樣，李高先賣了四分之一的土地，又分了三分之一的土地給兩位太太。那兩個妻子立刻把土地賣了，並要求贍養費。李高把精神都放在賽狗上，竟覺得若無其事，他把自己的皮鞋擦亮一百倍，帶著狗兒去散步，只是脚有些沉重，見到的村人都問：「李高先生，你還好嗎？」他雖不見得好，但狗兒更好了，他仍大宴賓客，把狗皮帶綁在他的褲帶上，像永遠不和他的寵物分離了。現在，他有一個訣竅，便是在比賽前讓狗兒吃西藥，於是一九六七，秋季，他的狗嗥叫在廟場，一躍便如一隻燕子般地竄過丈高的牆垣了。那隻狗瞪視著一個婦人，竟使她暈倒了。但這年的纏訟激烈，李高怕財產被奪，把土地和財產登記給大姨太和她的小孩，大姨太的耕作仍沒改善，她勞動在田地，不久死了，小孩攜著財產離開了李高，留下幾分的財產讓這個父親耕植。

眞正的打擊來了，李高沒有妻子兒女了。他開始每天和著狗子在村道走著，皮鞋蒙了一層垢，歇在路邊喘息。他爲了表示自己的好手采，遇到村人，呵呵笑，說：「好極了。近來的天氣好。」但是不久，他不出現在村道，不再款待狗友，他的四合院門關住了，人們甚至無法在門縫中見到他的姿影。

一九六八，夏日的收成剛過，偉大的賽狗日又到了。這年，竟如同往年一樣，許多的人，簇擁到這裏來了，甚至城裏的人風聞到這消息，來到舞鶴村瞧看。廟場被整頓起來，道具按時擺起來。然而，鄉間的狗徒意外地減少了，狗兒也不若昔日的健壯了。但這些都無所謂，因爲李高又從他的房子走出來了，人們望見那門兒一開，一個穿著白衣、白褲、白皮鞋、戴白帽的人出來了，他的拐杖好像短了一截，他的腰邊繫一條狗帶子。

但這人瘦瘠不堪，狗兒拉著他，兇惡地往著路上衝，人們也認了很久，才發現這個瘦瘠的疲憊的紳士是李高先生。

李高的節目總是寶貴的，這次的賽狗，村人竟擺一個一丈多高的架子，在那上面放了一個火圈。賽狗的人一看到那種高度都搖頭了。那夏日的陽光照在熊熊的火圈上，蒸騰著一層銀白、流動的光。李高出現了，來到他的位置上。他用瘦瘠的神情看著大家，竭力把自己已經變得太大的西裝拉挺。觀衆都拍起手了。李高一舉一動都像往日一樣，他讓狗兒吃了一塊東西，把帶子解開，那狗兒的耳朵尖敏地豎起來，李高把拐杖往廟場一指，狗兒便兇惡地站到固定的位置上。

「跳跳！」

李高指著火圈大嚷了：「跳呀！跳呀！」

觀衆跟著喝采地大叫了。

然而那隻狗兒站在那兒，牠環顧左右，露出了血絲的目光。

「跳呀！」

李高的手杖揮舞起來，然而那隻狗卻狂吠一聲，突然奔向廟場邊，咬了一隻散步雞子，那隻雞掙扎了一會，立刻被那隻狗撕碎了。那隻狗吐著舌頭，舔食著獵物。一些女人和小孩驚惶大叫，那隻狗便虎視眈眈地瞪著他們。由於怕那狗生事，委員立刻拿了棍子把牠打死了。原來這隻狗已經幾天沒吃食物了。

這個賽狗的紳士完全傻住了。他楞楞地站在狗子的身邊了，像一個慈祥的父親抱起牠，然後把牠舉起來，像要舉起整個舞鶴村的貧困一般，他把狗子擲向火圈。但未觸及火圈時，就摔回地上，李高奔過去，這次抱著狗，大哭。

不久，這個紳士在舞鶴村失蹤了。沒人知道他去哪裏。

三

我的朋友說完。賽狗正熱烈，那些年輕的狗一叫，便跳過了高大的架子。拍手聲譁然升起。朋友說：

「這是晚近一個舞鶴村的子弟再度提倡的。最近這個人在村郊開了一個加工廠，賺了錢。」

鄉選時的兩個小角色

沸騰的天職

一九七七年，五項公職人員選舉在全省開始進入狀況的時候，已是入秋的時節，所有的人都剛剛度完虛有其表的中秋節，一種天地間的蕭颯彷彿就要來臨，若在平時，這種天氣倒頗爲適合用來做爲選舉，因爲它告訴人們，這個時令是冬藏的時令，冷漠和自制便是此一時節的特性。

但是，由於全省的經濟和教育都有了相當大的改變，人們智慧也相對的更換，當局爲了讓選舉能成爲民主政治的基礎，便竭力宣傳選舉的重要，他們呼出了不一的口號，比如說，選舉是好公民應盡的義務、應享的權利，不要懈怠你的神聖的天職！

於是，當候選人開始登記時，各大報刊便競相刊出了選情，並做了種種勢利的報導和不實的猜測；電視也播映著刺激選舉的節目，大街小巷也都貼滿了警政機關的標語，連同各處的中小學校的校長也利用召開校務會議時來宣導選策，加以提名時不可避免的糾紛以及地方派系的興風作浪，終於使整個選舉運動沸騰起來。

人人由本來的冷漠忽然變得狂熱，一些素來並不曉得什麼是民主、什麼是政治的人也都曉得他們握著五張「神聖」的選票，他們在意識底層都滋生了一種神氣的自覺，平日受盡公務人員欺凌的百姓都趁著這時張大眼珠來觀看，甚至已經是七八十歲、即將入木的不知今夕何夕的人，也都有一種湊熱鬧的情緒，即便是一些雞鳴狗盜之徒，也都暗地以爲他們就要翻身過來，而自以爲是亂世英雄了。

一、夕暮・牛肉舖

海子淸是個座落在南部濱海公路的小鄉鎭，有著典型的亞熱帶風光，藍色悸動的波濤和層層翻覆的稻浪，村落都隱蔽在斜斜瘦瘦的檳榔樹中，各村的主要交易地區和人口的集中地便是這個濱海公路的小市集，這市集上經營衆多的雜貨行，更由於漁類的出產，而矗立著全島聞名的幾家海鮮店。

當登記的消息傳開來的時候，海子淸市集上的兩、三千戶人家便暗暗震動起來，人們素來對中央和高級的公職人員並不關心，他們主要是要來看看與自己最切身關係的鄉長選舉。在古昔的歲月裏，海子淸的鄉選常因著務農和務漁的相傾軋而分成了兩派，在長年的競爭底下，總沒說得定是哪一派穩得勝利，但差不多是黨提名的人方有當選的可能，因爲黨的提名代表他對上對下都有一定的影響力。

十一月一日，這天，鎭裏頭的街道都已籠罩在夕暮淡淡的紅暉中，漂亮水銀燈滴滴答答地亮了，街頭的百貨店和理髮廳剛要打開旋轉的霓虹燈，海鮮店的門口排滿了近百輛由南部都會趕來吃飯的轎車，小市集很快就要進入一種精緻中帶著粗糙、健康中帶一點奢靡的風情裏，便在這時，一家叫西海岸牛肉舖的舖前奔出一個人，大叫著：

「林老大萬歲！林老大萬歲！」

這個人拿著一張狀紙，一手拿著屠刀，在舖前大大地呼叫起來。這時圍著來購買豬、牛肉的人都嚇一跳，來往過路的人都停下來觀看。這人叫王雄，是西海岸牛肉舖的老闆，他矮矮瘦瘦的，兩顆眼睛閃爍梟桀而略顯不定的眼光，欠缺了屠夫應有的滿臉肥膩和大腹便便。他是務農派領頭林金協的手下，因爲林金協在最近一屆的提名中敗給了務漁派的鄭肇財，並且不敢脫黨競選，這種鄉鎭的小政客大半是因緣時會，伺機取巧，大半都欠缺意志力和想像力，因此他幾年來的委屈便只變做屈意承歡、裝假做笑，但是今年，林金協的運氣來了，由於鄭肇財曾捲入一起幾乎使他身敗名裂的走私案中，黨便顧忌著不敢提名，加以這一屆的鄉長任期，鄭肇財政績不佳，黨便因之採取不提名，一任他們自由放手競選了。

王屠夫是今日接到林金協競選委員會聘書的人，他素來也是地方上的躍動分子，年紀五十，曾受一點日本教育，從前是海子淸代天府宋江陣的領隊，曾出任鄉民代表，又在花蓮投資過大理石加工，也在海濱養蝦，但由於他的缺乏恆心，事業都少有成就，現在改賣豬肉、牛肉，成爲海子淸最大的屠手，他一向好湊熱鬧，愛參加鄉里的各種宴會，在各種場合裏都表現他要小聰明的特點，他的名字便伊始成爲一種小鬼型的代表，大家都把他當成一個丑角來看待。

一個顧客看他發瘋的模樣，便過來拉著他，說：

「王屠，五花肉三斤，隨你愛怎麼切就怎麼切，但不要太肥膩了。」

王屠夫被顧客一拉，便忽然轉過來，他改用一向只有喝酒時方有的得意神色，鼻孔咻咻地冒著聲音，說：

「伊娘咧！什麼五花肉，我升官了！我升官了！」

觀看的人嚇一跳，詫異著臉孔，問著：「你瘋了，王屠。」

「眞是天大的消息。」王屠夫再次用咻咻的聲音說著：「我是鄉公所秘書了，他媽的，我終於是秘書了。只要林金協一當選，我就能有秘書當了。」

他大叫著，手舞足蹈起來，像童乩一樣跳起脚，指劃著：「快，快，阿鯤，肉不賣了，你趕快回去通知你母親，西裝、皮鞋、領帶、香菸都準備好，我就去理髮！」

他顫抖著細瘦的手，在肉砧上胡亂指劃著，把肉一齊掃進一個大籮筐中，把懸掛的門扇放下來，說：

「我不賣肉了，我要當秘書，林金協早跟我說過的。」

他說完，扯下最後一次圍繫的髒膩的腰布，連同所有的包紮紙丟到垃圾桶裏，三腳兩步就跳著離開了。狀紙丟在地上忘了拿。

大家把狀紙搶來看，上面寫著：

茲敦聘　王雄先生爲選務委員

鄉長候選人林金協　蓋章

二、一窩鳥

鄉公所便在海子湳市集的中心地帶，前面臨著寬廣的濱海公路，後面一片錯雜的住家和漫漫的水田，平日鄉愚們只三三五五的到這裏來辦理土地戶籍的事，裏頭的辦事員很多都屆臨著退休的年齡了，由於欠缺職業訓練的緣故，這些職員都憑著土法塑造一種自以爲得意的辦事態度，遇到黧黑著額頭的鄉愚找他辦事時，總是劈頭一句：「再等兩個鐘頭！」或者乾脆說：「今天沒空，明天再來！」

這天，是公開競選前一天，一大早，所有的職員都烘亂成一片，簡直沒法辦公了，大家一齊聚在籐椅邊，或者嚼著檳榔，或者抽著菸，他們實在不是關懷著政治理想或整個鄰里前途的事，實在是因爲湊熱鬧的心理在作祟，最令他們得意的事是可以趁這個機會來品評別人，有些愛囂鬧的人抓住了某些候選人的把柄，開始叫罵起來，甚至用「幹××」的詞句來咒著那個人，表示自己實在是比候選人聰明、權威。

但儘管在烘鬧中還是有人焦躁萬分，特別是和自己的利益有切身關係的人。這些人包括和現任鄉長鄭肇財有關的人。大家都了解，現任的鄭肇財受了林金協重大的威脅。

馬包辦一聽到別人談著林金協巨大的實力時，他的臉面就難看起來。馬包辦的原名叫馬漁萬，他和建設課長是舅婿關係，是建設課裏的一名職員，所以凡是公共工程、舖路、興橋……一律由他經手包辦，他不知道用了什麼手腕，只當職兩年就蓋了新居，竟然還幫鄭肇財擴充了房地產。他、建設課長、鄉長三個人都站在同一條線上，把鄉公所當成一個巢，所以每個人都稱呼他們爲「一窩鳥」。這個人近年來叫自己的身體富泰起來了，頸子、下巴、肚腹都長出了象徵康富的餘肉來，頭也變得細小，像一隻獨角的軟犀牛。他愛用討好的神情來對著每個人，但若有人嘲笑他，就趕快縮皺成一個嚴肅的臉，這並不見得就表示他是尊人自尊的人，實在是害怕別人把他的自私、愚蠢和遲鈍揭發罷了。這種人通常是沒什麼頭腦和創意，但當財勢當頭時，那種攫奪的勇氣便令人感到意外和痛恨了。大家也都曉得他是走黑線的人，販黑貨，在海村幹走私。

「這個黨員是迷糊透頂，唉，迷糊透頂。」他銜根菸從喧嘩中站起來，自以為是鄭肇財的代言人，說：「要嘛就只提名鄭鄉長，爲什麼還要林金協也來競選？」

「林金協有實力嘛！」一個職員插嘴說：「農會那裏都是他的勢力。」

「唉！」馬包辦把菸拿下來，裝出慣常的自作憐憫狀，勉力地笑著說：「林金協能做什麼？伊能做什麼？是個蠢笨的人罷了，伊是有錢，但不會花。」

「但伊終於出來競選了。」

「不行啊，伊，」馬包辦說：「莫要說我透露一個消息給你們，林金協在運動著提名競選時，花了二十萬。」

「嗽。」喧鬧的人吃一驚。

「唉。」馬包辦一面說、一面捶著他環肥的腰部，說：「我說一句不客氣的話，林金協當選了對我們有什麼好處？到時候，伊若把伊的手下引進鄉公所來，對我們有什麼好處？」

馬包辦把「我們」兩個字用得很貼切，聽的人就彼此相覷起來。末了又爆發一陣大喧嘩。

「好，我們不用說什麼了，都是同患難的人。」馬包辦把聲音提高，幾幾乎要叫嚷起來：「我們和鄭鄉長共進退！」

大家聽了吱吱喳喳地吵得更兇。來等著辦事的鄉愚們站在柗外獃看了老半天。

馬包辦唉歎一陣，走起犀牛般的腿，說要找鄉長去討論，爲了全鄉公所的利益，絕對不能讓林金協得到勝利。

五分鐘後，他拿了一個紅絨精裝的禮盒來，大家看了吃了一驚。

他擠進了人叢中，在吐滿檳榔汁的籐椅上坐下來說：「請大家簽名吧！」

他把禮盒打開，裏頭赫然是去年鄉運動會保留下來的簽名簿，裏面都是來賓的名字。他把禮盒首頁的空白翻出來，用簽字筆歪歪斜斜地寫著粗黑的字：「竭誠擁護鄭鄉長選連任。」他一面寫，一面說：「簽啊！簽啊！」

「簽什麼？」圍著的人用疑惑的眼光看著。

「唉！」馬包辦歎一聲，討好地笑起來，說：「現在就是決定的時刻，課長們先簽。」

大家躊躇了一會，投機派的人就準備要簽了。

「伊娘！」一個新進的年輕職員像犢馬般地站起來說：「又不是發動救國運動，簽什麼名？」

「你說什麼？」馬包辦暫時笑不出來了，說：「唉！利害關係，利害關係嘛！」

「去你的，利害個鬼，不要假公濟私了才好。」有人也跟著喊了，簽名的便停了。

馬包辦一下子臉紅了，唉唉地彎腰作揖。

大家又喧鬧成一團。

忽然有一個赤著脚、蓬著髮的鄉愚走進來，他好像剛挑了細沙，渾身都沾著粗礪的水泥渣，一邊衝過來一邊點頭說：「馬先生，我們工頭找你談話。」

「哦哦。」他愣一下，但還捧著簿子，他又看看衆人，看到大家不簽，就站起來，打圓場說：「不論怎樣，我們是利害與共的，我們知鄭肇財共進退，和伊共進退！」

「馬先生，我們工頭找你。」髒亂的鄉愚又說。

「好啊，好啊。」他只好說：「你先回去，我馬上就去。」

工人行了九十度的禮，轉身便要走。

「慢點！」馬包辦忽然叫住了那工人，眼神一時間因穎悟而明亮起來，他：「你過來，把這本簿子帶去，叫工頭把所有工人的名字寫在上面！」

三、土雞‧死魚般的黃瞳子

在靠近海子湳市集約莫一公里的海濱，有著一個破損而骯髒的漁村，叫做厚石村，天剛亮後，陽光就燦然地照在這個偏廢的地方，許多赤污著脚的漁民都從海濱的帳篷走回來，他們張著疲困的眼，提著小魚簍在路上，因爲近日是鰻魚的時節，他們整夜都在轟然的海邊撒著網。

這時，村長剛在低矮的屋前刷著牙，還穿著一身緊緊的衛生衣褲，一輛小貨車忽然像盲撞的公羊，從崎嶇的路端跳躍過來，停在他前面。

從駕駛座上便走下了兩個人，一個繫著一條大花領帶、油光著頭髮的壯年人笑容滿面地迎過來，但未等村長招呼，另一個矮瘦的人像趕啄米粒的土雞一樣衝到前頭，他張著嘴巴笑著，把機靈的兩顆小眼珠給擠到頰邊去了。

「村長早，村長早，」那人說：「來拜訪您！」

「哦。」村長張大操勞過度的眼睛，說：「哦，原來是王屠。」

「我們要發財了。」王屠夫高興地跳著，他過來拉著村長的手，說：「捉魚的人全都要富足了。」

「富足什麼？」村長楞了半天，他不懂王屠所說的。

「你看我的氣色如何？」王屠夫抖著愉快的脚，興奮得像中了獎，說：「人若要交到好運，是什麼也擋不住的。」

村長看著他興奮的樣子，一時間忘了漱口，泡沫沾滿在他糟亂的鬍鬚上。

「我就要是秘書了。」王屠夫說：「只要務農派的林金協當選，我就是秘書。」

「哦。」村長的死魚般的黃瞳子轉動一下，滯呆地說：「那干我們什麼事？」

「林金協若選上，給你們村子造個港口，並且用兩百萬來修一條雙線柏油路，通到海濱公路去，我請林金協的弟弟來做證。」

王屠夫說著，拉過壯年人。

「多望諸位父老幫忙，多支持！」壯年人作揖說。

「好啊好啊。」村長略略懂得意思，便乒乒乓乓地收拾起盥洗用具。

馬路上過往的人漸多起來，有一大羣的人抬著神轎走向海濱，他們是要做祭去的，因爲前日翻了竹筏，一個人家一下子死滅了兩個兄弟。漁腥味擴散在整個海村的周遭，村人看到這裏停了小貨車，便都過來觀看究竟。

「村長，快，快。」王屠夫看到了村人就扯著村長說：「召開村民大會，召開村民大會！」

「什麼？」村長聽了詫異說：「什麼？」

「你要幫忙我們競選，對不對？」王屠夫唯恐他不懂，說：「林金協要給你們財富，所以你們一定得幫忙，對不對？」

「幫忙是可以，但召開村民大會做什麼？」

「你不知道。」王屠神采飛揚地說：「讓大家聽聽林金協的政見，要大家都明白，他不但是農人也是漁人的最大寄望。」

「這個我不懂。」村長搖搖頭，他固然不懂民主政治，但從來召開村民大會從沒有用來說政見的。

「你不必管懂不懂，你只要集合全村的人就可以。」王屠夫搶過來，說：「他們都來了，就好辦了。」

「這我不敢負責。」村長溫呑而優柔地說：「恐怕不恰切吧。」

「你不用膽小。」王屠聽了，大聲起來，說：「有什麼好怕的，候選人就是要把政見告訴鄉民，我以後是秘書，全鄉都是我們所有，有事我負責。」

王屠夫指天劃地叫囂著，鄉愚們感到好奇地圍著看。

「村民大會不能隨便開的。」忽然鄉愚中有人說話了。

王屠夫一聽，楞了一下，但大約受了當秘書的鼓動，所以勇氣百倍，他又說：「若不召開村民大會是可以的，但借一下擴音器，我來廣播政見。」

「不行。」村長嚅嚅地說：「這種東西是公用的。」

「嘿，你看，懦弱成這樣子，這樣的老弟兄，嘿！」王屠夫大叫了：「你膽子放到哪裏去？爲什麼就不會做做人情？」

聽到叫聲的人都聚過來。但大家都不說話，懨懨的、嗡嗡的蒼蠅到處飛。

海潮在邊岸轟響著。

「爲什麼就不會做做人情？」王屠說：「現在是民主的時代啊，林金協就要當選鄉長，我就是秘書啦，我們要使漁民和農人都可以揚眉、可以翻身啊！」

他嚷著，但衆鄉愚仍沉默地注視他。

王屠夫嚷一會，環顧四周，但想不出一個可以造成對林金協有力印象的機會。

最後，他接著壯年人，說：

「來！我們站到貨車上去吧！」

「哦，幹什麼？」林金協的弟弟說，愣一下，但還是爬上去。

王屠夫也爬上去，選個好位置，他於是高舉壯年人的手，喊著：

「各位，登記第二號

偉大的林金協，登記第二號，

請把神聖的一票投給伊！

伊是咱的偉大的林金協！」

四、天天樂・馱著布匹的獸

這一天，假期、黃昏時，落日輕巧地沉落在遼濶的海天，海子淸市集的街燈比往日要快亮了半個鐘頭，衆多的小資產者都駕著車子來到這裏吃海鮮，他們有些是穿戴著濶邊草帽、裝束典雅的貴夫人，也有穿著寬袖束腰裙裳、輕佻風騷的應召女，至於男人大多挺著肚子，肥著頭額，話聲宏鳴，他們個個精神抖擻，精力過剩。

天天樂海鮮店比往常早開了幾十分鐘，骯髒著衣服的海子淸傭工正在門口搬著酒瓶及打掃環境，肥皀泡和油漬沾滿在他們原來就粗礪的手脚上，幾個工人索性就打了赤膊，跪在門庭前抹著停車的地板，他們一看到華貴的顧客把車駛進來，便卑微而達禮地讓開去，害羞的工人便偶爾下意識地用著掃把掩住他們赤裸的胸口。

這一家天天樂海鮮店是海子淸市集上最大的一家，也是名聞省縣的一家，店門口掛著省主席以下名流們的落款，其淵源久矣，這家海鮮店正是鄭肇財的祖產。

海鮮店是三層樓的建築，第一層是寬廣大廳式擺設，排開有三十幾張的大桌子，燈光喧鬧而燦然，它大約是用來給大團體聚餐的地方，第二層則是隔開的幾個房間，每個房間擺三張桌子，大約是給家族聚餐用的，最上一層則是仿咖啡屋擺設，有著浪漫的角落和低迷的天地，自然是商談事業和商談愛情的地方，但在今日，三層樓的一個角落的椅子被搬光了，換置了一個華麗的大圓桌椅，穿戴整齊的人坐在這裏，菸絲抽得絲吧絲吧地響……這裏是鄭肇財的競選總部。

準七點，忽然門口蹬蹬地來了一個肥軀細頭的人，他穿一件重甸的西裝，像駝著布匹的獸，頸子套一條幾何形的領帶，他一走到門口，大家都叫起來：

「馬包辦，馬包辦！」

並且把工具揚起來，不客氣地冷眼來嘲笑他。

這人自然只是「嘿嘿」笑了一下，像一團肥厚的肉球一下子滾上樓去，他一上樓，逢著人便自動地代表鄭筆財招呼顧客，說：「歡迎光臨！歡迎光臨！」

三樓上競選總部的人早就很認眞地討論起來，這些人都是地方的名流仕紳，包括各機關課長級和主任級的人，全是鄭肇財心腹的一干人。

「要花的錢是首先要估量的。」鄉公所的建設課長說：「錢！錢！錢！這是最爲重要的，這次林金協出來，我們一定要用錢打死伊！」

「這樣說是沒錯啦。」一個學校的主任級的人也站起來，他說：「但林金協的錢也不少，土地、工廠、農場，都不比鄭鄉長少。」

「對。」建設課長說。

「所以我有一個打算。」學校的主任說：「我們要拉攏一批人。」

「哦、哦。」大家都抽著菸，點點頭。

「你們要知道，軍公務票是一宗左右勝敗關鍵的大票數。」學校的主任「啪」地一聲用手擊在桌面上，說：「凡是有大影響力的人，我們都抓牢，讓林金協去得少數的姻親和感情票……」

「……」

他們又陷在一陣陣的討論中，煙圈飄浪在牆壁上，逸不出去地在天花板上盤盪，忽然幻化成各種形狀。

這時馬包辦已上來，站了很久，一面聽著他們談話，一面微笑著，還裝著肺癆般地咳了幾聲，但沒人理他。忽然他便想到了一件事，走到桌邊去，在那裏提了茶壺，他低矮著身子，嘿嘿笑了一聲，開始倒起茶，這是他一貫有了心得的手法，殷勤總是攀結權貴的不二法門。果然茶一倒完，鄉長匆匆瞥了他一眼，說：

「馬漁萬，你來了，應當早來，我們都吃過飯了。」

「唉！你怎麼來了呢？」建設課長焦急地說：「這是秘密會議，你怎麼也闖來了呢？回去！回去！」

「哦哦。」馬包辦應了兩聲，但卻沒有退出去的意思。

「不用走了，我們還是有些地方要請教馬漁萬呢。」鄉長笑著說：「沒有邀請他還是我的錯呢。」

鄉長說完，大家都笑起來，馬包辦跟著也嘿嘿地笑兩聲。

他們的會議又繼續了，馬包辦很高興，他想，現在終於正式地參與了鄉長的競選，是幕僚了，過些時候或許就會升遷爲課長，那時他便要好好撈一筆了。

十分鐘後，他們的討論進入了主要的中心點去了，他們要使出一個很厲害的殺手鐧。

「對！」公教人員的主任說了，他站起來，勁道十足地說：「我以爲這個海鮮店是很好的一個利用工具。」

「哦。」大家點點頭，但想不出海鮮店對競選有什麼用。

「對我們要拉攏的人有用。」學校的主任得意地說：「你們要知道，小公教人員閒著無聊都做什麼？」

「做自己的事。」有一個仕紳說。

「做事？」學校的主任搖搖頭說：「他們不做事！」

「我曉得。」

大家把臉轉過去，原來說話的是馬包辦。

「我曉得。」馬包辦嘿嘿地笑動了，說：「農工的人才做事，公教人員不做，他們過慣了懶散的生活，平日只愛敍舊、湊熱鬧、談天、喝酒，有時打牌。」

「對了。」學校的主任在大腿上拍一下，喝采起來：「馬先生說對了，他們最喜歡談天、喝酒、湊熱鬧，因爲他們害怕生活呆板，但這些人對地方都有影響力。」

「哦。」大家恍然大悟，便因著學校主任和馬包辦都是公教人員而會心微笑起來。

「所以海鮮店開放讓他們進來。」

「怎麼開放？」鄉長急切地問。

「對這些人一律半價。」主任說：「他們大半都沒有很充裕的錢，平日就不敢上海鮮店，現在半價了，他們自然就來，只要他們來就對我們有好印象，在這不到十天的公開競選期間就無形中會幫我們宣傳。」

「對極了！」大家拍手喝采了。

「所以馬漁萬馬先生，」學校的主任說：「你明天和我到各公家機關去發半價票，我不好說的話，你就替我說，我們一個個拉攏他們。」

「哦哦。」馬包辦受了重託，一下子喪失平衡，但片刻之間，他恢復常態，嘿嘿笑著了，他說：「只要對鄉長和各位有利的，我什麼都幹！」

五、烏皮村・石榴枝椏

競選進入高潮，宣傳車出動了。這種競選的必要玩意實質上已經形式化了，海子清的人也都曉得這一套把戲，他們甚至都主動地帶著看熱鬧的心情來等待宣傳車，有些人買了鞭炮，等待候選人打恭作揖時便往他身上扔。

林金協的宣傳車打算在這天的十點鐘經過王屠夫的老家烏皮農村，王屠夫便被安排在他的村莊等待，他的責任是把自己的上衣脫掉，背著一支枝椏錯雜的蓄石榴木，沿路跪拜。

清晨，他從破舊的古厝爬出來，他擅於勞動的妻子和可愛的小孩都還在夢中，但是他精神飽滿。

截至目前，我們還不明瞭王屠夫的家庭狀況，這實在是一大錯失。

說到王屠，如前所述，他在海子清開張牛肉舖，但他的住家是在烏皮村，他的祖父和父親都是這裏的要人，以前幹過村長，但到王屠夫時就沒落了，二十五歲時，他娶了他的妻子，因爲他幹的那些事業都沒成就，所以現在還只能住在古厝裏，屋瓦都有些破爛，他想翻修，只是沒能力，但王屠夫是有尊嚴的人，常想辦法要挽回祖先的榮耀，也因此他才常跑去和顯要們喝酒，一喝得起勁，便要找人講道理，因此鬧了很多的笑話。

他的妻子氣不過，常敎導他的子女，要他們一不許住在鄉下種田，二不以父親爲榜樣。

天還沒破曉，王屠便把殺豬用的三耳布鞋丟到糞堆去，從床底下拿出了擦好的皮鞋，穿上了燙平的一套西裝，頭髮抹得光亮，又拿了一條麻繩，一條彩帶和枝椏橫生的石榴梗，跳著便跑到了村莊最熱鬧的三叉路口的一家商店來。

這時村子的人家才剛起床做早饍，燈火明滅在村莊，但店舖還是緊閉著，他伸開了瘦細顫抖的手，敲了敲店門。

店頭裏的夥計打了幾個哈欠，咒著三字經來開門，一撞見是王屠夫，說：「怎麼，一大早就來賣豬肉了，海子淸的牛肉舖不開了？也不讓那些豬仔多活幾個時辰。」

「幹你老爸，你還沒睏醒呢！」王屠夫用新近得志的神色來笑罵對方：「睏到閻羅王的面前去，你都不知道下地獄了，我現在不賣肉了。」

「嘔。」店夥計張大嘴色嘔了一聲，事實上，這嘔聲並不含帶驚奇的成分，那只是在打哈欠。他說：「不賣肉，你幹什麼？」

「幹什麼？」王屠夫指著一身西裝打扮說：「你看看我現在做什麼？」

「去城裏辦事吧。嘔。」店夥計又打個哈欠，說：「有什麼事快說，我還要睡覺去。」

「幹你娘！」王屠夫說：「你眞不知道現在是幾年幾月了，我現在是競選委員，未來的秘書，我來買鞭炮。」

「秘書?秘書買鞭炮幹啥?」

「今天準十點，林金協的宣傳車走到這裏來，你一看到便點鞭炮，把炮往車前扔，越多越好。」

「哦哦。」夥計點點頭，但卻說：「錢呢?」

「錢我付!」王屠爽朗地答覆著，伸手到口袋裏去掏錢，但掏不著，便改口說：「向我妻拿。」

「好，你說的。」

店夥計說完，咔地關上門，又去裏面睡覺。

王屠夫把店裏的事辦好，便邁動因著穿新皮鞋而有點不慣的脚來到了烏皮村的小代天府。朝陽剛巧要爬越東天的那道稜線，大地隱然有些甦醒。

看廟的黃萬生剛剛把廟門打開灑掃起來，這個人以前跟王屠夫在海子清的大代天府練過宋江陣，和王屠夫有點淵源。

王屠夫走過去，驚起了破廟裏的雀鳥，吱吱喳喳地叫起來。

黃萬生一看到王屠，笑著嘴。王屠夫說：「你來，你來。」

黃萬生跑過來。

「你曾是我弟子，我們是一家人。」王屠夫說。

「是是。」黃萬生笑著說。

「所以今天派個工作給你們表現。」

「是是。」

「今天林金協的車經過這裏，你領烏皮村的宋江陣跟上去，若能抬出神駕更好。」王屠夫說：「林金協會給你們紅包，懂不懂？」

「哦。」黃萬生笑開了，說：「不必呀！不必呀！」

「你們要賣力。」王屠夫說：「好歹看我這張臉。」

「是是。」黃萬生說著，便糾結人馬去了。

王屠夫走到廟場上，大約是因爲他能策動這些鄉愚而躊躇滿志，渾身都因興奮而顫動。

準十點，太陽十分地火辣，照在烏皮村的村路上，整個亞熱帶的暑氣都聚集在天空，樹木紋風不動，大地蒸騰。

烏皮村果然站了許多的鄉愚來觀看了。他們看著廟場上擂起鼓的宋江陣和神轎。

終於有一輛宣傳車從村路遠端上來，一張巨大的招牌搖晃著，到了三叉路口，所有的鄉愚都看到林金協走在前頭，用著謙卑的手來作揖。許多衰弱的老公老婆和赤脚的小孩都站來指點著。

到了村店了，劈哩啪啦地鞭炮響開了，吭噹吭噹的銅鑼敲上了，神轎和宋江陣便跟在車後舞動了，十一月裏，美麗的南島陽光映照在這一列荒幻的隊伍。

忽然人叢中便大叫一聲，一個光著上身的人背一枝荆桠，額頭低垂，他跳落到林金協的身邊，一面叩頭，一面指天劃地，那彩帶寫上：「爲民做牛馬，人神共明鑑！」

大家又仔細一瞧，認出了這人是王屠夫。

但是鄉愚只興味地看著，他們驚奇中帶疑惑的眼光融蝕在陽光裏。

然而，行列堅持自己的壯觀，轟轟烈烈朝路的那端去了。

王屠夫的西裝褲和皮鞋嶄新，上身流著汗。

六、蝕破夢境的蟲豸

馬包辦利用夜黯從海邊搬來一箱私貨，藏好在床底，等他提著禮盒到國中校長的公寓時，已經晚上十二點。他白天時已打電話給對方，要夜裏訪問，校長厲聲地指責他，競選期間，拒不受訪，但馬包辦深懂人生三昧，他表示，無論颳風下雨，非見他不可。

原來，自從鄭肇財開放海鮮店後，公務人員便來得多了，在這個鼓勵消費的時代裏，大半的富商酒色財氣自不在話下，連同一些小白領階級也開始要仿同中產社會過起休閒的生活了。鄭肇財便在店門口貼起巨大的紅紙黑字，上頭寫著：「取之社會，用之社會。

造福社會，服務社會。」

但是，選舉於今變成一種模稜的選擇，投票人大半都沒有主見，只憑一時的興味或直覺來決定，所以鄭肇財的幕僚便決定吩咐一些人，專門向具有決定性的團體首要送禮，自然，拜會國中校長就成了一大要務。

十一月的海子清的夜裏竟然有著涼涼的露珠，小小的鄉底人早就睡定了，馬包辦像一隻蝕破夢境的蟲豸，清醒而小心地捧著禮盒，就在校園角落一座獨立的私寓前，清冷的燈擴散著光茫，裏頭的一個房間好像還有人沒睡，狗子的叫聲偶爾劃破夜空，遙遠地傳來。

他躡著脚，走到門口，「咚咚」地按了兩下門鈴，五分鐘後，他聽到裏頭有了拖鞋聲，終於門開了。

「呵呵。」開門的人猛晃著白胖的腦袋，打了哈欠，又伸伸他的筋骨，表示他剛從夢中醒來。

「唷。」馬包辦親切地行了禮，說：「唷，校長好，看起來您的精神眞健旺。」

「哦，哪裏，哪裏，我沒精神呢，我剛睡醒。」

校長彷佛因馬包辦說他精神好而不高興起來，臉跟著寒起來。

「是的，是的。」馬包辦知道說錯了，趕快嘿嘿笑兩聲，說：「我是說校長剛睡醒，精神好。」

「就是，我說不準備見你。」校長把臉擺正了，看起來有些木偶式的戲劇臉寒涼著，說：「我說拒絕訪客，我不等人，這是我的脾氣，我們做校長的中規中矩，從不偏私。」

「是是。」馬包辦連連點頭，他說：「但是……但是……」

「你回去吧！」校長用著嚴厲的口吻說。

「哦，哦，當然，當然。」馬包辦說：「待會兒會的，我會走的，但是我是受鄉長委託來送信的。」

「嗯？一封信。」校長不高興起來，說：「不是公文吧？」

「不是的。」馬包辦連連受斥，但還鼓起他的肥厚的笑臉來面對校長木偶式的臉，宛若是要來表現誰的臉較爲渾厚似的，他說：「這裏拿給你不方便，到裏頭去吧。」

「到我房裏？」校長皺了皺眉，說：「這沒道理，夜裏讓人到我房裏，這沒道理。」

「嘿。」馬包辦舔舔嘴，笑不止地說：「但這件事是鄉長的請託啊！」

「嗯。」校長思索一會兒，拉拉他寬鬆的睡衣褲，說：「你說一封信，嗯，一封信倒沒關係，請進！」

幾分鐘後，這兩個胖傢伙便端端正正地坐在書房裏，校長說要去沏一壺茶。馬包辦環視裏頭的擺設，一切都顯得典雅、舒適，有一個外國製的小電視機置在壁櫥裏，耀眼的夜光鐘繁亂地閃爍著，洋菸洋酒，馬包辦大約被這些擺設所驚訝，一時間呆了半天，一會兒，校長端了一壺茶來，他看著馬包辦說：「你說一封信，怎樣的信？」

「哦，在這裏頭。」馬包辦趕快把禮盒捧放到桌面來，他說：「在這裏頭。」

「哦。」校長呷一口茶，看著，禮盒是柴匣子，最少有半公尺長三十公分寬。

「我們鄉長託這個來，要請你勉力幫忙。」

一會兒，禮盒蓋子一掀去，他們都呆住了，那裏頭果然放一封信，但底下齊整著一套茶具，中間有一個杯子黃橙橙的，在燈光下閃著沉鬱底光。

「我事先不知道。」馬包辦看了口吃地說。

「這是什麼意思？」校長一眼瞧見杯子，慌亂地說：「這是什麼意思，嗯？」

「哦，哦。」馬包辦一時間也無措起來，一生之中，他沒見過金杯子，他說：「眞的，我事先不知道。」

「眞是的，嗯。」校長端詳著禮物，但態度和藹下來了，他說：「鄭鄉長眞是的，我和他又不是陌生人。」

馬包辦一聽這話，很高興起來：「嘿嘿！」他說。

不久，校長送馬包辦由後門出來。

「嗯。」校長說：「你回去時向鄉長說我一定幫他，明天我立刻召開期中校務會議。」

「謝謝你。」馬包辦哈著腰，說：「一切拜託。」

「但是，」校長忽然神色凝重起來，說：「但是這次是不提名競選，換句話說，黨絕不偏袒，但也不願得罪實力強的一方，我會指示投給強力的一方，若到時鄭鄉長的聲望壓不倒林金協，我只好把這些禮物送回去。」

「是是。」馬包辦說：「不過你放心收下，我們鄭鄉長還沒有使出十分之一的力量！」

七、臂章・鼓聲

競選朝著應有的激烈進行，這種激烈的狀況在海子湳市集比較容易感覺出來，許多的村莊只間接地風聞到一點一滴的消息，更且這些消息並不是候選人的政見，而是諸如候選人花了幾百萬賄賂各界的事。比較之下，海子湳市集便要顯得靈敏而切實。

不覺已十一月九日，公職人員的政見發表會開鑼了，全省各地都應時地搭上了發表台，許多候選人準備私底下來發表綿長的演說。

海子湳也同時在鄉公所對面的廣場搭一個高棚，將場地的廢棄物清除，竟然變成可以容納上萬人的場地。

省議員、縣長、縣議員、鄉長候選人臨陣以待。

王屠夫從林金協的家裏出發時，他的身邊跟隨著一批支持林金協的死硬派，大約有

五、六十人。他們包括有在學的兒童、種田的耕農、店裏的夥計、年衰的老耋……，他們的手臂上大都掛一個黃色臂章，以爲識別，王屠夫的手裏還拿著一面鼓，當這個奇怪的行伍行經海子清市集的時候，街民都詫異地注視他們。

七點十分，天光斂去，政見發表場上人潮洶湧，高台上陳列了一張演講的桌子，兩邊各一排的座位，上頭結了一百燭光的兩枚電燈，兩根柱子上貼著「遵守公共秩序，維護民主法紀」的條子。

王屠夫竄到會場時，便直往前面的行列挿，他喊著：「讓路！讓路！」來聽政見的鄉愚們以爲這個人正爲顯要闢路，紛紛便讓了開去。

「喂，廖牛，你帶十個人站在那邊，你，林正義，帶十五個人到左邊棚下的角落，其餘的人跟我站到中央去！」

王屠夫一面嚷著一面指揮，這些人便跑去站在他們應站的位置。

「對！」王屠夫大喊起來：「李痲，你們十幾個人散布到人叢中去，以聽到我的鼓聲爲準，我大肆敲鼓時，你們就拍手喊好，我若只敲三下，便發出噓聲，我走了，你們便跟我走。」

受指揮的這些人就又很快潛到人叢中去了。

政見發表會的人頭亂竄，這些來聽政見的人大都是海子清市集裏的，他們站在台下，大半為了一睹候選人的眞面目。

開始唱國歌了，幾個角落音調不一地唱起來，王屠夫站在政見發表壇下，用他混濁不一的聲音嘟噥著，周圍的人都瞧著他。

一會兒，政見發表會的人分別說了很多的原則，並聲明若違反政見發表規定，必須繩之以法，由於主持人說得過於冗長，幾幾乎超過了三個候選人加起來應有的時間，鄉愚們開始發出了不滿的叫聲。有一個激憤的人便在棚下大喊了：「伊娘咧！眞是見到鬼，這些過氣的局外人，盡說這些風涼話，什麼民主？什麼政治？根本是瞎扯，在我面前少來這一套，凡是出來惹競選事的人都想出名，駛伊老母咧！想出名沒那麼簡單呢！」

王屠在旁邊一聽到這句話，便想發動一次試驗，他走到前排，跳到一個準備好的木箱上，把帶臂章的手舉高來，在鼓上「咚咚咚」準確地敲三響。

頓時間，在棚子下，人羣中……便噓噓地發聲音了。鄉愚們一看有人發出不滿的叫聲，便跟著喊起來，他們說：「好了！好了！說得太多了，拉伊下來！」

致詞的人一看羣衆騷嚷起來，便放聲大嚷了幾個口號，鞠躬下台。

場內又恢復秩序。

政見發表正式上場。說來公職人員候選人實在太多了，在這公辦的發表台上候選人又都穿了西裝，看起來方方正正，好比是同一個模子印出來的，印象實在打不進觀衆的腦子裏，大部分發言人必須首先聲明他們是哪類候選人，再說出他的登記號碼，鄉愚們聽著，一會兒就忘了他們的話，只零零星星憶起他們最爲醒目的動作和語句，諸如咒罵對方，揭發隱私，甚至吃女候選人豆腐等等。

王屠夫認爲這正是他大有作爲的時候，他逢著候選人咒罵起對方時，便不客氣地發動拍手聲，聽到嚅嚅唯唯的話便發動噓聲，與他往日肆意在宋江陣裏的呼喝沒有兩樣。「鈴鈴鈴」的幾聲響，終於輪到了鄉長候選人發言，林金協抽到優先發言，計時員向司儀打了招呼，擴音器立即打開。

林金協胖胖的身軀佔了講桌的大半，他向觀衆行禮，說：「各位鄉親好！」

王屠夫看見林金協上來，便敲了一陣緊湊的鼓聲，角落和各處散布的他的黨羽便使勁地拍手，幾乎沒有經過任何考慮的，衆鄉愚便附和地劈劈啪啪地擊著手，邊聽到大人喊：「伊是林金協，伊是林金協！」

王屠夫把鼓聲停下來時，林金協已經講了幾句重要的話，包括提示他是農家子弟，貧苦出身，他立志要來改善困苦的農家和漁家，他並且說：「捉魚本是好事，大家把魚捉了，賣給大家吃，這是應該的，但有人不捉魚，卻專門收購魚來賣給富翁吃，賺錢自己享受！」

林金協用這樣的話來攻訐鄭肇財，但鄉愚們反應遲鈍，有人甚至認爲林金協是嫉妒著有錢的漁家。王屠夫一看沒人反應，便揮起他的臂膀，咚咚咚咚又敲一陣鼓，拍手聲從角落傳來，鄉愚們一聽有人拍手，他們便也拍手，但他們不曉得幹嘛要拍手。

王屠夫把鼓放下，衡量四周，意識到林金協講話眞笨拙，他想到來製造一個爭端來引人注目，但政見台上貼著「違法究辦」的條子，於是他走到角落去，向廖牛說：「你現在偷偷爬到棚架去，等林金協講完，你便跳上去，大呼擁護林金協。」

廖牛聽了，張大駝眼，看看王屠，卻說：「我不敢！」

「伊娘咧！你的膽子怎麼這樣小，又不是殺人放火，頂多被斥責一頓啊！」王屠夫生氣起來，罵著對方。

「你自己上去好了。」廖牛膽寒地說。

「我上去？我是指揮啊。」王屠夫因急迫而發脾氣了，說：「我以指揮的名義命令你上去！」

「去你的！我才不受你指揮，你叫林金協自己喊吧。」說著廖牛不再理他。

「伊娘！沒囊巴的人，膽小鬼！」

王屠夫氣了一陣，忿忿地走回他站的地方來，佝著身喘著氣，但他準備製造爭端的念頭卻暫時被打消了。

八分鐘一到，鈴聲響了，林金協鞠躬下台，王屠夫把鼓敲得通天價響，埋伏的人拍起了手，但鄉愚們少有拍手，因爲這次他們意識到有人混在裏頭操縱。

王屠夫氣起來，他跳著脚，大呼：「擁護林金協啊！擁護林金協啊！」但他的叫聲被淹沒在大家對另一鄉長候選人的期待中。

三分鐘後，鈴聲又告響起，林金協的敵人……鄭肇財要發言了。

鄭肇財一上台，鞠了躬，忽然他的手一舉高，說：「林金協是人民的公敵！」

鄉愚們一愣，他們被鄭肇財這樣的話所驚嚇，平常他們的聽覺都十分遲鈍，但對這樣的話很是敏感。

馬上，台上執法的人站起來，準備要來警告。

但鄭肇財停一下，立刻把舉高的手放下來，他說：「我也是人民的公敵，假若我們的話都是欺騙人民。」

鄉愚們被這樣一句一緊一鬆的話刺激得高興起來，便拍起手了，嘩啦啦地，幾幾乎是震動天地。

王屠夫在台下皺起眉頭了，他想著：這個鄭肇財眞厲害，鄉愚都被唬住了，這種煽情的話若講了十分鐘，羣衆的心都倒向他那邊去了。他左思右想要來打擊鄭肇財，但苦無良計。環顧場內場外，便想到要去剪掉電線，但遲著不敢動手。

這時，鄭肇財已經說了很多的話，比如，強調他的財富是取之於民、用之於民，他計畫要來爭取設置海子淸新碼頭要闢建海濱公園，要美化海子淸，拓展觀光事業，修繕漁市……

鄉愚們一聽到鄭肇財滿口的賺錢法，拚命拍著手。

王屠夫咚咚咚地擊了三聲鼓，發動噓叫，但大半爲拍手聲給掩蓋住了，他急著跳脚，大嚷：「去你的，這些愚昧的人種，全不考量鄉長的職責權限，只朝著擅於吹牛的人喝采，駛伊娘！」

又一陣地拍手，鄭肇財的呼聲愈高了。

忽然王屠夫顧不了一切便竄攀上台，他拿著鼓，咚咚咚地敲，把正演說的鄭鄭財嚇一跳。他對著鄭肇財大喊：「伊是白賊大仙，駛伊娘，滿口胡言，我揍伊！」

他的跺脚使台上的電燈搖晃搖起來，羣情大動。

執法的立即走過來，拉著他，王屠夫把手一甩，大罵：「你憑什麼拉我，伊鄭肇財的說話時間超過五十秒，爲什麼不拉伊？」

「喂！」王屠夫大叫了：「伊鄭肇財是騙子，伊是騙子！」

鄉愚們紛紛向著王屠夫發出噓聲。

秩序大亂。

八、沒有經驗的暴發戶

早晨，在室裏，馬包辦的弟弟搬出了一個箱子來，馬包辦和他的妻子用鉗子撬開，他們看見裏面堆滿了各式各樣的手錶，他們便計議把這些東西拿到各機關去零賣。

隔不久，一個助選員便跑來，向他傳遞鄭肇財的消息，鄭肇財正邀集所有村莊的有力人士在田厝村觀禮，正要爲著一條模範柏油路舉行破土典禮。

半小時後，馬包辦在田厝村的活動中心停下那輛嶄新的二百CC。太陽已經升得老高，許多人都圍觀在這裏，像田厝這種村莊本是林金協的勢力，鄭肇財這樣做是在挖林金協的票源。

鄭肇財行過禮後，向著每一個田厝社區的農民保證，他要使所有的農路一概變成柏油路，大家聽了熱烈地拍著手。過後，他在衆目睽睽之下，叫了財政課長和馬包辦過去，輕輕地耳語一番，財政課長的臉色立即變得凝肅，但馬包辦卻彎著肥厚的腰，高興地說：

「是是。」

一會兒，他們雙雙回到財政課長的家。

財政課長的家屋是新穎的寓所式建築，在鄉下和海濱邊是不易見到的，兩層的深綠色建屋，大庭院用著朱紅的磚牆圍著，種著象徵他一無萎頓的鮮花和綠草。

「好，你等著。」財政課長在大廳外止住了他，便走向廊道去，進入了側房。馬包辦畢恭畢敬地站在庭院，像忠貞不二的臨江擊楫的鬥士。

一會，財政課長在側房的門口探出頭，說：「好，你進來！」

馬包辦便欣然地走進側室裏。

側室裏的光線被綠絨的窗簾遮黯了，一個保險櫃放在屋角，靠窗的小辦公桌上置著玻璃墊，墊上此刻正放一個箱子。

「你要小心，不要出了錯。」財政課長說：「這些你暫時拿去。」

財政課長把手提箱打開，霍地，裏面都是嶄新的鈔票，馬包辦是第一次看到這樣多的現鈔。

「嗯嗯，」財政課長拿了一疊，試試重量，好像要衡量它有多少威力一般，說：「一票三百塊，現在林金協一票兩百，我們多他一百，知道嗎？」

「是的，是的。」馬包辦一時有點心跳，但他沉穩地說：「三百塊，我知道。」

「我們分十二村，你只負責三村，不要搞錯了責任區。」

「當然，當然。」

「我們務必要打敗林金協。」財政課長鎖上保險櫃，說：「我們務必要打倒伊。」

準十二點，馬包辦像下班一樣回到了他所住的富貴漁村來，他由於身負重任變得沉默而陰敏，一雙犀牛腿沓沓地邁，這種奇妙的心境通過了他短暫對自己權利的幻想，使他又是沉重又是飄然，偶然他便覺得他是一隻巨大的錢獸，可以蹲踞著來咆哮，偶爾他又覺得自己是一隻鳥禽，可以飛到天空，可以沉向深谷。但不管怎樣，他目前可以支配這些錢是絕無問題。

一回到新造的屋子來，他便躺在椅子上，由於突然的成爲鄭肇財的心腹，成爲金錢的支配者，他像吃了一杯意外的陳年酒一般，覺得他好像不設防地被人從地上拔升上來了，一直想往天頂衝去，這種不類而反常的感覺，使他生出難以自制的情緒，又想起負責賄賂幾百人的重任，末了他激起一種衝動，一種趕快要把這些錢揮霍出去的衝動。

他走到厨房去，對妻子說：「快、快，叫我們那些親戚來，聚合在廳堂上，去啊！快去啊。」

不久，親戚都來了，連同左右鄰舍都到了，馬包辦帶著空茫但自作權威的態度坐在廳上的那張太師椅上，用著他肥厚的眼睛瞧瞧大家，像一個沒有經驗的暴發戶一樣說：「我一個人給你們三百塊，但是……」

九、瘖瘖顫的手

選戰已經接近了尾聲，大抵人們較喜歡誰都有了粗略的梗概，當然這種「喜歡」不是出於理智的抉擇，而是受了許多潛隱的宣傳的影響。無形的聲音說出了務漁派的聲望要高過務農派。

這個不佳的消息傳到了務農派的耳朵，他們開始慌亂得像受了追擊的麋鹿。

王屠夫遊蕩在街頭巷尾已經不止一日，自從他在政見發表會上鬧事後，鄉愚們才都知道王屠夫是林金協的手下大將，而所謂的大將在大家的眼中和小丑是等同地位的。王屠夫受了警告，被登記在警案裏。對這件不快的遭遇，他感到可笑，這種可笑的感覺後來竟變成一種憤怒，他一直處在亢奮中，末了，這種不快和憤怒竟給了他靈感。

他於是便在大街小巷中行走，並堅信可以發現一些意外的引線來爆燃對鄭肇財聲名的打擊。

已經屆臨著開市的海子湳市集，人潮囂鬧起來，各村莊及住街的人都來買菜購物，許多的車子錯雜在路上。他儘量揀著偏僻的路角走，藉以隱避他的身形，例如，先在一個小店坐著，突然跳到一株電線桿去。

對於不法的行動，林金協做得並不比鄭肇財多，只是鄭肇財做得秘密隱晦，並收買了許多的人。學校、公家機關受賄的消息早就風聞到務農派的耳中，但林金協卻一點辦法也沒有。大致上，鄭肇財抓中上層人士，林金協走下層。

王屠夫在路上一停一走，倒發現了許多可疑的跡象，比如，有一羣婦女正談得興高采烈，他一走上去，便沒人說了，或者他路過一、兩人的身邊，偶爾也會看到他們互相伸出了拇指和食指，圈個圓說：「昨天我拿到這個。」只是不知他們拿到的是林金協的兩百元還是鄭肇財的三百元，最後他從一個市場的攤販口中聽到一個駭人的消息，那便是鄭肇財到處送金杯的消息。

這可使王屠夫有點兒不安而終於敏感憤怒起來，他用著瘦細的痺痺顫的手摸著自己易生幻象的額頭，仿若覺得在海子清街路面走著的都是鄭肇財的票數。

不覺，他停在天天樂對面的斜巷口，藉著一面牆的隔擋而隱藏起來。他一直觀察著那些客人的動靜，最使他氣急的莫過於每個客人都要瞧著門口掛著的紅布帛，上頭用金字寫著：「敬請惠賜登記第一號鄭肇財一票！」

忽然他瞧見了門口走出了一個大腹便便的人和一個小姐，他們先在櫃枱上掏錢，但被櫃枱人員制止了，走到外面時遇到了鄭肇財的幕僚，那個幕僚彷若還暗中伸出手，塞給那人一樣東西，由於有些距離，並且陰影使視線模糊，一時間看不清究竟，不過那個大肚腹的人正是民衆服務站長，小姐正是服務站的職員。

王屠夫認爲時機來了，他趕快用飛奔的速度，衝過幾輛急駛的巴士間隙，跳到大門口，他拉住了民衆服務站長和那位小姐不放。他大叫了：

「伊們是勾結在一起的，伊們是勾結在一起的！」

路上的人馬上停止了脚步，圍觀過來。

民衆服務站長變了臉色，用結巴而慌亂的語詞說：

「你這人怎麼啦，不要無禮。」

「去你的！」王屠夫用著瘦細的手抓住了對方的領帶，用著在屠場裏的喊殺聲說：「你們吃飯不用錢，又接受禮物，什麼意思！他媽的！上級不是一再交代公務員不受賄賂，現在你們怎麼說？嗯？」

「你不要冤枉好人。」

「嗯，我不冤枉誰。現在你們被抓住了，怎麼說？嗯？」王屠夫武裝起他滑稽的兇相說：「去警察局，你和這個小姐都去，伊娘！鄭肇財敢幹這種勾當。」

人羣愈來愈多，選情的激烈使他們敏感。

五分鐘後，緊張的警察和憲兵隊麕聚在這裏，王屠夫幾幾乎成了英雄。

但一會兒，警察局長來了，他看看羣衆，便走到王屠夫的面前來，說：

「你是王雄？」

「嗯，是的。」王屠夫見到警察局長，意識到不妙，但他鼓起勇氣說：「你來了，最好！」

「你專門製造爭端，你說你見到證據？」

「是的，伊們吃飯不付錢。」

「但櫃枱說他們記帳，簿子上寫得好好的。」警察局長把一本厚厚的本子拿到前面，說：「你看。」

王屠夫一看，臉都發白了，他看看圍觀的許多人，暫時歇了氣焰，但仍然不甘示弱地說：「嗯，縱算這樣，也不能說是淸白的，這件事，我會請林金協來處理，必要給我們一個公道。」

他跳起來了，對著警局人員和所有的人指天劃地，說：「這是民主時代，懂嗎？這是民主時代啊。」

十分鐘後，王屠夫悻悻然離開喧鬧的現場，逕奔林金協的競選本部來。

這時，已近午時，林金協的家門正熱鬧，一輛宣傳車停在大門口。

王屠夫像建大功的小兵一樣，趕到林金協跟前，正瞧見他攜著妻兒，態度藹然。

王屠夫走上去要報告今天的收穫，但被幕僚們制止，他們露著興奮的神色，站著，忽然一羣人呼喝地從庭院裏扛著重物過來，幕僚們叫著：

「抬上去！」

王屠夫吃一驚，才看淸這些人正努力抬著一口棺木，正準備放到車上去，王屠夫訝然地張開一口細黃的牙齒。

「王雄，你來！」林金協對他說：「你坐上車去，坐上車去！我們要讓鄉民知道我們的決心。」

「對！」幕僚們說：「不當選，毋寧死。」

十、錯亂開放的花草

十一月十九日，投票的日子終於到了，這種天候是進補的時機，大地似乎有了一點點的力氣，早上，這個南島上的天空竟如夏日一般，有著早到的濃霧，在七點以後散去，陽光照耀大地，很多的花和草在這冷暖不定的天時中錯亂地開著。

八時左右，全國各地都動員起公教人員來監理票務，軍警也進入了戒備狀態，各地都盡最大的力量以便應付這個民主社會裏最神聖的活動，海子淸也不能例外。

投票所正設在鄉公所旁邊的中山堂。

馬包辦把天字號的大箱高麗參藏入衣櫃後，太陽照過新房屋的窗戶，他趕快三步併兩步地去尋手提箱，七手八脚地把一疊疊的鈔票塞在寬鬆的西裝口袋，然後神色詭異地走到外面來。

海子淸的中山堂前慢慢有了人潮，投票所的漆紅大門開了，幾個箱子被抬放在門口，監票員和警員嚴陣以待。

馬包辦逡巡在投票箱附近，東看一眼西看一眼，兩手緊緊地捏緊鈔票，鄉愚雜沓的頭臉使馬包辦的心情一點一滴地沉鬱，這種沉鬱的心理格調常是他行動的前兆，提醒了他要看得準、狠、要謹慎、要小心，最後他走到了行列旁，站在距離投票處二十公尺處，細細端詳移動的人，從這裏開始分辨哪些人是打漁的，哪些是種田的，哪些是死硬的，哪些是猶豫的。

幾分鐘後，有一個乾黑著雙手的瘦老頭領著一位行將朽木的老太太在隊伍裏蠕動，那雙錯雜著斑痕的脚和污泥的衣服一看便知道是農人。

馬包辦四面張看了一下，便走到他們旁邊去，急切說：「鄉長選哪位？」

鄉愚也不隱瞞，告訴他選林金協，馬包辦立刻捏了五百塊塞到瘦老頭的手中說：「和你老母選鄭肇財，登記第一號，投票時把選票向旁邊打開，我的人員在那裏查看，若眞的選伊，再給你們五百塊。」

鄉愚很詫異地張大他的嘴巴，繼而呵呵地接過鈔票，放在口袋，開心笑起來。

不到一個鐘頭，馬包辦已經用了雷同的方式賄選了二十幾個人，他捏緊在口袋裏的鈔票一點一滴地少了，他沉鬱的心逐漸一點一滴地輕鬆。

他繼續在那裏走著，竟然沒有一個目擊者想來揭發他。

正賄選得得心應手時，忽然一個人匆匆忙忙跑到他面前來，原來是鄰居李丁。李丁氣急敗壞地說：「快，快，馬包辦，事情不好了，今天有一批人去你家，他們懷疑你賣私貨，因爲你近日各種行動都很隱密，他們準備搜查，你太太正和他們理論。」

馬包辦一聽，面色發青，他顧不得再賄選，像中了邪的人把鈔票塞到李丁身上，他說：「嗯，隨便發給誰都可以，只要發完它，嗯，懂嗎？懂嗎？」

說完，一陣風也似地逃回家去了。

太陽已升到十點鐘位子，選民似乎沒有隨著時間的消逝而消退，彷若愈來愈多了，終至於膠著在中山堂周圍，並且由於風聞某些候選人一定當選，某些人註定敗北而羣情激動，這些選舉的人民也似乎有他們激動的理由，因爲五項公職候選人太多，在裏頭至少也可以找出一位和自身有特殊關係，甚至是親戚。

王屠夫在這裏已經很久了，他一直察看選情，但情況對林金協不利。王屠夫十分焦急起來。他一直想不出怎麼來挽救這種頹勢，幾幾乎已是無可救藥了。

將近十一點鐘左右，忽然在投票處，有著巨大的變動，有人開始揚起紅綠顏色不一的選票，開始你推我擠起來。

這種波動很像是傳染病一般，立即引起回應作用。後來有個人高高地被抬舉起來。

一些人叫喊著：

「伊娘咧！這個人拿著一疊身分證！」

高高被抬起的人穿一件西裝，塗著時髦的髮蠟，是辦理選務的高尚人士，他驚嚇著一張臉，在空中側身地拳打腳踢。

「伊娘！打死這個不義的敗類！」

開始有人又大喊。

「伊作弊圈選登記第一號！」

更有人指名指號地大叫了。

鄉愚們一聽是登記第一號，耳朵便豎尖起來，也不分是哪一類的候選人，凡非第一號的支持者都擠壓過去。

不過幾分鐘，投票處湧動上千的人潮，呼聲震響在空蕩的中山堂，選務人員開始意識到情況不妙，護衛起選票箱。

羣衆中開始有個站上台階的人揚言要控告選務人員從中舞弊，裏應外合，圍著的鄉愚們也以爲他們的利益被剝奪了，搶天呼地起來。

王屠夫一看機會來了，忽然一跳，便竄到羣衆的前頭來，趁著秩序大亂，叫著：

「民賊！民賊！登記第一號是民賊，伊欺騙我們，打死伊。」

鄉愚們正在喧嚷，沒人理會。

王屠夫見到鄉愚沒聽淸楚，便跳上了中山堂的鋁門窗口，攀在鐵架上，站高來叫罵：

「民賊！民賊！第一號是民主的恥辱，大衆的毒蟲！」

鄉愚開始見到王屠夫了。

王屠夫熱與當頭，於是一跳又落回地面，撿了顆石頭，跳上鋁門窗，喊：

「伊是人民的羞辱，可悲的羞恥。」

然後把石頭朝著鋁門窗扔去。

「碰」一聲，門窗立即碎裂了。

鄉愚被王屠夫的行爲激動了，大叫：「打！打！」

但沒人出手。

王屠夫又跳回地面，他仍大喊：「伊是騙子，第一號是騙子！」而後又拿起更大的石塊扔向選務箱的玻璃大門。

「碰碰」又一陣響，玻璃碎得亂飛。

羣情這回大動了，幾幾乎是同一時間，許多人也拾起了身邊的東西，朝各處紛紛亂打。

王屠夫在混亂中充滿了情趣，他趕快隱沒在人羣中，大喊：

「進攻呀！進攻呀！」

十一、手銬・尋回的三耳布鞋

鄉選終於結束了，在當天的夜裏，全國的電視播送了此一幾家歡樂幾家愁的消息。

果然，海子清的鄉長由務漁派天天樂海鮮店的老闆鄭肇財當選，當夜，大街市集鞭炮大響，整個海鮮店蜂擁著祝賀的人，而林金協正躲在家裏，苦喝著茶，並預備賣去他一片農場。

第二天，馬包辦從慶祝鄭鄉長連任的宴會中回來，他喝得爛醉，正回家準備把肥胖的身子放在澡池裏去沖洗，然則門外邊又來了昨日回去的那批人，他們帶著手銬，把他弄走了，並說：「你涉嫌走私，你的政敵提供詳實的情報。」

至於王屠夫呢？自從他得知林金協落選後，就把西裝脫下來，又去垃圾堆尋出三耳布鞋套在脚上。

幾天後，海子清的牛肉舖又開張了，和往日的規模沒有差別，但換了一套新的屠刀。他在舖前吆喝著，買肉的人就都圍過來，於是一位熟絡的顧客指著一塊肉說：

「王屠，五花肉三斤，隨你怎麼切就怎麼切，但不要太肥膩了。」

花鼠仔立志的故事

入話：一種不朽的人物

〔燕仔飛簷前〕

燕仔飛簷前
無妻十八年
衫也破，褲也破，無妻眞罪過
鴨卵煎赤赤，無妻可人食
燒酒溫燒燒，無妻可人嫖

這是一首很古舊的民歌了，或者是十年前，或者是二十年前，或者是五十年前，或者一百年前它便這樣地吟哦在民間，大約它是用來諷刺台灣舊社會的畸零人。唱著唱著，我們便要想像到：在那個不很富足的農業時代裏，有一個人既無家也無妻地流浪著，他當然衣衫襤褸，孤苦伶仃，因此又有一首童謠這樣地唱著：

蓬蓬拆，肩頭破一裂

他的口袋裏可能常常一文不名，生活便要靠著別人的施捨了。但別人家有時並不存著憐憫心，那麼就只有自己來了，比如，看到那個地方迎神娶妻，便厚著臉皮走進去大吃一場，所以又有一首歌謠這樣唱：

土地公，白目眉
無人請，自己來

最後，他終於要變成一個徹底的遊棍，整天在道路上撿拾著食物，便又有一句歌兒說：

餒鬼、餒鬼，拾蔗蕊

意思是說沒有錢買東西，只好去掇拾別人吃剩的甘蔗渣了。時間一久，哪怕你這個人多麼愚頑，便都要成了一隻光怪陸離的飛禽走獸。通常大家對這樣的人都是不諒解的。這種人非但不事生產，況且沾染一身卑下的罪惡，比如喝酒、嫖妓、賭博、偷竊等等，小孩子一看到他們，甚至都要用很土很黃的話去咒罵他了：

大頭旺仔，博輸賭
買膏藥，貼卵鳥
卵鳥破，爛了了

但是，諸位讀者，我們不要看著這些畸零人的落魄相便忽略了他們的身世，有時候你遇上了這種人，說不定他的祖先還是家世顯赫的名門巨室，只是因了他的不用功才淪落如此，你若熟悉台灣的掌故，有一個傳說名叫「邱罔舍」，大概是說一個大富子弟如何傾家蕩產的故事，但是他還是獨生子，且六歲便進書房唸書、十二歲就粗通經書。這便都要怪他自己的不是，或者歸咎社會變動帶給他的不幸了。

這些民歌、傳說，一代代地傳下來，不知道被多少人所歌詠過，但畸零人依然是照舊存在，好像這些詞兒都變成咒語了，只要你一唱，一個遊棍便跳到你跟前來。這當然是好玩的事，因而唱的人多了，畸零人便也愈發成羣結隊了。但卻說獨獨有個鄉村，喚名打牛湳，這地原是十分蔽塞，裏頭也都還保留古昔風貌，民歌和傳說原也是不稀罕的，但近日城裏的風尚傳到那裏去，住的穿的彷彿都漸漸改變了；吃的和看的都和往日有些不一樣。他們便也不太喜歡唱民謠了，他們只喜歡抱著無線電唱著城裏頭的歌。更奇怪的是，如今他們也不談邱罔舍，彷彿他們覺得那只是小笑話，都不值得付予說談了。我去到打牛湳已經不止一次，那村裏有一個大道公的廟場，寬長大約有一、兩分地吧。每當黃昏，夕陽掛在搖擺的柳樹梢時，他們村裏的父老便搬一些椅子在這裏坐，他們盡談著十分荒誕的事，比如，阿火仔的太太生的小孩很像火盛仔，比如金石伯昨天在城裏的酒家死了，他們謅著嘴，最後都要咒起故事裏的那個主角，但他們不說邱罔舍，他們只說：「幹！那傢伙壓根兒便是花鼠仔的兒子。」然後便爆出一陣的大笑，像炮仗。起先時我都要大吃一驚，但是後來習慣了。我最初只想，大約這只是他們的口頭禪吧，好比前些日子打牛湳流行過「阿西」、「阿宋」這個詞兒，大抵是沒有什麼深義的，好歹只說一陣子便過去了。但過了幾個月，我又去廟場坐，卻發現一些小孩都把衣服脫掉了。他們偏點著頭說：「都知道嚒？我父親是彌勒佛。」接著便咿咿地跳起脚來。最後嘻嘻哈哈都抱在一起，不忘相互地指著說：「幹！你們壓根兒便是花鼠仔的兒子。」我又吃了一驚，便知道這句話的份量了。又過了幾個月，我便在廟場的四周看一張張的黃紙單了，那上頭潦潦草草都寫些符字，圈紅畫黑，下方蓋個印章：花鼠敕令。一些人看到這些貼出來的符仔，也便半正經半戲謔地叫道：「幹！壓根兒是花鼠的兒子。」這時候我卻不吃驚了，我知道這句話的厲害了。近日打牛湳要大拜拜，這村裏的廟宇大小不下幾十家，周圍的十二聯莊都要到這裏來祭祀，怕要熱鬧一番了。打牛湳的人便都談著花鼠仔的故事，我才知道這個人原來還是活人，一些人還稱他是有靈顯的童乩大仙，我從打牛湳村人的口中逐漸知道這個人。由此可知，我要寫花鼠的故事原來也不只是我一個人的意思。因爲花鼠仔三個字都已經成了膾炙人口的詞兒了，來日他免不了要成了不朽的人物，我用筆來記述他也只是共襄盛舉而已，若他日有人要談花鼠的事，臨時忘了些詞兒，你便可以到舊書攤去尋出這篇文章與他看。再次便是近日到打牛湳的城裏人慢慢多了，有一些研究學問的知識分子，有些是風雅倜儻的詩仙詩聖們，他們都到打牛湳來求善求美，有時難免要看不懂廟場的打穀機，我替花鼠仔寫故事便有意思把他推薦給城裏的人，若逢著什麼疑難便只要去尋他。另外的便是近日縣政府裏的文科官員想要在打牛湳成立一個文物館，以響應台灣的史蹟保存和史籍編纂。我便也想把花鼠仔的故事推介給那些官員，來日便要另設一個房間名叫：花鼠仔紀念廳，以茲光大表揚。最後，便是這故事是講立志的，古聖先賢講得好：人無志不立。一些有抱負的人便時常立志，若心有餘便想當大官做議員，若力不足便想當商賈賺大錢，這實在也是立志時代，我替花鼠仔寫立志的用意便也就是要替這些人做見證，說不定他們立志的勇氣就像花鼠仔一般地兇猛。

民族英雄，直逼烏江，你都抵擋得了嚒

風兒總愛搖動他家庭院的那株芒果樹，他便是那樣長大的。

二次大戰爆發的那年，花鼠仔在一個蕃藷園降生下來。據說剛開始他長得胖嘟嘟像官人般的模樣。那時烽火還沒有傳到打牛湳來，秋後的陽光曬在村落的屋脊上，暖烘烘，便叫人不能說那時沒有一線生機的。可就到了他快滿周歲的一天，他又在園底睡著，突然一陣風掃來，簌簌地落幾片蕃藷葉子，一隻碩大的地鼠跑到他的鼻前嗅了嗅，從此小孩尖嘴猴腮起來，一身生滿斑癬，村人都說這小孩是地鼠轉世。不久，在外的父親便死了，遺體運回家，他母親因爲哀慟過度，再加上操勞種田，也就咯了血。當時肺疾是不癒的大病，不久也追隨他的丈夫，到九泉去了。「眞是剋星！」村人都這樣對著小孩說。

花鼠仔便只好在守寡的姑媽懷中長大。他姑丈在岡山的基地裏被美國的飛機炸去了一條生命。

砲彈落在大地上，盟軍的航空機嗡嗡地飛回去，再經一陣子的喧鬧，大戰便結束了。中國的軍隊便開到台灣來。這年花鼠仔已經八歲，但長得不好看，尖尖的頭上生個瘡，一身皮包骨的模樣，像棵營養不良的莠草，搖曳在風中。

「眞是剋星！」他的姑媽一面煎著藥、一面對病床上的花鼠仔罵。他姑媽大概也不喜歡這株莠草吧。那時他頭瘡發作，整個頭腫得像麵團。

「但是，姑媽，」花鼠仔張開乾癟的嘴說：「妳也得把我父親的事情說一遍。」他說著，頭頂塗著的香蕉汁又溼又熱，瘡液一直滴下來。

「你是要害死你父親的，那時你那不爭氣的父親參加反日運動，從南部潛逃回來要看你。」姑母坐在木床邊，燻黑的屋頂一片斑駁，泥牆外的一片竹林曳著亮亮的光。風兒嘩嘩在林梢吹，姑媽的聲音變細像蜂鳴：「他躲在甘蔗園，我要從後頭送飯去，那天太陽還沒完全沉下去，我沿著圳溝直走，躡著脚，我小聲地喊：哥呵！哥呵！你的飯！可怪那時有一隻好大的鼠子竄到跟前來，吱地爬上我的脚，我嚇一跳，猛地碰碰兩記悶重的槍聲響過去，又是一個影子竄到我跟前，仆倒在地面，我先以爲是一隻兎子，定眼一看是哥哥，這時甘蔗園奔出幾個日本仔。」

「眞是剋星呵！」他姑媽沙啞著道。

花鼠仔的腦袋裏一片模糊，轟地一聲姑媽的話碎成漫天煙花，一朵比一朵大，他便在熱烘中暈過去。隔天，他的頭整個稀爛了，頭髮掉得光禿禿。

「但是這也是多麼令人躁煩的故事啊。」他姑媽好像也這樣怒罵著，以後就絕口不提這件事了。

花鼠仔天生便是個有胸襟的人，「眞是剋星」這句話剛開始委實叫他不舒服，但他想到：一則這故事終歸是沒頭沒尾；二則是那故事都是他病中模糊裏聽到的；三則也是他姑媽心躁氣煩時說的。因此他是不在意的，隔許多天便又把它忘得乾乾淨淨了。卻唯獨他好像聽到「什麼運動」那句話，彷彿這是跟他父親的死相關的，那便是一種很不吉利的詞了，以後他一聽到這個詞便要興起一陣的驚慌戒懼，好比是一支暗毒的箭一般，以後他便諱著這個詞不敢稍稍去提它。大約他幼年不喜歡運動也就是這個原因。

十歲，他進入國民學校去唸書。

秋天的落葉積滿了茅屋前，這年他是國民學校五年級。

姑媽又叫他去挑桶水，泡個米糠給那頭老牛喝。花鼠仔便挑著水到河邊去了。不久他姑媽也和一羣婦人家到河邊洗衣服，她一見花鼠仔慢吞吞在那裏拖磨著便叫：「你且不要挑水，先到那房間裏把髒衣服拿來給我洗。」花鼠仔說：「妳一下要我挑水，一下又要我去拿衣服，到底依哪？」姑媽一聽，跳起身來大叫：「你這沒爹沒娘的兒子，膽敢與我頂嘴。」便一巴掌打過去。花鼠仔嚇一跳，楞住了，忘了哭，隔一下，他想到：什麼爹娘，我花鼠仔可沒見過，我花鼠仔若有爹爹還會受欺侮噯？但都是妳這婦人家誤了我，硬說我爹參加什麼運動……一想起運動，花鼠仔又呑呑吐吐地忌諱起來，終於說：「一定還在世界，我自個兒一定要尋到他。」花鼠仔竟然挺起胸膛拍將起來。他姑媽一怒，跳到跟前來，叉手大罵：「你去哪邊找你爹？去地獄嗎？去地獄嗎？」說罷，她怒目橫眉，又是一巴掌，直把他打到河裏去。花鼠仔溼了一身衣服爬將起來，但他終於想獨力去找父親了。

有一天鄉間來了一個官員，後頭跟著一大堆打牛湳的人，大地主都嚼著檳榔奸笑道：「嘿嘿，好歹請您老手下留情。」那官員只把臉拉長，一支日據時代的鉛筆在黃紙單沙沙地畫。地主們便又笑道：嘿嘿嘿嘿。便要在懷中掏出一樣東西給他。那官員便喝道：你休要污鄙我的人格，都不顧這羣百姓的生活噯？說罷，那官員兀自凜然地去了。

三七五減租呵！三七五減租呵！打牛湳的人便這樣歡呼了。

「你將來也得要給我像個人。」在牛棚裏，花鼠仔的姑媽這樣訓斥他：「都也要像那官員鐵面無私，像青天大老爺。」

「他當什麼官？」花鼠沒興趣地問。

「評議員。」

「什麼評議員我不懂。」花鼠仔把牛栓好：「我只愛把牛趕到外頭去吃草。」說著，他溜著眼睛不安地看著姑媽，便想跑到村後去玩陀螺。

「你給我回來。」姑媽不禁怒罵道：「你便不會立志，都只想當個無用的窩囊廢。」

花鼠仔只停了一下，都不記得姑媽教訓些什麼，他一逕往村後跑，據說青蛙仔打製一個碗大的陀螺，一定要去見識見識。

秋末的陽光暖和著，嘩地一響，廟場上曬滿二期的稻穀。打牛湳的許多人家都在這裏翻著穀，一些雞鴨咯咯地啄食著，一齣孟麗君的歌仔戲哭鬧地響著。

花鼠仔拿著棒棍在榕樹下蹲著，風吹過翻絮的破棉襖便覺得有些涼，但這回他都在想玩橡皮筋的事。他只一鬆神便有一大羣麻雀吱吱噪噪地飛到他的稻穀上，花鼠仔慌忙連人帶棍地趕打過去。那羣麻雀吱吱地一陣聒噪便棲在廟場邊的電線上了。花鼠仔便又望著它們胡亂遐想。

碰碰碰，突然有一輛巨型的馬達三輪車停下來，三個壯漢拎起海口大的麻帶，便要來裝花鼠仔的穀子。花鼠仔一回頭便認得，當中一個白淨面皮的青年人是村長的大兒子，其餘兩個挺出胸膛的都是打牛湳武術館的好漢。

「爲啥裝我的穀子？」花鼠仔忙搶上去攔他們。

「不干你底事。」村長的大兒子厭煩地說。

「你這人沒道理，這穀子是我家的，爲何不干我底事？」花鼠仔一面說、一面看到武術館的壯漢俯身下去要動手，便喝道：「你們都是土匪嚒？」

這兩個大漢一聽別人罵他土匪便十分生氣了，只飛出一個巴掌打得花鼠仔暈頭轉向，踉蹌地跌了好遠。待他穩下來要理論，他姑媽便也到了。

「少爺，請你高抬貴手，今年還繳不了債呀，再給婦人家拖一段，利息加倍計算好了。」花鼠仔的姑媽陪著笑這樣說。

原來花鼠仔的姑丈生前不爭氣，都把錢財花到吃喝上，欠了村長一筆長年的債，留著來壓住花鼠仔姑媽的肩。

「不行。」村長的兒子斬鐵斷釘地道，便把頭歪到一邊去看天邊的浮雲。

「千萬再給我婦道人家拖延些時日，以後便不再賴了。」姑媽合著掌膜拜著。

陽光掠過一片雲，帶一陣即興的涼，廟埸上的人們都歇在樹下，一架鼓風機吱吱地在路邊轉動著。

「你們像土匪。」花鼠仔見他姑媽便想起委屈來，他摸著腮邊，感到又熱又疼，「你們像土匪。」他又喊。

「你這小王八都給我住嘴。否則叫你爬到我的袴下去。」武術館大漢這樣大喝著。

「你們不要生他的氣，他自幼沒了爹娘，沒教養，請多多原諒他。」他姑媽說著，終於陪著笑說：「少爺回去與村長說，明天中午帶著家人到敝舍來，我們慢慢談好嚒？」那村長的兒子一聽便又把頭回過來，忽然間便咈咈地笑起來道：「好吧。」說著，三個人跳上車碰碰碰要離去。

「但我都不希望你家的人來。」花鼠仔大聲地叫：「那老貨仔村長一吃酒便把花生殼吐得一地。」

「你這畜生，哪有你說話的餘地嚒？」他姑媽一聽他喊便怒罵著，又給他一巴掌。那三輪車的人只冷著臉早已往路上去了。

原來那村長是打牛湳的財主，到處放高利貸，卻也是好吃的人，凡欠債的人只需請他家人一頓，債務便可以拖一段時間，這例子慢慢變成打牛湳的法律條文了。

「我便不希望他們來。」花鼠仔說道，便也搗著臉又去榕樹下呆坐了。

轉眼間稻穀曬熟，都賣了錢繳了稅，還些農藥錢，便一文不剩。風一吹過花鼠仔家的茅屋，嘩啦啦冬天的影子便可以望見了。

花鼠仔把牛棚修葺一番，隔開成兩間房，左邊飼著那條老牛，右邊住了他，姑媽說要好些看管這頭牛，她說一根牛毛都要比花鼠仔值錢。

這時的冬陽透過茅屋的空隙照進來，花鼠仔剛耙完豬舍那堆糞便溜到裏頭的床上休息，他直望著門外庭子上的蕃石榴樹胡思亂想，覺得那些錯雜的枝芽像他那叢雜亂的頭髮，這些亂髮是他的癲痢痊癒的時候長出來的，像花鼠仔一般是莠草。他這樣想便覺得沒意思，開始翻動一本作文指導來。這幾天老師吩咐了兩個題目，一個是「談我的志願」，一個是「我的父親」，花鼠仔一向只好呆坐，腦袋總是裝些玩耍的念頭，便被這兩個題目難倒了。他看到作文指導裏的花樣可眞多，光「志願」這題便數不完，有當科學家的，有當教育家的，也有當革命家的，左翻右看，怎麼也尋不到一個恰當的。這時門外的遠處鄰家開始冒起午飯的炊煙，家家都把無線電扭開，今天播放的是「大漢英烈傳」，花鼠仔已經連續聽幾天。現在唱一首「哭調仔」的人是韓信，因爲他剛從三個流氓的袴下爬過去，花鼠仔一聽便覺得心酸，彷彿那哭聲越來越響了，花鼠仔又聽見「袴下」這詞牌，忽然心頭一震，他便想到那村長的兒子和兩個壯漢。「我得著了，我得著了。」他猛烈地跳起脚來這樣喊：「我立志要當韓信，我的父親是韓信。」

且莫要忽視了花鼠仔這個偉大的發明，國民學校課本不都曾提過中國發明指南針，終於有了現在的世界文明嚦？而這個道理是相同的，至於花鼠仔爲什麼要發明韓信，其道理至少有四：一、將來他誓必要洗雪袴下之恥；二、他的姑媽也曾要他立志；三、他本來也是獨自要去尋父親的；四、他覺得被韓信的哭聲感動了。這樣說便不能不叫人承認花鼠仔頭腦的伶俐了，花鼠仔愈想便愈覺得他的發現終於是顚撲不破的道理，便偏著頭，尋著墨，開始要寫起作文來。

喀喀喀，他姑媽從外頭拿著竹篙打進來：「你這畜生還不去給我飼雞鴨，倒在這裏偷懶睡覺嚒？」說罷便要打下來。

「但是姑媽，」花鼠仔縮著脖子說：「我立志當韓信，我父親是韓信，進圍袴下、直逼烏江、雪恥袴下，你都抵擋得了嚒？」

「你莫要在那裏裝瘋，你豈有父親？」他姑媽氣脹著臉道：「都與我去飼雞鴨。」

「直逼烏江，你都抵擋得了嚒？」花鼠仔又說一遍，終因駭著竹篙跳著脚出去了。

春雷隆隆響了三、兩下，細細斜斜的下將起來，花鼠仔提著籃子便要去撿蕃藷，寒氣還沒過去，雨兒滴在單薄的衣衫上，心頭升上一股冷，直發寒。

近日裏花鼠仔便也不唸書，他都覺得一看書眼皮就要闔著，鄰居的人都說他營養不良，花鼠仔可不那樣想，他只覺得身體越發瘦瘪是事實，但是原因還是吃不下飯，三餐都吃玉蜀黍煮綠豆，鍋裏撈不出一粒米怎能嚥得下，他姑媽便知道他吃膩了，要他田裏去撿蕃藷。

牛兒掛著犂兒猛力地拉動，地皮被割成了條條的溝痕，翻出或大或小的紅藷。犂後頭跟著一大羣襤褸的小孩，主人歪戴著笠子站在旁邊看。花鼠仔便也驢馬般地走過去。

「幹，又來了一隻纏身的蟲豸。」猛然那主人這樣對著花鼠仔喊：「都是該死的蟲爹。」那人又喊。

花鼠仔定睛一看，才知道冤家路窄，這人原來是村長的兒子，花鼠仔免不了怔一怔，平時他一定要縮著脖子走開，但這刻裏花鼠仔可已經不是那刻裏的花鼠仔了。自從他立志以來，他便彷彿變成了另一個人，變得大勇大智了。

「我爲什麼要怕這廝地主流氓。」他這樣忖度便自言自語：「我豈是好欺侮的？」便勇猛地踏著脚加入那羣小孩的行列去了。

村長的兒子也不說話，俟花鼠仔撿滿半個籃子後，便走過來。

「你那些藷都是我的。」村長的兒子說：「理應還予我。」

花鼠仔一聽便覺得沒道理，他停下手來，縮著脖子說：「是嚒？你都不見到這些都是我撿的嚒？」

「我方才看見你偷了幾個，我雇的人都沒有撿乾淨，你便忙著上去搶。」村長的兒子把手臂架在胸膛上：「所有撿蕃藷的小孩你最不規矩。」

花鼠仔聽了便發呆，待要申辯，那籃子便被搶去，只一倒，他撿的蕃藷都落到村長家的袋子裏。

「你都以爲我花鼠仔是凡人好欺侮嚒？」花鼠仔終於怒不可遏了：「你豈知道我父親是韓信，進圍垓下、直逼烏江，你都抵擋得了嚒？」說罷，便舉起乾柴的兩隻手奔來打村長的兒子，但只跳了兩步便被蓬草絆倒了脚。他便只坐在地上，一時天旋地轉起來。

雖然第一次便遭到大挫敗，但花鼠仔的勇氣剎那間傳遍了整個打牛湳，因爲他也是第一個敢與地主作對的人，在大道公的廟場上，每一個人都談他，他大家都知道花鼠仔是立志的人。

風又吹過廟場上，榕樹又掉了幾根枝兒，柳樹兒枯榮幾次。轉眼就過了三個年，花鼠仔便在一家初中唸二年級，慢慢兒變得是個莊稼漢了。雖然這時候的花鼠仔還是根瘦胡琴。

三月剛除完草，花鼠仔便穿著短褲兒到廟場邊財佬的雜貨店來，他一直搗著大腿兒，那裏在除草時被蟲兒咬得一團腫。

莊稼漢都聚到這裏來下棋，老的少的各自在那裏對奕著。羊癲仔一見到花鼠仔便要與他玩，他撓著肩走過來說：「下盤棋賭五元。」花鼠仔眼睛溜溜地轉，只想縮起脖子來拒絕，那羊癲仔便道：「你不是當韓信嚒？」

「是的，我父親是韓信。」一聽到立志的詞牌兒，花鼠仔立刻振奮上來。

「都知道棋子是誰發明的？」羊癲仔問。

「誰？」花鼠仔道。

「韓信！」

「韓信？」

「是的，韓信。」羊癲仔確鑿地說。

花鼠仔一聽便覺得受用起來，當初他聽歌仔戲時也只知道垓下和烏江罷了，他從來也都不知道有這麼一回事。

「這都是大智慧。」羊癲仔又說：「你一定會贏棋。」

「是嚦？」花鼠仔只是懷疑。但羊癲仔嘩啦啦三兩下便把兩邊的陣勢排上。花鼠仔便昏頭和他下著，都像夢一樣。

誰知道這羊癲兒也是個半桶水，走起棋子沒章法，都是自個兒尋死路，三兩盤都輸去了。花鼠仔還不知道為啥贏了二十塊。

「他老子不愧是韓信。」羊癲仔一肚子氣這樣喊，下棋的人都跑過來看。

「都還沒有見過這等的高手。」羊癲仔看著衆人過來便又不好下台地羞慚著說。

「我們不如來賭錢。」青蛙仔一看見大家都歇了手便提議：「好歹痛快地輸一頓。」

原來這打牛湳平日都沒有消遣的地方，閒下來時，一些人便騎著車到鎮上那家玉鳳凰茶室去嫖妓，留下的便聚在一塊賭錢，大凡莊稼漢都是會搖骰子。

便一地衝到店裏去，把茅屋搖得嘎嘎響，終於取來一個骰子和一個瓷碗。

一陣咔啦咔啦響，青蛙仔撚了一把，骰子轉成一道影子，又慌忙地抓起瓷碗蓋起來。

「俥。」羊癲仔在旁邊跳起雙足：「賭你兩塊錢。」說著便把錢押下去。他這一喊便喊動了這批老少的莊稼漢，他們都從癟癟的口袋掏出了菸錢和檳榔錢，三角五毛地跟著押。一時轟轟烈烈地圍在那裏嚷。

花鼠仔的手抓著下棋贏來的錢直發抖，他跳到前頭，興奮得不得了，便站在那邊看。

「你怎不下注呀！眞沒種。」羊癲仔閃動著鄙夷的神采。

花鼠仔是不常下賭的，因爲他若看到過分的事便會興奮老半天，他的手只舉在半空中，就怎麼也放不下去。但一聽到羊癲仔一吆喝便知道當莊稼漢都是要下注的，他便又想到立志的事：「我父親是韓信。」便馬上壯起膽來，他把五塊錢下到角落去，蓋子一掀，果然中了二十塊。

「你也可知道我的立志了。」花鼠仔對羊癲仔說：「發明棋子，你都抵擋得了嚒？」說著，花鼠便不屑地看著每個人。

就這一次，花鼠仔獲得了輝煌的勝利，他的勇氣便也倍增了，「原來韓信是用這來賭贏錢的。」他想。

七月的太陽火辣辣，剛打了穗的稻桿立在田中央，都像罔市婆仔的破裙。

花鼠仔剛做完農事，一袋袋炙癢的稻子還彷彿壓在他肩上，自從他成了莊稼漢便幫鄰家做起粗重的工作，除了幾次因爲營養不良昏暈過去以外，大致還能勝任愉快。他這刻倒在牛棚裏歇脚，一直抓著背部那塊炙烈的部分。但這段日子他都不想什麼，只想到賭錢的事。近幾天他背著姑媽去村店賭錢，卻也連贏了幾回，不覺有些信心，彷彿便有幾分賭錢人的氣勢了。從前只把身軀往前站著看賭局，現在都擠到裏頭去蹲著，手也不再緊張痙攣。今天他聽說城裏頭有個富豪要來做莊，村裏頭的地主都要到場，一定有一番大的廝殺，他一想到城裏頭的人，便也好奇起來，看看天色逐漸黯淡下來，便拿了僅有的三百塊，掩了牛棚的門，逕往村頭羊癲仔的家去了。

賭局便設在羊癲仔家的柴房裏，這些時日警局常派人來取締，打牛湳的人都不那樣明目張膽，像這樣的大場面便躲到這種隱蔽的地方，暗中派兩個小廝在路上把風。

來的人可眞多，做莊的果然是一個半禿頭的胖傢伙，都挺著一顆便便巨腹，圈在內圈的地主們都把菸絲抽得絲絲響，外圈的村民都揑著錢兒直冒汗。

據說這個城裏頭的人以前也還是鄉間人，三七五減租時把土地換了銀票，跑到城市去買市地，一年半載後便發大財，因爲很想念著鄉下地方，三日、兩日便要下鄉來豪賭一番。

柴房的燈光放得低，把烏黑的榻榻米照得發亮，做莊的那個城裏人抓起三個六面骰子便往碗裏放，蓋上後便咔咔搖動了。

「六。」

「四。」

「●。」

圈著的打牛湳村民大叫著，紛紛把錢擲到裏面去。地主們都用一小塊的薄磚當籌碼。

「但是，你們便算老幾？」花鼠仔一地忖道：「你們可都沒有一個父親像韓信。」

他這樣想便走動著脚，連連安撫著咚咚跳的心。轉眼間做莊的又嘩啦嘩啦搖動他的骰子。

花鼠仔不動聲色地把錢往局裏放，但一連幾次都失靈了，把三百塊錢都輸淨了。他可從來沒輸過這麼多，那等於他家一半的財產。

「我的兒子，這回大約是收割土地曬昏了我的頭。」他打打自己的癩痢頭這樣埋怨：「但也眞令我花鼠仔信心搖撼呀。」這時他便瞬間也要興一陣喘吁吁的怒氣了：「我是立志的人。」他這樣道。

周圍的人又開了骰子，一大羣人嘩嘩搶著錢幣。

「我也是立志的人。」他又喃喃地說，額頭終於冒些汗。

一陣爆響，一羣人又跳起來，怕又中著了。

「我的兒子。」

他望著衆人那些笑臉，漸漸怒不可遏了，大約這樣是很傷他自尊的。

「幹，賭這個錶，押五十元。」花鼠仔把手伸開來，往懷中掏出一個錶，那是姑丈還在世時買下的紀念品。

賭物品在打牛湳還是稀事，花鼠仔又是夾著盛怒衝過來，不免就驚駭了好些人。

「我父親是韓信。」

花鼠仔莊嚴地瞧著衆人。

一些人怕壞了規矩便要來阻擋，但做莊的城裏人只笑道：「都爲了有趣。」便也讓花鼠仔賭了。

蓋兒一掀，花鼠仔的錶便被吃了。

「幹，再賭這件襯衫。」

花鼠仔又瞧著他們。

但襯衫也輸了。

「幹，這雙皮鞋和長褲押五元。」

皮鞋長褲也沒了。

最後只剩下一件內衣褲，一地裏逃回家去。

他躺在床上癱瘓一番了，這原因怕也不是光輸錢這回事，至少他開始懷疑了。

「我兒子，韓信也有靠不住的時候，我父親也眞賤。」他這樣想，一下子立志的事兒便像雲端的一座塔，轉眼便崩下來，夜裏花鼠仔便半昏迷地睡去了。

「你這瘋子，太陽都曬到屁股了，還不起床。」清早他姑媽跑過來，看他赤膊著身子便又嚷：「你睡過頭了！都還不準備衣著去唸書。」說罷又是一陣的竹棍，但花鼠仔沒褲子倒不敢跑了，直到被打扁在那裏。

「我的兒子。」等姑媽走後，他按著痛楚咕嚕了起來。

上進中舉，劈哩啪啦震天動地

這些大約是花鼠仔年幼的立志事兒，雖然不盡是光彩的，但總算不平凡。而凡做大事的人幼小時難免異於常人。花鼠仔後來談起他第一次立志當韓信的事也都常引用課本的典故，他說：「愛廸生是什麼人物？他年幼還不是個低能兒嚒？」花鼠仔總是這樣理直氣壯地說，彷彿他的屈辱都爲了天將降來大任似的。

但漸漸的他不說自己是韓信了，當然有一段時間他也改稱文天祥或諸葛亮，卻也依然輸錢，後來便絕口不提，又過著沒有目標的生活。

日曆一天撕去一頁，花兒謝了又開，轉個眼兒，花鼠仔就跟著村裏的同伴唸高級中學，他的下巴開始撇出三兩條鬍子，幹的活兒也愈來愈重大了。

二月的水田亮晶晶，溫煦的陽光柔和和。

花鼠仔站在耜耙上，一枝柳條兒啪啦打在牛背上，那牛兒一陣緊張，拖著傢伙把水田磨成一面鏡。

「花鼠仔，」在田邊休憩下來，同年的青蛙仔便趕到身旁來說：「你打算上進嚒？」

那時候打牛湳大半還不了解上進是什麼名堂，只知是有一種叫「大學」的玩意兒在頭上發著亮，好比清朝時代的科舉，若考上了，打牛湳的人都說中舉，據說第一名的還稱「狀元」。

「那是舉人的事。」花鼠仔不很懂得這碼子事，便囁嚅地說：「舉人的事豈可高攀？」

「但大夥兒都考，我們也要跟著考，俗語說輸人不輸陣，大夥兒跳海去尋寶，我們也得跟上去。」

花鼠仔一想便暈頭。近日學校的教員逼得緊，一直要他們求上進，據說現在時代不同，都是機會平等，萬不得輸給別人。

「我可又有個立志的機會。」

花鼠仔想了很久，又想到他已經許久不立志了，便有些躍動起來。

嘩啦嘩啦，柳條兒又抽打在牛背上。

剛插了秧，春天就降臨了，野草花把打牛湳裝飾得十分冶豔。村長又生了個孫子，地主和欠他錢的人便一齊來道賀。

村長的家果然不比尋常，只見U字形舊家院，兩棟高大側房矗立在兩邊，正面一棟廳堂狼牙飛簷，屋宇的頂上都塑著龍鳳鳥獸，高高的門楣橫一塊匾寫著：「文魁」，都鬱金地發著光。花鼠仔原來和村長的兒子有些恩怨，但經青蛙仔勸解便也按下了怨怒，跑到這裏充跑堂。庭院上轟轟然，一式排開幾十桌的菜飯，劈哩啪啦，一陣陣的鞭炮炸開在庭上。

花鼠仔端著菜和莊稼漢都立在人叢中，司儀一拉過麥克風便呵呵笑上來：「各位鄉親，你們都要來慶祝這件喜事，豈不知村長的兒孫都一定是龍子嚒？」司儀說著便把手指向楣上的那塊匾：「村長的祖先便是清朝的舉人。」

劈哩啪啦，衆人一聽都拍響了手，活像要震裂大地。

「你們都不曾聽人家說麼：虎父無犬子，龍門生龍子。」司儀又道。

又是一陣爆響，匾額發著亮。

這樣子，花鼠仔立在那頭便發了呆，他隱約知道舉人是什麼東西了。

「我兒子，要是我父親是舉人便好了。」花鼠仔不禁跳起脚：「劈哩啪啦，震天動地。」

以後他便覺得憂鬱了。住在牛棚裏他也忘了餵什麼牛羊，也忘了去村店看賭錢，每逢他睜大一雙憂傷的眼珠往外望，一塊發亮的匾便要在眼底明亮起來。

「我的兒子，要是父親是舉人便好了。」

他常常這樣地咕嚕。

風兒一吹，稻田便是一片綠油油。

近日姑母又幫鄰居種了幾分地，原來打牛湳的農田慢慢少了人耕種，這陣子城裏流行輕工業，大夥兒都到都市做合板、塑膠，農地荒廢了些。

花鼠仔把牛放到河裏去，脖子掛條毛巾，瘦瘠的胸脯直流汗。

「我是立志的人。」

他便也在田埂把頭放得低，一直邁動方步，突兀地跳到姑媽的前頭去。

「但我決定要上進了。」他這樣說，偏著頭。

「上進什麼？」他姑媽一溜耳沒聽清楚，拄著鋤兒立在那頭：「上進什麼？」

「我要考大學。」他說。

「大學？」他姑媽一聽，只翻動白眼珠：「你上什麼地獄天堂都沒關係，但考大學你不配，那是要文曲星的命呀。」

「但是我父親一定是個舉人。」花鼠仔說：「你們一定欺罔了我，對不對？」花鼠仔的頭更偏了：「我也會是個舉人，劈哩啪啦，震天動地。」花鼠仔猛然跳起脚：「那匾上的光你都見過噯？」

這回他姑媽卻沒用鋤頭擂他，只看他一會兒，終於唉了一聲，眼淚簌簌地下了。

高級中學二年級唸完了，考狀元的風氣在打牛湳高漲起來。

七月剛過，一張紅紙兒便貼在村莊的告示亭上，一些人都圍在那兒觀看，原來是林二家的兒子考上大學，這下子打牛湳的人都喧嘩起來。

第二天便有一面銅鑼在村道上響著：「都謝謝了，都謝謝了，託鄉親的福，林二的公子中舉了，今晚準備大請客，歡迎光臨。」

於是村子的父老都奔到馬路來，他們逕脹著脖子喊：林家上榜了呀！林家上榜了呀！

花鼠仔本來對這件事是很不以為然的，一則自他立志當舉人後便彷彿高貴起來，閒事都看不在眼內；二則是這林二家只是個破落戶，花鼠仔認為中舉的人家都要是顯赫的。但他想想林二的兒子也還是自己的學兄，終歸也是自己的人，便一地尋到他家來。賀喜的人可真多，但林二的家只是小康，只一撮人便要把茅舍擠垮了，而林二的兒子竟然上了榜。

花鼠仔不免又偏起頭來徹底想一遭。

「也眞是賤。」

他不禁鄙夷起來。

簷下擠滿人，他便一地踏到正廳，裏頭果然都是一些仕紳，學校的教員都坐在席上，林二和他兒子直勸著酒。

「眞是難得。」一位教員站起身子道：「我教了幾個弟子都沒有林同學一半聰明，今兒他上了榜，來日必定成大器。」

「以後繼續考博士。」另一位教員也端酒站起來說：「現今是文憑社會，你以後當博士必有一番風光，來日便換你來提拔老師。」

「謝謝老師。」林二說罷便笑開了。

花鼠仔只在門邊逡巡著，看看這般盛況便也暫時囁住了，但又看看林二這個人長得瘦瘠瘠的不體面，腰間勒一條紅皮帶，襯衫也破個洞，頭髮沒有一點光。

「他兒子竟然上榜。」花鼠仔不禁鄙夷起來。

「都看過嚒？」忽然花鼠仔便跳到酒席去，對著林二道：「我父親是舉人。」他因爲來勢洶洶，登時震動在座的諸人。

「你說什麼？」林二趕忙走過來，一看是後生花鼠仔，忙搬張椅子放在教員的旁邊：「請坐請坐。」他說：「你說什麼？」

「震天動地，嗙哩啪啦。」花鼠仔不禁越把頭偏看了，他咔喳咔喳在那裏邁方步：「也配坐我這張椅子嚒？我父親是舉人。」

他用力地捶著自己的胸脯，猛搖動他的脚，忽然便暈過去。

從此，花鼠仔的名氣便越發大了，打牛湳的人都知道他父親是舉人。

十月的打牛湳遭一陣紋枯病，稻作受到損傷。但花鼠仔都撚著燈唸通宵，立志彷彿更堅決了。

「然而，人的思維是要經歷環境而成熟的。」半夜裏，每逢花鼠仔從夢中醒來時，一想起自己的立志便要興奮地爬上來走走，他自語：「打從我立志當舉人以來，這村子的人便不在我的眼中了。」

歲月在興奮中度過。

一天早上，花鼠仔爬起身來，兀自看看高級中學教本，那裏頭被他批點得花花綠綠一大堆，他便覺得甚爲滿意，他又繞到後頭去打水，準備來飼那頭老牛。

這工作他還是願意做的，打從立志以來他便不同昔日了，比如，這餵牛的玩意兒是件枯燥的事，但自他了解歷史上也有陶侃搬磚的典故，便也樂意做。「我都想做陶舉人。」他這樣想。

天還未大亮，東邊天際一片灰白，花鼠仔一打開牛棚，竟發現牛兒躺在地上不動彈。病了。他慌了半天，忙喚著姑媽來看，請來個獸醫忙打針。

「唉，可眞這年頭，我們辛勞耕種卻沒多大收穫呀。」花鼠仔的姑媽在夜晚時還守在牛旁邊：「都累壞了這條老牛，我年紀大了，你怕要負些養家的任務了。」他姑媽提一盞煤燈說。

「但是我是立志的人。」花鼠仔應著他姑媽道：「將來我若中了舉一定會孝順你。」

他姑媽一聽便不說話，但沒力氣地坐在乾柴上。

「都是些無用的賤民呀。」花鼠仔望著姑媽忖道：「都像這頭無用的老牛兒。」穀子收了，雖不是好年冬，但演場布袋戲來酬謝神明也是應該的，大道公的廟場前便搭個戲棚子，榕樹下停些休閒的牛車，莊稼漢便都來歇脚。

花鼠仔一地蹭蹬到這裏，手頭握著一冊書，這當兒書本彷彿變成他獨一無二的牌照了。

廟場前因爲要演戲，小孩便雀躍跑出來，他們都這裏走走那邊逛逛，另有一些人圍在大道公的廟階前，那裏一個人賣著豆腐湯。花鼠仔摸摸口袋，發現沒有一分錢，肚子飢饞地咕咕叫。

「花鼠仔，」階前的樹根仔一望見他便叫：「你明年要上進，我請你吃一碗湯。」說罷，便把碗端過來。

花鼠仔挺著補釘的高中制服這樣想：「可我也是身受教育的秀才。」他咕嚕著，看看農民的一副邋遢相，又想：「我豈可與他們同流合污!?」

「都曉得嚱？」他不正眼去瞧那碗豆腐湯，便這樣對著衆人說：「我國的地圖好像一葉秋海棠。」

「歐。」衆人都驚奇道：「秋海棠。」

其實花鼠仔也不曉得什麼秋海棠，反正是一種葉子吧，但又怕旁邊的人問到底，便改口道：「都知道嚱？台灣的地圖像條蕃藷。」

便也不吃那碗豆腐湯，一地軒然地去了。

日子一晃，六月就站在白雲的尖端。

整整這半年，打牛湳的村路上便很少見到花鼠仔的影子，廟場的人都猜測他躲在牛棚裏讀書，據說有人在半夜裏還見到花鼠仔燃著燈在牛棚裏打盹。廟場的小孩便只能學他的調子說：「都看過嚱？我國的地圖像一葉秋海棠。」

但這打牛湳理應也是花鼠仔歸根之地，不久廟口就出現一位身著破爛、瘦一身瘠骨的丐兒來，他垂著一顆頭，在廟前猛搗，有時也偶爾在村路走或垂著涎在樹下睡，口裏直唸著：「都看過嚱？都看過嚱？」

後來大家才曉得，他原來是花鼠仔，卻據說落了榜。

屈指算來，這時候的花鼠仔都該二十二歲，庭前的芒果樹一搖，紅鸞星動了。

他姑媽近日直擔心，雖然翻地皮富貴不了，但在打牛湳裏即使是沒飯吃，娶太太也照樣要進行，無後爲大都是衆人戒愼的事。

一陣吱吱地響叫，豬舍只經風雨一颱打，便降生下一羣小豬仔，又一陣子碰碰地便來一輛豬販子的車。近日工資催得緊，得把豬仔賣了暫時濟個急。

「唷唷唷。」花鼠仔的姑媽提了一隻豬仔便閃了腰：「眞老邁得快呀，一下子便不中用了，兩三把骨頭怕已埋去半截了。」

「改天我幫你尋個媳婦。」那矮仔福的商人這麼說：「也好替著你老。」便一把把花鼠仔拉到芒果樹下慫恿：「村前那頭有一個橘子姑娘，她剛從城裏回來，改天我帶你去看她。」

這事兒倒爲難了花鼠仔，自從落榜以來他便一地想著立志的事，他是要中舉的，但誰知這事也不容易，一册册的參考指南都讀熟了，但一臨考場便失靈，他越想便越喪志，所幸他是上進的人，後來在古文裏發現歐陽詢和一些古人也都還是老年中舉，便也安下了心。孟子曰：「天將降大任於斯人也，必先苦其心志。」他想了又想，不禁想做起大事來。

「但是矮仔福，你也都還不了解我花鼠仔。」他瞧著矮仔福道，便沒有說什麼了。

然而花鼠仔的態度也還是中庸吧，既不肯定也不否定，他姑媽便暗地裏央人說媒去了。

八月十五日，斗大的月亮攀到樹梢兒，一下子把打牛湳照得遍地透明。

花鼠仔打點妥當，梳一頭光潔頭髮，借一套烏亮皮鞋，穿戴西裝，一條紅領帶打在喉胸前，便轟轟然往橘子姑娘的家來了。

第一次的相親誰都要緊張老半天，況且花鼠仔一副發育不全的樣子，怕要壞了這樁婚事。早幾天，姑媽便一地吩咐道：「你得給我多吃些米，好讓瘦骨兒多長一些肉，相親也體面得多。」但花鼠仔原也是有恃無恐，他想到：「我父親是舉人，都怕啥？」

女家的屋子還是舊宅院，這橘子姑娘據說剛從台北回來，塗得一臉密斯佛陀，扯著一條露著屁股兒的短裙坐在楠木椅，說話便夾兩句國語，倒把花鼠仔困惑住了。看了老半天，花鼠仔便也不知道怎樣抉擇，一地在那邊口吃著。

「你是高級中學畢業？」橘子姑娘問。

「是，高級中學。」花鼠仔如臨大敵。

「有沒有職業？」橘子姑娘又問。

「沒有。」花鼠仔又答。

「有技藝嚒？」

「沒有。」

「想做事嚒？」

「沒有。」

花鼠仔一連應了好幾個「沒有」便十分的納悶，怎的都不提他的上進。「我父親也是舉人。」他這樣想。

「不要。」一會兒橘子姑娘便把臉拉下，霍地從座位站起來：「高不成，低不就，不要。」

座上的人都嚇一跳，從此婚事便告吹了。

原來這打牛湳近日也有一股風尚，便是從鄉下去過城市的姑娘便不再嫁給莊稼漢了，她們都不想再回鄉來掘地皮，都寧願在城裏頭挨餓著。好比吃著了金馬牌香菸的人便不再回頭吃新樂園牌了。

「也眞是我花鼠仔的奇恥大辱。」他這樣想：「我是新樂園牌嚒？偏不是金馬牌嚒？」但他是有自尊的人，不久便節制地說：「但凡人都不了解我的立志吧，有一天總要讓他們見見顏色。」後來便更想到：「功名未成，談何兒女私情？」

打牛湳颳一陣冬風，廟場前的榕樹又枯了兩根。

村廟陡地有些外人的足跡了。

黃道吉日，叮叮咚咚，一陣城裏的進香團開到大道公的廟前，一身黧黑的村民便聚到前頭來擂鼓。進香的人潮一下子塡滿這個小廟宇，嗚嗚嗚響開一陣誦課聲。

花鼠仔剛放下書也來到這邊看熱鬧，這回他看到了城裏人的富麗堂皇，他們一式都穿戴得珠光寶氣，像橘子姑娘的模樣。

「原來這城裏也多的是橘子姑娘。」花鼠仔這樣想：「也想欺罔我去娶她，都是詐騙勾當。」

這時門階邊走來一對穿新衣的伴侶，料想剛結婚，還偎著不肯分開，花鼠仔一想結婚的人都是不立志的人，便鄙夷起來：

「都那般地不懂世故嚒？」他突然跳上去說：「劈哩啪啦，震天動地。」

那對情侶嚇得退了幾步，驚叫起來。

旁的人慌忙走過來拉住花鼠仔。人羣便圍過來。

「他是瘋子。」一個打牛湳的人這樣安撫那對情侶：「但不傷害人。」

「誰是瘋子？」花鼠憤怒道：「都不知道我是立志的人。」

說罷一地殺出重圍去。

一陣子秋風一陣子冬雨，這打牛湳的青年愈發少了，剛國民學校畢業的小孩便也不唸書地到城裏去了。他們說去學技藝，所謂家財萬貫不如一技在身。衆人都這麼想。現在留在打牛湳的人多半是些老貨仔，他們便都是沒有技藝的骸骨，被時代淘汰的渣滓。

剛剛下了年尾雨，新春要在瑟瑟的寒氣中躲躲藏藏。

打牛湳停了一輛小貨車，上頭疊滿稀奇古怪的四方物。那貨車扭開擴音器便大叫：「我是菸仔仙呀！好消息通報你們知，電冰箱、電視機，一台一台啦，做嫁妝當消遣都好啦。」

打牛湳的人一聽都把耳朵豎直了，他們委實不知道什麼電冰箱、電視機，但賣貨的菸仔仙也是打牛湳去到城裏的青年，便哇啦哇啦圍在他身邊直謅嘴。

剛開始大家對這玩意還陌生，都不敢買，最後由一家村店購得一台電視機，都供在窗口任閒坐的村民玩賞了。

「菸仔仙也眞出息。」去參觀電視回來的姑媽便對花鼠仔這樣道：「而你也眞沒出息，你倒看看人家，都只去城市半年就弄個這樣精巧的玩物給村人看，你就只留在家裏不娶不婚像傻瓜。」

花鼠仔一聽便苦惱起來。

「菸仔仙都像我一般地立志嚒？」

「他憑什麼運那種鬼玩意回來？」

「都不知道當舉人嚒？」

他一地想、一地又鄙夷起菸仔仙，但又看到整個打牛湳都在談論菸仔仙和電視機便不禁有些猶豫。他終究也是行動的人吧，趕完工時便穿戴起一雙白布鞋，髮鬚也不修，只站在村店前對電視機怒目而視。他半襤褸的衣衫經風一吹便飄飄然像一位穿長袍的舉人。

「都不知道玩物喪志！」說罷便拳打腳踢起來。

但這打牛湳是要愈發不立志了，不到一個月，那一幢幢的茅屋便架上許多的天線，打牛湳彷彿變成一隻大怪獸，一根根觸鬚都伸到天上去。

「但是都不知道這種機器是打牛湳的毒藥啊。」花鼠仔苛刻地想著，衣衫更加襤褸了，他戴一頂糟亂的竹笠子，一身破衣衫在村道的四周吹口哨。不久頭愈發低下，身影也佝僂了，委實不該是二十二歲的模樣了。

「蒲柳早衰。」許多人都這樣評論道。

新春終於到了，爆竹劈啪響，大家起得早，便發現花鼠仔昏倒在村道的柳樹邊，一身瘦瘠瘠，鬍子蓬生到胸前，便把他送到醫院去。

從此，很長的一陣子打牛湳眞的失去花鼠仔的蹤影。

洋人兒，轟地一聲便死了七萬人

草兒又長了，大約半年又過去。

這時的打牛湳便開始忙開了，鄉公所來了幾個戴墨鏡的公務員，接著又有一批拿著地平儀的青年在馬路上畫些線，一張張的公文貼在告示牌上，村人都不知道那是啥的玩意。

不久擴音器便這樣喊：「親愛的村民們，爲配合育樂的原則，我們要建設社區，從此你們便要消除髒亂，革舊布新。」接著便有一批清潔指導團到花鼠仔的家來。

「這牛棚也要修改修改。」一個留著大髻的姑娘這樣對著花鼠仔的姑媽說，據說她是城裏來的大學生：「這樣不整潔的東西也該換換。」

「是的，姑娘。」姑媽一直陪著笑：「是的，姑娘。」

「但這牛棚裏設個書房也還是我首先看到。」姑娘又掃了花鼠仔書桌一眼說：「我們以前用的都是明亮的房子，妳沒去城裏都不曾見過公寓吧？」

「是的，姑娘。」花鼠仔的姑媽說：「這是我侄兒的桌子，他現在到城裏補習去了。」

「唷唷。」那姑娘突然驚嚇起來，她指著一件掛在壁上的簑衣道：「這是件藝術品啊。」

「是的，姑娘。這是我侄兒打製的，他今年要上進。」

接著打牛湳的路面便鋪了柏油，庭院蓋了廁所，樹下建了雞舍，路邊種了椰子，鄰家砌了牆垣，大夥兒忙碌著，七月便打發過了。

突然新蓋的涼亭告示處貼出一張紙，但這回不是白紙黑字，卻是一片紅花紙，上寫：恭喜花鼠仔上榜。

這消息立即震動了打牛湳，一團舞獅的隊伍便在大道公的廟場舞動著。花鼠仔家排開宴請的桌子，但獨獨不見了花鼠仔的蹤跡，他姑媽只說：上學去了，上學去了。

這樣子打牛湳終於又多個舉人，談到花鼠仔，村人便忘了以前不光彩的印象，一地裏恭敬地告誡他們的小孩：我國的地圖像一葉秋海棠。

彈指，光陰又飛去半年，大寒天便到了，鄉道上那片綠草又枯黃了。

這時，打牛湳來了兩個陌生人，一地都穿著緊身褲，頭髮都長到背部來，都在花鼠仔的家出入，最初大家只當是花鼠仔姑媽雇來的傭工。

廟廊前，在寒風冷冽中停一輛牛車，上面裝載剛拔下的蒜頭，一羣人圍在那裏翻撿著，那兩個陌生人便到衆人堆去了。

「嗨嗨。」青蛙仔猛然從人羣中跳起來：「你不是花鼠仔嚒？」

這下子打牛湳的父老都趕緊抬頭。一看便認得是花鼠仔，他還是瘦瘠瘠地一身，只是頭髮蓬鬆了，看上去彷彿頭重脚輕。

「你不是舉人嚒？」村人都微微笑地說：「你不是去上進嚒？」

「舉人？上進？」那花鼠仔雙手叉著腰，忽然說：「卑鄙呵！」

村人吃一驚，他們都不懂花鼠仔爲什麼說了這句話。

「卑鄙呵！」花鼠仔繼續說：「如今我不是舉人了，那是十八世紀的老古董呀。」

村人又把眼兒睜大，便都無法想通這些道理。

「我如今是西洋人了，我父親是紅毛仔荷蘭人，都不曉得嚒？我如今身分又不同了。」

花鼠仔說完便踢掉一根牛栓，就拉著他的同伴走到廟裏去。

打牛湳一下子便把花鼠仔回鄉的話傳開了，但他爲什麼不再是舉人，爲什麼變成紅毛仔便沒人曉得，他們只瞎猜著，有些人便斷定這個花鼠仔壓根兒是假的，或者是借屍還魂的。

原來這花鼠仔自從考上北部一所大學後，便打點行當，換一身素淨的衣服，一地趕往目的地去。

他免不了有些緊張，因爲與他一同上進的人也都是舉人的料子，那些人與打牛湳自然不一樣了，談吐和舉止一定都像大官人。一路上他不免疑竇叢生，一雙眼溜溜地朝著行人轉，他猜想說不定他身邊站的便是一個舉人，於是他便咧開嘴向著每人笑，這當然是討好的意思，但旁邊的人一式張著木偶的臉，一點回應也沒有，於是花鼠仔便又想，當眞做舉人的都要有些模樣了，都要板著臉，課本上不都這樣寫嚒：君子不重則不威。於是花鼠仔沿途瞧著自己的臉面，一板一眼了。這且不提。

開學日到了，花鼠仔因聯考的成績不理想，被分發到哲學系，在上高級中學時花鼠仔也曾聽到哲學這二字，據說都是窮究天地人的至高學問，是博大精深的道理。

「這倒也好，再過一段日子，打牛湳便要稱我爲博士。」他這樣想。

花鼠仔來到學校見到房舍建在山邊，一些學生都抱著書走來走去，一對對男女同伴都偎著走路，若平時花鼠仔是要跳上去糾正的。但現在都上進了，有功名就有兒女，都是天經地義的事，他便也只好忍著氣，但一想到橘子姑娘便也要偏著頭說：「硬是不立志的東西。」

第一堂課，班上陌生的同學都坐定，外頭走來一位女教授，伊發給每個人一頁紙，要他們寫自傳。花鼠仔可不曾寫過這格式兒。但他想這東西與作文也分不開，便依了樣第一段寫「自傳的重要」，第二段寫「我的經歷」，第三段寫「結論」，頭二段只是廢話，都不是精華，那末段才是重點所在，他寫道：

「總之，家父原是上進舉人，劈哩啪啦，在打牛湳名噪一時。我花鼠仔當奮發向上，方不忝吾所生。」

他這樣寫，只寫了立志的事便累了一身大汗，一地在那裏喘著氣。

班上便有三兩個同學跳上來一見花鼠仔的自傳，便嘻嘻地這樣嚷：「花鼠仔同學的父親是舉人呀。」

不到一會兒，全班的同學都搶過來戲謔地看著他。

「我的兒子。」花鼠仔這樣疑惑道：「難道他們的父親都不是舉人？」

第一天上完課，全班都要開舞會。花鼠仔便也不知道這玩意是什麼，他便穿著一雙家裏頭帶來的白布鞋跟著去。

「這是新世界的玩意呀，不像老舉人的事呀。」

有一個女同學眼看他在那裏愣著，便這樣訓斥著他。

蓬恰蓬恰，音樂在那裏響著。

但整夜他都不敢跳一支舞。

「卑鄙呵。」花鼠仔回到宿舍便癱瘓著，他終於想到原來上進的人都卑視著舉人，他便搔著頭道：「我都這麼呆頭呆腦嚒？」

從此他便很少提父親和舉人的事了。

北部山區，晴時多雲偶陣雨。

花鼠仔的日子一天天地過去，像一筆流水帳，但他斷然是極端憂鬱的，一則是他不太立志了，好比失去重心的人，隨時都在搖晃，再則是適應不了當地的水土，臉面愈發白皙，那頭亂髮稀鬆後都泛出微紅的光來。

「我的兒子。」他照著鏡子這樣想：「這條命怕要喪在這裏。」

那班級不久就要到外頭去郊遊一番。

「喂，花鼠仔，你倒像教中古哲學的那位洋教授。」一個同學就嘻哈地說：「你瞧你的頭髮和臉蛋都與他一般。」

這時便圍上一羣同學來玩他的頭髮。

「教授是荷蘭人，花鼠仔只是中國人呀。」另一位同學表示懷疑。

「一定是荷蘭人和花鼠仔的媽媽生下了花鼠仔。」

另一位同學便笑哈哈地說。

花鼠仔起先十分不懂他們的話，但爲了討好他們便霍地跳起身來。

「都知道嚒？我父親也是荷蘭人。」

花鼠仔搖晃著乏力酸軟的脚，偏著頭，眼神溜溜地轉。

大夥兒一下子都不笑了，他們睜大眼睛。

「都知道嚒？」花鼠仔終於眼神散亂起來，白皙著一張臉，一綹頭髮散到臉面前：

「我父親便是荷蘭人。」

說罷便酸軟地癱下去，倒在地上不動彈，原來花鼠已經極端地營養不良。

這種話總要傳得快，不久全系都曉得他們同學裏有一位混血兒。

但自從花鼠仔變成外國人後，大夥兒彷彿便對他親暱起來，說話也十分客氣，歸究原因一是好奇，好比動物園裏的珍禽異獸；二是現實，當時他們都醉心西方的現代哲學；三是天命，這點最重要，因爲有一次上近代史，教授談到二次大戰時便說：「原子彈炸到廣島去，轟一聲便死了七萬人。」全班的人都訝然地吐著舌。「所以現代是西洋人的天下。」教授終於下結論說。

「是西洋人的天下。」花鼠仔便十分欣慰了，他想：「我終於找到新的立志了。」

「我父親是荷蘭人。」每逢他要發表意見時都這樣說，又不禁學起荷蘭神父的口頭禪：「yes or no。」他這樣點著頭。

然而這些掌故打牛湳的人自然是不會知道的。

叮叮咚咚的聲音停了，又敲了，敲了，又停了，最後停了。

社區落成呵！社區落成呵！

擴音器這樣地向村民們廣播。

打牛湳這一向也果然不同了，裏裏外外都掃得潔淨，柏油路沒有一絲灰塵，屋前屋外沒有雞鳴，漂亮得像公園。

社區落成呵！社區落成呵！

所以要召開村民大會！

擴音器又這樣叫。

碰碰碰，冬夜裏，星兒一顆一顆亮在天邊，大道公的廟場前搬出長板櫈，掛著一盞燈，村長便站在席上發言：

「茲爲了維護本社區的清潔，我們要約定懲治的辦法。」

村長拿了一頁紙在上頭唸，旁邊站個村幹事，後頭一名區警察。

花鼠仔和他的朋友便在人叢堆坐下來，據說他這個朋友是留法的碩士，喝過洋墨水，是專門來研究三七五減租的。父老們都用扇子帕啦地打著蚊蟲，菸絲抽得又明又滅。花鼠仔原先是不準備來參加的，但都爲了他朋友是研究三七五減租，加以如今花鼠仔對打牛湳的無知和愚昧已經到了不能釋懷的地步，「即使我花鼠仔後世再投胎到打牛湳來，我都寧願做牛馬。」他這樣咕嚕，自然這是因爲打牛湳只知道舉人而不知道西洋人的緣故。

「都是些土包子，都不知轟地一聲便死掉七萬人。」他又咕嚕。

「對於破壞公共清潔的人，請你們提議懲治的辦法。」村長又發言。

「罰款。」一個父老站起來，他穿一件翻補了個釘的衣服，說：「凡丟下一根稻稈的人罰十元。」

「是的。」另一位也站起來：「凡是在柏油路面放牛糞要罰四十元。」這人的袖口翻出一條裂縫。

「都不要。」一位乾柴著兩根手的老貨仔把菸蒂踏死道：「錢豈是好賺的嚒？」

「是的，錢豈是好賺的？」一位黝黑臉龐的瘦漢也站起來：「我們都是窮光蛋呀。」

「罰役。」又有一位說：「罰他掃一天路面。」

「我們沒有時間。」第一位提議的人又說：「罰款。」

「幹，錢兒豈是好賺的。」

「罰役。」

「幹。」

「罰款。」一個人猛然大嚷，他站到椅上去。

「幹，」一個也站到桌上去，他破口叫：「我們都是窮光蛋呀。」說罷便撲過去要打那人。

一下子會場都喧嘩起來，村長在台上猛拍桌子，一時秩序大亂。

「豈都是這樣無知噯？」突然花鼠仔竄到台上去，他是有些按捺不住了：「豈都不知道西洋人開會的秩序噯？」他這樣手舞足蹈起來，便加到衆人堆裏喧嚷著。

「你不要多說話。」旁邊的警察挨過身來：「給我滾到一邊去。」他威武地說。

「但你不了解西洋人。」花鼠仔這樣點著頭：「都知道開會也是西洋人的玩意噯？yes or no。」花鼠仔這樣說。

但他瞧著警察肩上那兩顆星便不敢再說話，回到座位上去。

「我的兒子，都是愚昧的人種，卑鄙呵。」

他一直這樣想。

卻說這位研究三七五減租的碩士住了幾天，便認眞地工作起來，忙著到縣政府鄉公所翻揀著檔案，而花鼠仔多半是跟在後頭的，他學著碩士提著皮包，儀態凝肅地站在一旁，一則他不願人家以爲他只是碩士的僕從，二則他也頗瞧不起那些鄉縣的官員。他都要人家來崇敬他，但是花鼠仔也還不了解他的工作是什麼。

一日中午，太陽浮在天空上，像一個溫度過高的胖女人。

花鼠仔和碩士剛洗浼過他們的長髮，近日底，花鼠仔愈發勤於模仿碩士了，比如，他學著刮鬍子不用刮刀而用剪刀，走路不往前看而往天看，洗澡不用毛巾而用刷子，鈕釦扯下上頭的兩顆，後來連碩士一天上厠所十二次他也十二次，花鼠仔是有意全盤碩士化的，他一想到打牛湳都還那般保守便心疼。

碩士晾乾了頭髮便在牛棚的另一張桌裏拿出一疊大卡片，像花鼠仔幼年玩耍的撲克牌，花鼠仔一時好奇便問：「這玩意兒用來幹啥？」碩士答：「用來蒐集三七五減租的資料。」花鼠仔這時才想起一個重要的問題便又問：「那麼研究三七五減租又有啥用？」

「什麼都不用，不爲目的。」碩士答道：「爲研究而研究。」花鼠仔又追問啥是研究，碩士又說：「便是一種探討的方法，凡是事物都有他的眞相，努力去追尋他的來龍去脈便是一種研究。」花鼠仔愈聽愈糊塗，便不好意思再問下去，唯恐喝過洋墨水的碩士笑他笨，他便口吃而簡單地說：「都偉大嚒？都偉大嚒？」碩士便也道：「偉大，科學方法的偉大，客觀的、求眞的、一種絕對不容汚染的，純爲研究而研究。」

花鼠仔一聽便覺得上了一堂醍醐灌頂的課，他終歸也是穎悟剔透的人，便舉一反三地想到：這研究的事兒恰也跟我吃飯沒兩樣，整天都吃飯，但不爲什麼而吃，只爲吃飯而吃飯。他愈想愈有道理，便把心得記在書頁上，準備將來刻成座右銘。

喀喀，牛棚被敲落一片灰泥。他的姑媽拐進來，這幾年她老得更快，佝著身，穿一件沾了蕃藷汁的玄衣褲，破了又補，補了又破。

「你們都這樣勤奮。」姑媽捶捶酸疼的背，只望著牛棚裏擺得凌亂的電唱機、收音機、吉他琴：「都要做這樣多的功課嚒？」

「像姑媽一樣。」碩士這樣道：「您動手，我們動筆，工具不一樣罷了。」他笑著。

「唉，都一樣嚒？」姑媽捺一下背脊，把頭別過去，睨住花鼠仔說：「你也一樣嚒？你都只在一邊玩吧，田裏頭的事你做得好嚒？現在又忙什麼西洋人，你唸書也都沒板沒眼，我倒希望你回家種田。」

那花鼠仔被訓斥一頓，慌一下，只在那裏躊躇，繼而又看到書頁上那些話便又恢復信心，說：「我不喜歡打牛滳，當今都是西洋人的天下呀，轟一聲便死掉七萬人。」

「你這什麼話。」他姑母站起來罵：「你都忘了我這個像牛像馬的姑母嚒？」說罷便盛怒地出去了。

「都是無知的人。」花鼠仔想起所有打牛湳的人都像姑媽，便憂傷地道：「壓根兒是十八世紀的老古董。」

這樣下去，花鼠仔整天研究西方思想，田便少耕了，他姑媽越發像牛馬，不久便患得肺癆，住在醫院休息，但花鼠仔仍然整日研究著，立志彷彿愈加堅定了。

打穀機嘎嘎在田野響著，一支鐮刀沙沙割著稻穗，吭吭吭，一隊歌劇西樂團便停在黃昏打牛湳的廟場上。樂團的宣傳車上亮著「白梅汽水」的招牌，另外擺著一種白梅人參酒。

入夜，廟場架了五顏六色的燈光，擺開大鼓和西洋琴，一團人穿戴得時髦流行，或嵌著墨鏡或穿著高跟，或穿著露背裝或內底的襯衣都露出來。

打牛湳的父老都吃一驚，便有些人都坐在涼亭下偷覷著，但年紀輕的都嘻嘻哈哈爬到牛車上。

花鼠仔自然也溜到這頭來，他和碩士在人羣中蹭蹬著，他即使是從城裏回來，但看到這種團體也還是第一次，這些人都不像打牛湳的村民，倒與舞會裏的同伴相似。花鼠仔是聰明人，便曉得這也是洋人的玩意。他看到碩士在那裏沉吟著頗有幾分興味，便也想到研究的事來，他把手一指說：「這也是三七五減租的成果嚒？」碩士沉吟著說：「是一種現代化的過程。」花鼠仔一聽「現代化」這詞兒便又知道這是個大學問，但怕碩士笑他，便靜默了。

「父兄們，」劇團的司儀說：「今夜是有氣氛的夜，敝團從各大城裏邀來許多大歌星來唱歌。」那司儀停了停，叮叮噹噹的樂器便響一陣。「首先，」司儀喊：「首先要請城裏著名的田莊兄哥石軍先生唱一首「等妳一世人」。」

接著吭吭地樂器便敲打起來。

吵了一陣，一個戴金邊鏡框的人便跳上來，他穿一件緊身綠金衣裳，勒條滾花大皮帶，要鄉人購買白梅汽水，他說：「如今不瞞您說，敝社都是賠本來賣的，不論您割草、打穀，不論您癆傷肺傷，只要喝我的白梅汽水和人參酒便都好了，您自也不要計較那三錢、兩錢，都與我買去，絕不會讓您吃虧。」

打牛湳的人便喧嘩一陣，他們都不曾見過城裏頭的人，但據說城裏頭的人都像半仙，便也窸窸窣窣口袋裏拿出鈔票來，你爭我奪地買將開來。

「眞是傻瓜。」花鼠仔兀自這樣想：「一生一世都賺不了一毛錢，這一夜便都被城裏的人用西洋法賺去了。」但他想一想也只認爲這是天命，「如今都是西洋人的天下。」他想。

「底下節目便是跳舞。」司儀看著錢收走了，便又拉起麥克風說：「底下都是城裏的舞星，貴村若會跳舞的人都下來湊熱鬧，也好娛樂娛樂。」

說罷，便有四、五種樂器響起來，燈光閃閃爍爍。一個裏著緊身胸衣的女人便跳了起來，像條蛇。

打牛湳的人都瞇著眼看著。

「這是啥玩意？」一個站在花鼠仔邊邊的老婆說：「如今世界都變了樣，想當年我們出嫁後還遮遮藏藏，生怕身上破個洞，現在的女孩還未出閣，都把寶兒要出來。」

花鼠在旁邊一聽便冒一些火，他道：「妳的話都有毛病。」他對老婆斥訓道：「如今是西洋人的天下呀。」

「你如今倒也訓起我來了。」那老婆一聽也氣了，伸手便要來打花鼠仔。那花鼠仔便裝出威嚴來：「但你都不知道我父親是荷蘭人。」老婆再一聽覺得耳熟，黑暗中瞧出是花鼠仔，便也停手了。

「都是些瘋子。」說罷，老婆便離開了。

花鼠仔只冷冷地鄙夷著。

舞了一回，司儀便又上來。他瞧瞧打牛湳的人便道：「怎麼，都不敢上來噯？跳舞只是研究而已。」那司儀趾高氣昂地對著打牛湳的人喊，那些站在牛車上的青年只把脖子一縮，變成一隻寒蟬了。

「都是丟臉的事。」花鼠仔一想：這打牛滳是沒出息了，但打牛滳怎樣原與我無關，而我花鼠仔是要自尊的人，好歹把我花鼠仔也算到打牛滳去便混淆是非了。他一想便不由興起一陣正義的憤慨來，又聽司儀說：「研究」兩字，便也知道這也是一件偉大的事，便知道跳舞也是求客觀求眞理的學問，便想起自己是立志的人，便心動神搖起來了。

「怎麼？」司儀又道：「研究研究。」

打牛滳的人又起一陣騷動，但馬上又平息下去，都像一隻蟲豸任這歌劇團去蹂躪了，燈光閃閃爍爍。

「讓我花鼠仔來一番。」他一想便扳開了圍觀的人，跳到場上去，便用那雙細瘦的腿叮叮噹噹地跳著了。

場內場外的人都喝采。

「你是什麼人？」司儀等舞過了便欽佩地問著他。還要送他三瓶人參酒。

「立志的人。」花鼠仔莊嚴地對所有打牛滳的人道：「你們這回都曉得西洋人的厲害了罷！」

說罷便光榮地退到場外去。

叮叮咚咚，樂器又響開了。

秋老虎一張開嘴便呼出一口熱氣，這季節裏，大大小小的河川都乾旱著。打牛湳便要播田了，姑媽病著，花鼠仔便只好跟著村人搶著水。

花鼠仔自從在廟場跳舞後便十分得意了，他都一直用研究的眼光來權衡打牛湳，比如看到一串香腸便說：「這是什麼玩意，我們西洋人便不需這樣費手段，只要把豬仔往機器一趕，出來時便是一串串好貨色。」他一面說一面又低下頭對著地上道：「打牛湳都這樣不衛生嚒？Yes or No。」點著頭。又比如看到村人嚼檳榔也要嘀咕說：「都吃不完這種劣等的消費品嚒？」這樣想他便愈是覺得打牛湳眞不是人住的地方，後來他每逢在一個地點停泊下來都要覺得尷尬，彷彿這打牛湳便生了許了滑稽的汁液，都黏在他身上。

花鼠一到田裏便看到打牛湳的人都在田裏做工，他們都嘩啦嘩啦撩起田裏的水，陽光曬在他們赤膊的黑皮膚上都彷彿結了一層無知愚昧的殼，在那裏反射鬱鬱的光——卑賤的光。

「我以前也是愚昧。」花鼠仔這樣自省：「深居在這地方，而我二十五年的生命是什麼？」他這樣問自己了。

「都不及西洋人一根汗毛哩。」他說著便恨恨把田水堵死了，也管不得下游的人怎樣。

蹬蹬蹬，一個下游水田的人於是急躁地跳過來。

「好歹你那田水不要堵得那般死，一個人一半好啦。」那人說。

花鼠仔一看這人不穿上衣，腰際紮根草繩，褲子都要掉下來，腆著無知的褐肚皮，又是一個鄙賤的人種，便道：「不行。」

「你都教我不要耕田嚒？」

那人生氣了，便要去撬開花鼠仔擋水的柵門。「你也都不知道西洋的公理嗎？」花鼠仔只跳到前頭去阻擋，但衰弱的身子站不穩，險些掉到溝裏去。

「我只知道我也要活。」

那人也不停止，衝到前頭來。

「眞是無知識。」花鼠仔大聲吼道。其實他也不知道什麼是「西洋法」，只道是凡西洋人做的都是對的，他是西洋人，便做任何事都對了。

一下子，左右鄰舍的人都跑到這頭來，轟轟然便圍了一大羣。他們都評論著花鼠仔不該把田水堵得那麼死。

「但這打牛湳也眞賤。」花鼠仔只這樣想：「都不尊重我花鼠仔的身分。」

「你們也是一夥烏合之衆，都是義和團。」其實花鼠仔又不懂義和團，只聽城裏的學生這樣曾說過它是叛亂的團體，他也跟著說。

「都是你不對呀。」有許多人道：「你不該只顧自己生活。」

「這樣嚜？」花鼠仔一看大夥的指責很猛烈，倒也疑惑起自己來，但轉頭一想總覺得什麼地方不對勁，打牛湳壓根兒不必重視它呀，便又改口道：「這樣嚜？我花鼠仔便只要這樣做，那關你們什麼事？」他拍起胸膛。

打牛湳的人一聽便聒噪了，他們都把臉拉下，很公正地去揭花鼠仔的底牌，有人說他根本就是壞了他姑媽的聲名，有人說他根本忽視了大夥的鄉親情分，有人乾脆指責他說：那天都因他跳了舞結果多買兩瓶人參酒，那酒兒都是假冒的，壓根兒是胡蘿蔔做的。

「你這算什麼？」那人便很憤怒了，抓起鋤子便把花鼠仔打翻在溝裏。

自從這件糾紛後，打牛湳好似便與花鼠仔對立起來了，村裏頭的人一見到他便不與他說話。花鼠仔一生中可從沒有幹過這樣大的勾當，他以前都是看著打牛湳的臉色生活的，他的尊嚴都是在打牛湳的擁護下建立起來的，但是現在卻有些不同，他好比一個跳腳便躍到打牛湳的頭上去，與打牛湳分離了、懸空了，一頭一腳沒重心，他不由地安不下心。但回到牛棚，一看著卡片和研究心得又想到西洋法，便兀自鎮定下來。偶爾他便跑到姑媽的妝鏡前，他都看看自己那頭營養不良的頭髮，便叫：「我是西洋人，打牛湳你是什麼東西，都一齊上來吧，我花鼠仔不怕你。」他這樣喊著，常要驚動一些雞鴨。

但是打牛湳似乎愈發冷淡了，一些人老指著人參酒的事罵，花鼠仔固然懶得去理這卑賤的人種，但他終歸是立志的人，便收拾好行李，趁姑媽剛出院，一地又到城裏去了。

農人黧黑的脚邁動在田裏，撒出去的硫安白成一道線，十月的秧苗在稻田。

鄉公所又來了個委員，他指揮著一隊人，田野架起一根根的測望鏡，一個碼尺橫過原野畫著線，驚起牛背上一隻隻的白鷺鷥。

土地重劃！土地重劃！

擴音器便又喊。

原來打牛湳自實行三七五減租後，私人的土地便沒準則地散布著，星羅棋布地亂糟糟，政府爲了要美觀，都想把它打散了重新分配。

打牛湳一陣子熱鬧便跑去登記，央請重劃的官員重新配定一塊好的地皮給他。

花鼠仔的姑媽沒力氣去管這些，便分到一塊水源、肥度都有問題的地，面積也少了些，少的原因據官員說是修道路去了，但花鼠仔的姑媽向來與世無爭，便視爲是應該的事。

一天，廟場邊的柳樹下圍了些人，兩個漢子在那邊吵。

「你這人怎地這般刻薄，還沒重劃你便把錢給了官吏，如今你分到好的地段倒也罷了，卻來取笑我們。」一個捲著袖口的莊稼漢赤著臉指著村長的兒子罵。

「這也算取笑嚒?事實上你們都是不會思想算計的牛羊。」村長的兒子偏著頭說。

「這是人說的話嚜？壓根兒便是花鼠仔生的。」那壯漢說。

「幹，你罵人嚜？你才是花鼠仔的兒子。」村長的兒子一聽對方罵他這種不光彩的話，便怒不可遏，伸手要來打那壯漢。

圍觀的人一看要動手，便有兩三人跳過來：「罷了，罷了，都是自己人呀，不要壞了打牛湳的感情。」便把二人拉開了。

自這件事後，打牛湳便他們的態度表明，他們都是嫉視著花鼠仔這樣的人。

光陰似箭，日月如梭，轉眼又過兩年。

打牛湳都沒見到花鼠仔，他姑媽日做晚息，愈發勤奮，不久便在田地裏跌個踉蹌，去世了。

這消息便叫打牛湳吃一驚，里長伯陳阿發向來與花鼠仔家有親戚關係，見後事無人照料，便一地趕快代爲發喪，一地寫信給花鼠仔要他回來做七旬。

時間好比一種狹長的糖，摻一點酸酸的悲哀，外頭包著鑼鼓八管的包裝，已經兩三夜，祭禮就要做完了，黃昏的打牛湳村人都準備要來送喪，卻獨獨看不見花鼠仔。村人便七舌八嘴地猜：這花鼠必然沒有接到信兒。有些往好處想的人便道：他一定努力去備辦一份牲禮才躭擱了時日。

正吵著，卻瞧見一輛畫著美國星條的無篷轎車馳進來，那車映著日光直發亮，繞場兩周後便停下，跳出兩個人。起先大夥兒以爲這輛車是運載喪貨來的，但又不像，因爲那二人都不說話，都是金色頭髮，戴墨鏡，衣飾十分入時，矮的走在前頭，高的走在後頭。打牛湳便有人曉得他們都是外國人，因爲電視上都這種模樣。

那前面的矮個兒一地指劃，後一個拿著相機咔喳咔喳照，打牛湳的人更覺疑竇。

「這裏請坐。」里長伯慌忙搬著一張櫈子給拿相機的高個兒：「要參加喪禮便在這裏請坐。」

但那洋人不知道里長伯講啥，只傻笑著，相機還是咔喳響。一個村裏的大漢看不慣便要來奪相機。

「無禮？」突然前頭的矮個兒跳過來，他把墨鏡拿開，偏著頭：「不知道他是我帶回來的嚒？」

大家仔細一瞧便認出這矮洋人原來是花鼠仔，打牛湳都吃驚地瞪大眼珠，原來花鼠仔早把頭髮染了，都變成金黃色，又燙捲起來，那一向瘦得分明的臉乍看更像西洋人。

「你回來得正是時候。」里長伯跳過來：「你只要去披麻帶孝，這一切我們都替你準備停當。」

「是嚒？我得當孝男嚒？」花鼠仔終於躊躇著。

原來花鼠仔這一兩年來都和洋人混在一塊。閒時便幫洋人打雜，三餐便這樣過來。

他在老闆家認得這位洋人神父，他早年在越戰中退役下來，因爲沒有犧牲，回到美洲去便想念東方，他因是教會底人，對東方的生命禮儀有興趣，便到處研究，花鼠仔便帶他回來看喪禮。

「我現在都成了基督徒，不準備當孝男的。」花鼠仔猶豫地搖晃著腦袋。但他原也是不堅定的，比如，他雖把頭髮染了卻不敢去隆鼻，他只想當個洋人，卻也還有幾分惦念從前的自己，這倒不是他認爲洋人不好，實在是因爲他怕自己是否能完全地像洋人，只在這上頭懸疑著，他的心還不是頂硬的。

「信那麵粉教嚧？」里長伯這樣說。以前打牛湳也來過基督教，剛到時找不到信徒，便三兩包地把麵粉往家送，信的人都要燒去祖先牌位的。但打牛湳的人都頑冥不靈，只把牌位移去，等麵粉領過來便又安回去。那洋教待不下去，終於離開了。「信那數典忘祖的宗教嚧？」里長伯不解地道。

「你應該信那教。」打牛湳的村人都圍來指責他。

「都虧我們辛苦弔祭你姑媽，你卻只一兩年都把她忘了。」里長伯有些怒容。

「這……那……」花鼠仔支吾著。他到底有些被說動了，便想當孝男，但心又想：我如今皈依了基督便要信守他的垂訓，這批打牛湳的人都沒見過西洋人的教堂，只用古董的儀式在那裏瞎鬧，壓根兒是不曾見過世面的卑鄙人種，我花鼠仔豈能與他們驥牛同早？但又看著打牛湳的人都指著他，便也一時間不知所措。

「但我父親是西洋人。」他便只這樣說。

「你不要只顧在那裏抓頭髮，你都給我進去穿衣服。」里長伯只推著他往室裏去。那高個兒搶了三兩步也想跟進去，被打牛湳的漢子打了個踉蹌，一地只倚在車邊等花鼠仔。

夕陽逐漸依著西山滾落下去，吭吭的鑼聲響起了，西邊一片雲蒸霞蔚。出山的行列都像條百足蟲。

啷噹一聲，隊伍前的一個道士把鉢祭在天空，急速一個轉又降回到他的手心裏來。又是一聲吆喝，草龍高高在行列的頭上，它的煙都要燻著花鼠仔的鼻孔，他覺得有些暈。如今他戴著草箍捧著斗，但他心底沒有感覺，他只管瞧著天邊靜止而黛藍的雲，兩條細腿亂發抖，他便想到近日營養不良已經又嚴重了起來。他望望走在旁邊的西洋人，便又想到西洋人眞偉大，高個兒的神父直把鏡頭對他照，大概要列入研究的對象，他可從沒想過他有這等大的價值。便又把頭轉後去看那羣扮著的孝女賢孫們，他彷彿看到隊伍都像一條白色泡沫組成的河流，一直休休戛戛地擠著走，又彷彿看見他被浮漂到上面來，一會兒又沉下去。便不知不覺顚了幾下脚，端的斗險些掉下去。

「我的兒子，這要命的營養不良。」他這樣咕嚕著，不禁又想起在台北常是連續幾天不吃飯的。

停、停，隊伍便在一個河邊的空地停下來，整片的野草中被挖個坑，一架大抽水機震天動地地在一邊抽著水，親友都圍著坑。

法師終於拿了一些葉子沾了水，在每人的手裏灑幾下。花鼠仔的耳朵好像要被抽水機震聾了，他眞想去喝幾口水，但大家都肅穆地不動，他便望望每個人的身影，他想到這景象都像舞會裏慢拍的華爾滋，每人都兀立在那裏。至於姑媽什麼時候埋下去的他便不知道了，回程裏，他的腦門只裝著一些兀立的人影和那巨大的抽水機。

做完頭七，花鼠仔和神父走到村郊的高地來。

這高地原是一個小丘，現在慢慢平蕪了，上頭一棵大榕樹，樹下坐著一大羣人，他和神父便走去看。

原來是乞食伯在這裏掘地，突然發覺一根骨頭，他生怕遭了煞，便想在樹下立個神位，這消息自然要震動打牛湳。人羣都在聒噪，那神父看得起勁，相機當然咔喳個不停。

「這是啥現象？」花鼠仔問神父。其實他自幼便看膩了這東西，光村裏那間萬善公廟，枯骨就有幾千支，都用麻袋來裝的，但他在神父的面前總要是無知的，他只能問。

「枯骨崇拜。」神父說。

花鼠仔聽這個新名詞便知道又是一種大學問，他不敢追問下去，仍簡捷說：「都偉大嗎?」

「只是迷信。」神父又說。

這時乞食伯備了三牲酒禮,又將那骨頭裝在罐子裏,都放好後便焚起冥紙,一下子火光熊熊,把樹邊的小草都烤乾了,又一陣聒噪,有些阿婆便跪下去拜,都伏在地上不肯抬頭。

「不偉大呀,只是迷信。」花鼠仔忽然跳在前面,他便指著罐子道:「都是騙人的玩意兒。」原來花鼠仔一聽神父的話心頭便直發麻,他生平都是立志的人,怎能讓打牛湳在洋人的面前出醜,他心裏直想:都是些牛羊,壓根兒做這種愚昧的事。

「都是迷信。」花鼠仔又說,這次要伸手去掀罐子。乞食伯一看忙用手來擋開。「你不要命嚒?」乞食伯嚷著,衆人都把頭抬起來,兇猛地瞧著花鼠仔。

「但這是騙人的玩意。」花鼠仔把胸膛挺直,一生中這次大約是他最理直氣壯的時候,因爲這回有個神父在身邊:「你且問問神父。」

「幹。」一個大漢突然竄過來,他指著神父:「就是花鼠仔姑媽出山那天,這大鼻子到我家豬棚去拍照,與我那些豬仔犯了沖,一下子豬仔死去一半,我正要找他理論。」

大夥兒一齊附和起來,七脚八手把神父的相機搶來砸碎了。

「丟臉呵。」花鼠仔看到這情形直痙攣,便帶著神父落荒地逃去了。

事後，花鼠仔和神父便不敢任意外出了，因爲壞了相機，神父也只能記些筆記，一時損兵折將，但這豈能說是花鼠仔的失敗？當初花鼠仔也想要原諒打牛湳的。但看到神父堅信聖經和那副聰明的樣子便越發不能與打牛湳甘休了，他想到，這打牛湳的人和洋人不啻是天壤之別，世界就存在著像打牛湳這種愚頑的人種，像一顆石頭，不但放在地上不會動並且生根，而那些根自然也都是石頭，都硬化了。

「都是些石頭。」說罷，花鼠仔的心一陣陣絞痛。白天這種恥辱的意識都像刀尖斬割他的神經，夜裏更像黑暗的烏氣直要把他的肚皮撐破。

「我與打牛湳拚了。」他雙手總要在無形中舞動了。

終於，事情便發生了。

風掃過社區外椰子樹，路面十分筆直齊整。

花鼠仔和神父駕著車遛到鄰村去考察，近日花鼠仔也跟著神父學了一手風馳電掣的好本事。

焦烤的田野悶悶地吹著風，一羣羣雀兒吱喳地飛跳在大地，幾個苦命人家的小孩劈著草皮當柴燒，駝背的人在田裏找莠草。剛出到打牛湳便要越過一座長狹的橋，花鼠仔的眼睛都只顧看旁邊，等他的車開到狹橋上才看清前頭早停一輛裝滿乾柴的牛車兒。這橋兒容不得兩輛車。

那農人一看花鼠仔的轎車來得兇,便罵:「都急著去鬼門關嚟?也不懂行車的規矩。」農人的雙手雙脚都沾滿泥巴，一身曬成黑炭，更顯出他的卑賤來。

花鼠仔經他一罵甫驚了一下，便想把車子望後轉去，但一見牛車和那卑賤的人種便一時委屈起來。心忖：「好歹橋是大家的，要用就一起用。」他覺得大家都有錯，又聽農夫罵他，便生氣了,「如今打牛湳都罵起我了。」他又想到那些石頭樣的人種便一下覺得頭暈，便把油門一踩，直衝過去。那牛兒一嚇拉著牛車便掉到河裏去。農人閃了身抓住了花鼠仔，等花鼠仔清醒過來發現橋四周擠滿了人，警察也來了，他便知道惹禍了。

那警察詢問，花鼠仔一慌說不出話兒，只一地道：yes or no。一地偏點著頭。

「你們是洋人嚟?」警察大聲問。

「yes，yes。」花鼠仔支支吾吾道。

「你們怎麼讓他人的牛和車跌到水裏去?」警察拿了一張單子，抄著紀錄。

花鼠仔可慌了，他又支支吾吾道：「no，no。」便什麼也答不出來。

警察一時間也束手無策，因爲警察也不會說洋文。

「大人，那小個子不是洋人，他只是花鼠仔假冒的。」

一個認識花鼠仔的人這樣跑出來說，那警察仔細一瞧，便拿出手銬來，把他和神父帶到警局去了。

彌勒佛，都不知道災難就要到嚛

這回花鼠仔被逮的消息傳遍鄉里，甚而擴到省縣去了，他別的壞事不做偏觸了官法，這不是三兩天可以解決的，那七旬功德也缺個人做，都草草了事。後來有一個莊稼漢說他在警局見到花鼠仔，只見花鼠仔坐在詢問椅上兀自地說：「都不知道我父親是西洋人嚛？」便指斥那警察好管閒事，都做義和團的幫兇。那警察一氣便把花鼠仔的染髮全部剃去，只見他又變成尖嘴猴腮的模樣。另外有一個從城裏回來的人說，他在北部的街頭看見一個短髮的瘦子，他手裏拿著一張教會的牌兒，胸前掛著一張印度大災難的圖片，蹲在角落向行人乞錢，大家看他不像教會人士便不把錢給他，他也只兀自說：我是西洋人。說的那人道：那個瘦子便是花鼠仔。

這且不提。

卻說花鼠仔家從此缺個主子，半甲的沙地空在那裏，里長伯便好心幫他種植，原想收成一些錢寄給花鼠仔花用，誰知耕種的收成壓根兒付不起工資、農藥和稅收，只種了兩期稻作便賠了一萬多塊錢，里長伯只唉歎一聲便任那地皮去荒蕪了。

風吹柳樹，雨打芭蕉，倏忽又過兩年。

這段日子，打牛湳有些微的變動，比如，社區的椰樹都長到電線上，村長又放高利貸，東廓幾家茅屋又翻修屋頂，林春風的那隻種牛被雷擊斃，大道公廟又粉刷一次。大大小小的事便有幾打之多，卻有一種景象矗起，那便是信神拜佛的人漸漸多了，村廟又蓋了幾家，彷彿是某種古舊的風尚又復活了，更有一件事便是娶媳婦的喜事也多了。大約這現象也是頂正常的，原來打牛湳的青年愈走愈少了，留在村里的盡是老頭兒，三兩天便死一個，大家都不想死後到地獄去，便認眞拜起神了。而城裏的青年賺了錢便娶個媳婦回來，爲了誇耀一番，難免要備辦酒席了。

轉眼，里長伯的大孩子便要娶媳婦，他家的人忙得團團轉，便要把竹屋修一修，還到處發請帖。順便把一張帖兒寄到城裏去給花鼠仔。

天黑黑的，星兒一閃一閃地亮在天空，婚禮前兩天晚上，月芽浮在村郊破落的村廓上，有一條人影沿著木麻黃路，一地走進打牛湳，到了村子已是凌晨五點鐘。

這人一臉油垢，蓬鬆著髮，衣服沒一排鈕釦，腰間紮根細草繩，赤著脚，他一走到村店便去找根菸蒂，兀自在牆角抽了起來，有時便尋來一兩塊沒吃完的甘蔗皮，咔喳咔喳直咬著。

像這樣的畸零人，打牛湳的人便不以爲怪，大家都知道，村郊外頭，三柳蔭的地方便有一個乞食寮，裏頭住滿一個個餓鬼，他們都要輪番到各莊去乞討，料想這個人便從那頭走出來的。

里長伯娶媳的日子到了，大夥兒都聚到他家來，里長伯的庭院開了幾十桌酒席。酒過三巡，大夥兒逐漸都吃起勁了，那里長伯的兒子便帶著新娘頻頻向親友勸酒，親友們便都看到新娘一臉媚雅，便也是個有福的人，但卻是大了一個肚子，起先大家竊竊私語，但後來又聽說城裏的人都是先產小孩後才結婚的，便以爲理所當然。他們都裝出笑容嘻嘻哈哈地祝賀著。

正鬧著便有一批丐兒拐進來，他們站在門口都不肯走，里長伯忙著拿出菜飯，一個個打發著。卻有一個小瘦丐子要食物，他敞開沒釦子的衣服，鬆了腰間草繩，便坐到酒席上。

「你這丐兒，都站在那邊，不要上來。」父老喝道。

「我不與他們同夥。」那丐兒轉動塌下的眼皮道。

酒席的人都把眼睛轉過去，一認便認出是花鼠仔，他們便趕緊把坐位讓出來，又問長問短，關心起他的事來。

「我已回來兩天。」花鼠仔吃著食物道，拿著的筷子直抖動，夾起的東西又掉下去，一雙手瘦成了黑柴，指甲烏膩地發亮：「從北部走回來，知道嚒？」突然他顫顫巍巍地立起來：「我是立志的人呵。」說罷便昏了過去，大夥兒七手八脚，把他抬到房裏去。

不久婚禮的人便傳著一些故事，他們都聽說因爲花鼠仔在學校不唸書，只好幻想，學校便開除他。以後在洋人家裏打雜，後來洋人回美國了便替教會做事，但賺的錢哪夠花用，不久便流浪街頭，一餐當著三餐吃，眼看要餓死在台北，接到帖子便知道親戚有了喜事，這時他哪有錢搭車，便提早五、六天，一路乞討回來。

「但你們都曉得麼？我花鼠仔豈肯坐霸王車麼？」病床上的花鼠仔半昏迷地道：「我說用走的，便可以走回來。」他原要把手伸到胸前來拍著，但都沒有了力氣，醫生看了，忙又給他打了一劑葡萄糖。

不久，他醒了，坐在廳堂上，里長伯便勸他好好掘地，都要像他姑媽一樣勤儉持家，將來積一點錢、娶老婆，好好過日子。村里的人都也這樣跟著勸。那些往昔和花鼠仔有閒隙的都看他可憐，便也一個個動了良心，跑來探望他。

「都是麼？」花鼠仔用兩隻瘦細的手奮力掙扎地指劃著，衰弱的頭直向地面搗叩著，「都是麼？」猛然他睜大眼睛喊著。

衆人嚇一跳，便又要來勸解著他。

「丟臉呵！」

說罷，便走出去了。

從此他不回家，只在村內村外流浪著。

幾個月後，花鼠仔越發像個乞兒了。他把上衣脫掉了，也不洗澡，任滿身的黑垢從脚板長到頭上，他弓著身子，頭殼垂向地面像駝兒，有時候口裏唸唸有詞。在路上大夥兒常看他走著走著，忽然在一棵樹桿旁停下來，接著便劈起手刀往樹身亂砍，他喊道：「便只這樣就能挫折我花鼠仔的志氣嚒？」他常常這樣叫，終於聲嘶力竭地倒到樹下，而他的休息處自也與人不同，閒時便在郊外的破瓦礫場坐著，或在爛草堆打滾，慢慢地他都像變形蟲，逐漸與垃圾瓦礫一般了。

對於這樣的行爲，打牛湳的人自然不會懂，很多人都在那邊猜測著。有一陣子打牛湳轟動過一個地理仙，那地理仙便指出道：「一定是他姑媽的墳墓做得不好。」里長伯終於拿了錢替他姑媽撿了骨，另闢個墳墓，但花鼠仔的病還是沒有起色。後來便有一位城裏來的醫生說花鼠仔心理有偏差，怕要患什麼情結，「總之，是要送精神病院。」那醫生說。但里長伯可沒錢，就任花鼠仔自己生滅去了。

其實，花鼠仔爲什麼會這樣便連他自己也不十分曉得。他只認爲自己的抱負終於是不能實現的，他的西洋人便也只是空殼兒，他一再反省便知道其實西洋人也還是假志向吧。他愈想如今西洋人做不成了，立志又落空了，便愈發感到自己存在的困頓了。且不聽古人道：「人無志不立。」豈只不立，若無志便是躺在地上都要感到困難，自己以往的抱負像一顆顆泡沫都要破去，如今世界便無一去處。「便都沒有我紮根的地方嚒？」他這樣內心絞痛地呼求著，便不禁要往自己的身上亂打。

陽光聊爲衰竭，天地捲一陣清涼的風，季節入了深秋。

打牛湳的樹葉簌簌地落。花鼠仔便搬到防空壕裏去住，除了偶爾把頭探出來看看朝暮晨昏外，便躲在洞裏頭不動。打牛湳人都以爲這回花鼠仔一定見不到天日了，過不了這個冬，一定要凍成一副屍骸，不料卻有一個天數救了他的危難。

十月二十五日是感天大帝的節日，也就是打牛湳的大日子，原來這廟宇是要分駐各地的，一逢到這時，各地分廟便要趕回來進香。

人潮立即湧到這座小廟庭，嚇嚇的鼓聲直要震垮旁邊毗連的茅屋。花旗子到處飄揚，村人都挑著一擔擔細麵放在廟前，到處都是城裏頭的紅男綠女衣飾華麗地在秋陽下。

咚咚咚，一片鑼鼓敲開了，神輿火速地抬上來，當中跳落兩個童乩，一個執著鯊劍，一個吊著刺球，他們站定了，法師燃了香，做個迎接儀式，乩童便顫顫地抖動起來。他們都循環地砍殺自己的背部，露出一條條的血痕兒，圍觀的羣衆都喝采，血跡在陽光下斑斑刺目。

鑼鼓便又大噪。

「這樣就挫敗了我的立志噓？」猛然一聲很尖銳的叫聲響起，人叢中奔出一個髒懶的瘦漢，他便跳到童乩的面前來，劈手奪下那把鯊劍朝自己身上亂砍，只見血跡在他身上氾濫開來。大夥兒同聲驚呼都不知所措，那童乩和法師也壞了法術，只立在旁邊看。

「你都這麼就挫敗我的立志噷？」轉眼間，他又大喊，又往自己身上連番砍殺，衆人都不敢正視。

城裏的相機咔嗒咔嗒響不停。

這時便有人去通知里長伯，只告訴他那花鼠仔又鬧事，便三脚兩步地趕到現場。

那花鼠仔愈發像著魔般地砍殺，好像他小時候在河邊伐著蕃石榴一般，一刀一筆都有稜角，眼看便要喪命在那裏，里長伯只好也跳到裏頭去大喊：「你這畜生，總都做什莫名其妙的鬼把戲，還不與我歇手。」劈手便把鯊劍奪了，廟前的人都喧嘩，直要撼動十月底天空。

「但也殺得死我花鼠仔半生的悔恨噷？」他這樣說便兇狠地掙起身往村郊又去了。

里長伯只好歎氣，他本是擔心花鼠仔的生活，如今更擔心他的生死了。

以後村人竟也意外地不見花鼠仔再待在防空壕裏，據一些人說，他此刻已上山求仙，都入關打坐，怕要成正果了，但這畢竟只是傳言，眞相還是不明。

正月初一，打牛湳猛地駭動起來，因爲大慶典在今年舉行。

原來打牛湳的村子裏許多人都暗中信了一貫道，這教原是白蓮教的一支，崇拜一個彌勒佛，原也是佛裏的一個尊者，但這教剽竊基督教最後審判的教理，便稱世界末日即要來到，若要得解救便只有堅信一貫道，那彌勒佛早釋迦牟尼五百年出生，凡釋迦沒度盡的衆生俱由他負責度去，若執一個敬拜的心，便是災劫到了都不畏它，只會上天堂去。打牛湳一聽都信了它。

柳樹兒生了嫩芽，這正月初一恰是彌勒佛生日，一貫道便在村長的後院築個鸞壇，打牛湳的信徒便會聚在這裏，像蝗蟻。

法師上個香，拿了四書五經便做起功課，他道如今世風日下，災難要生，彌勒要降，勸弟子們死守善道，廣布恩慈。接著便叫左右吹起法螺，燒了一疊金箔，卻有一個赤裸上身的童乩跳將上來，他身體略爲瘦了些，一開始便弔著眼大喝：

「都曉得嚒？我父親是彌勒佛。」接著全身便節奏地發起顫：「當今世界末日就要到，一陣大水都要來了，沙沙地刮你寸草不留，你抵擋得了嚒？」

他兀自嘻嘻地發出聲來，打牛湳的人都被他的話懾住了不敢出聲，但都看淸這位原是成仙的花鼠仔。

「嘻嘻嘻……」突然他口中冒著泡，兀自連唱帶跳起來。法師把一束香遞給他便沉聲道：「都要知道，現在彌勒佛已附在他身上說話。」

「嘻嘻嘻……」花鼠仔毗著牙又唱道。法師忙解釋：「他說世界末日要到了，若要得解脫的人今夜三更，都要聚在這裏，牽引一條草繩去找仙水喝，每人並且都得備了三斗米和三百塊錢，沿途抛棄。」

「嘻嘻嘻……」花鼠仔又道。法師又解釋：「彌勒佛說凡是參與此事的人都不得洩露天機，否則必遭天譴。」

打牛湳的人都噤著，忙說不敢。當夜，這些信徒都兀自照做了。

這一下，花鼠仔便又成名了，原來他時運又到，只在感天大帝前表演一次砍殺便被一貫道收去當童乩。這眞應驗了一句俗話：「歹星仔活長命。」意思是說凡是孬種都不會那麼快就死去的。

結論

然而，這花鼠仔的故事是沒有結束的一天，因爲花鼠仔都還繼續活著，並且愈來活得愈立志了，他現在常搖著一身排骨出入各家廟宇，盡用咒語來與凡人談話了，都成了打牛湳的宗教領袖。我如今在大道公的廟場便看過他的印璽，大家都紛紛談他，今年我又看他把勢力伸入武術館裏去了，領著宋江陣到各村莊去耀武揚威。歲月在流轉，花鼠仔和打牛湳會變成怎樣我們都不敢去預卜，但有一種事是可以猜測的：在花鼠仔還沒有立定下一個志向前，他還有一段激昂的日子過。

——一九七六年春寫於鹿港

嬰孩

一

埋葬了母親後，我從乾河溝對岸的墳場回來。拖著疲憊的身體，走了那一大段的路程，我覺得很倦，眼皮澀得張不開。我猜想整個眼球一定布滿血絲，紅紅的，紅得要出血一般；但我沒去照鏡子，儘管房間的左側有一座人高的大鏡——那是母親留下來的。我累極了，渾身乏力，彷彿要虛脫似的，一如風中的蘆葦，搖曳而不能自主。

唉！唉！我勝利了！我終於如願了自己一向的詛咒！淚光閃爍的另一面，我的心不斷悸動的歡呼著。這不是我一直冀求的結果？我要母親死！她死，我才能自由。我不要看見她那雙吃人的眼睛，一睨住我，就像老鷹盯住了瘦小的白兎，即使她不在我身邊，我依然會瞿然的驚見，她那暴漲的身影緊迫著我蒼白的軀體，現在她死了，死得太好了，我擺脫了可怕的桎梏，使我能以天賦的權利，自由的去面對陽光底下的任何事物。然而，我又多矛盾：

落葬時，一輪火紅的夕陽靜止地停掛在西邊，它的餘暉挾帶著某種不確定的陰謀投射過來，金黃色的陽光使得每個人的顏面蒙上一層迷離，埋棺者無神而慵懶，他們舉動著圓鍬又緩慢的放下，泥土一鍬鍬的落入墓穴，一舉一落，迂緩得像一千年。那些機械似的動作以強迫的方式，擠進了我的眼眶，鑽入了我的腦袋，我覺得所有的泥土湧向我空洞的腦殼，一次接一次，堆積又堆積，埋去了我的髮、我的頭、我的頸、我的肩……影子，影子，我移動了自己漲高而平面的影子，讓它落入墓穴，落在棺蓋，灰色的泥土，綠冽的草皮，將他們一起埋葬，一起掩蓋……

我不能很清楚的明瞭那舉動背後所潛藏的動機，不過我約略的懂得：母親死了，那個嬰孩也活不成了。

即使現在二十歲了——是個足以辨別神話和事實的年紀，而我仍然堅信祖父在我六歲時所說的每一句話。我的祖父是個大好人，農家的生活使得他具有一副強健的體魄，可以用來應付大自然所帶來的任何不快。小時候，他常拉著我的手，打開矮茅屋的窗子，以老人應有的低沉而沙啞的聲音，告訴我每個星星、每棵花草、每隻飛禽走獸的故事。他的鬍子長而柔和，黑白相間，談起話來飄飄盪盪，雕盾似的大額頭密密痲痲的布滿滄桑的深皺紋，他一坐在檀木的靠椅上，就如同一個蹲在古世紀海角的老神仙。我常把那些神奇的傳說和他聯結在一起，以至於把他的故事當成他的自述，一段段的傳奇就以毫無異議的眞實，合理的進入我的心靈宇宙。然而，一切的故事總比不上我的往事更令我興奮。幼年時的我就有一種強烈的自我意識，只要談到我的事情，我就會迫不及待的催著對方告訴我，儘管他們的話並不盡合我意。這種習慣一直維持到現在，仍未有絲毫的改變，因爲我始終相信自己的東西對自己才有意義，我的腦袋很少裝過別人的影像。

祖父所告訴我的幼年故事最令我難忘，他那充滿神秘色調的話語，就像五彩繽紛的顏色，在我往事上塗了一層層的色彩，黑的、紅的、黃的……不盡的故事陡然間在記憶的深處活躍起來，它們以各種錯雜的形象膠著在我的腦子裏，抹也抹不掉。這是我的出生故事，它早已成爲我生命的一部分，正在無限的擴展和延伸。

剛出生，我就註定要在坎坷的命運道上奔走。我的身體因爲早產，重量不夠，一開始便選擇了瘦小和蒼白。約二十天後，我才勉強的能睜開眼睛和哭泣。而在這黑暗子宮延續的半個多月後，我又歷經了一種神奇的生死掙扎。我的呼吸停了，家裏的人以爲我再也活不成了。他們將我放在乾河溝對岸的墳場裏，準備草草埋葬這個早殤的嬰兒，不料在一個夕陽西斜的黃昏，我又活了過來。

六歲時，祖父總是特別喜歡談起這件事，像對於身前這個半死不活的小孩發生了極強烈的神秘氣息，竟至連他那種歷盡滄桑的人也尋不著最終的原因。致使我也爲自己的生命奇異起來。一天我總要到這窗口眺望幾次，眺望那條乾河溝，眺望這座躺在遠方的墳場，眺望那輪通紅的夕陽，眺望無可了解、無可觸及的神秘空間。最初的探險是漫無頭緒的，好像行走在無盡的蒼茫雲霧裏。終於我蓄意的發現了這個答案。我巧妙的根據祖父的神話，把自己描繪成一具透明的嬰屍，它必須依賴某種外來的生命原素才能生存。就如同祖父口述中借屍還魂的逆轉，與僵屍復仇相類似的原理。本來我只爲了好玩，如此的循著神話模式去發展自己的生存哲學，後來祖父死了，這假設竟固著在我的腦中，我竟然不能不去肯定它。這當然是荒謬無稽的想法，任何有清醒頭腦的人都會以堅定的口吻，矢口否認這種童騃的幻想，但是唯有如此才能解釋何以我能起死回生的原因。何況某些不合情理的事對某些人更具有意義。尤其對於出生，每個人不都冀求有那麼一種的不可解？最令我不能罷手的是：唯有我認爲這是眞的，我才能永無疑慮的活著，如果我稍微的承認這是假的，我的生命便會引起動搖，基於一種動物求生的本能，我的內心野獸幫我選定了前者。

這種觀念最初只是心理性的假設而已，而我所以能順利的去承認它，當然還須藉諸具體可見的事實，在事實的塑造下，使我能不斷的去修正它，終至形成我所喜好的一種模式，並且心甘情願地屈服在這個假設的事實或事實的假設裏：

對於自己的肉體，我一向以鄙夷的眼光看著它，它總以醜惡的姿態在我的腦海中出現，一副皮包骨的身子，沒有任何地方能找到一塊美好的肌肉，削瘦的臉龐活像陰慘慘的天空，細小的雙腿隨時都會有折斷的可能。還有天生過白的皮膚，白得有點異常，沒有絲毫的血色，使得原本瘦小的身子更加的醜陋，遠遠的望去就像一層透明的塑膠布蓋住一堆嶙峋的骨頭。我恥於這種可悲的外貌，生怕看見這副不太像人的影像，因此我很少照鏡子。然而有時不免會無意的撞見它，例如，你打從街上的櫥窗經過，你很難擔保能完全的避開自己的身影，結果爲了免除心靈的痛楚，我仍以幻象來壓制眞實，一瞧見影像，我便開始想到那具美好的嬰屍，然後把突然撞進的影子緩緩逼出，最初頗感困難，但經過數次後，便順利的過關了。具體的說，我拋開了現實的世界，潛入了虛幻的宇宙中。這本不是很難做的事，然而在同時，我卻遭遇到一個頑強的敵人，它時時刻刻都在打擊我所進行的地下工作，只要我不小心觸及它，便會造成整個陰謀的崩潰，這傢伙就是我的肚臍疝氣。幼年我命定的擁抱了它。它以一種傲岸不發一語地長在我的肚子上，吃過了飯，它便蠻橫的漲大。

小時候，我注視著別人的身體，發現他們缺乏這東西，一度我感到無比的驕傲，我常把它當成寶物一般的玩弄。當大夥兒脫掉衣褲在馬路上玩耍時，由於我體弱力小，不能引起他們的注意，有幾個身強力壯的傢伙總以絕對的優勢搶盡了鋒頭。對於被奚落的滋味，任何人都不願品嘗的，這時我便會毫不猶豫的把它顯示出來，他們一下子都驚呆了。做夢都不會想到，在這羣毛頭小子中，竟有人會擁有這種光榮的奢侈品。他們拋開了自己應當的傾注，而朝我奔來。我以神秘的姿態欲擒故縱的把它放回懷抱。並宣稱唯有和我最要好的朋友，才能分享這無上的榮耀。我以這種手段維持了一段舉足輕重的地位。隨著歲月的流轉，我明白了身體畸形的悲哀，在一次爭吵中，一位同伴以少年特有的無知。幾乎一口咬去了這東西，以後我將它視爲徹底恥辱的標誌。

一個人總會如此，面對著一大堆龐雜的事物，他總想納入單一而且簡明的秩序中；看見一個漂亮的女人，終會把所有的優點集中於某一定點上，以固定的一點來象徵那種難以形容。同理，我既然肯定自己身軀的醜陋，加以用幻想將這些分布四方的髒水潰驅逐，很自然的使它們毫無困難的聚集到這塊窪地上，我的肚臍理所當然的接納了一切的劣點，觸動它就觸動了全部。爲了對付這個肆無忌憚的傢伙，我動手修正了心中的嬰孩。

我說過，嬰孩需仰賴外來的生命能量。而這肚臍疝氣恰好是一個口腔，一個食道，它以不同凡響的傲氣，永不妥協的漲大下去，它是有充分而且正常的理由，因爲它必須使嬰孩活下去。我以這種合乎情理的推想，剷除了心理和生理的負擔，以後我雖然不敢光天化日下將它暴露出來，但在夜晚時卻故意的讓它向外吐露，那是我的自擇方式，不計一切後果的，縱使是感冒或鬧肚子痛。

其次便是我家外面那條乾河溝的龐大事實。枯竭的水源使這條大河完全呈現自身的缺點，龜裂的怪石牽強的躺在河床上，一顆顆像乾枯的頭顱，仰首注視著天空的雲層，我很能體會出它那乾急的心情，長期的煎熬迫使它像一具龐大的屍體，既焦急又無奈，我不喜歡這條河。滑稽的人們卻加給它違背眞相的名稱，一概稱它為潺溪，還刻了個碑石立在河畔上，意思是流水不斷，一想到這可憐的稱呼，我總要慘然的大笑幾聲，像我這麼醜惡的人都不需要裝假了，為什麼一條河流也喜歡自我隱瞞？其實它根本就是一條「孱」溪。倒有一種情況使我為它懸念不已，那就是在夏季暴風雨來臨的時刻。七月的天空時常是布滿著層層的惱怒，鬱得叫人透不過氣，這條河便憤怒激盪，洶湧的浪濤以壓倒山獄的聲勢從發源處咆哮而來。龐大的身軀跟著龍旋虎躍，它以過剩的體力將濁水送過岸上，衝垮堤防，淹沒一切，這時我總興奮得無以言狀，眞想投入它的胸懷與它合而為一。總之，幼年的我是無法想像，為什麼這具屍體能突然間恢復了它的生命力？它不是與對岸的墳場一致嗎？我只知道這是事實，無可否認的事實！

像我這種做事一向有始無終的人，縱使有了心理的假設與自然的事實，但應該是沒有任何的理由使我一直去堅持它，你要知道，我是沒有任何能力的，凡是涉及我本身的事都會形成無形的壓力，即便是沒有壓力，僅僅是歲月的流轉，我也會放棄它，這是我埋伏在血液裏的毒素，但另一件陰謀卻將它壓縮進我的生命裏，在有生之年變成一種沉甸的包袱。

二次大戰後的第七年，我降生在這個世界上。戰亂的洗禮迫使整個社會陷入困頓的狀態，戰役中的征夫從遙遠的地方歷經風險後，回到這個現實的環境，再度去承擔另一種迫害。

我的父親從兩年的叢林逃亡中，回到了觸目悲涼的故鄉，他喪失了一生中最重要的東西——他青梅竹馬的戀人在征戰期間嫁給了別人，那是一種最痛苦最悲哀的淚之脅迫，在淒然中他迎娶了我的母親——弱小而神經質的新娘。

一生中我都難以再見到父親那種實質與外貌不相調合的人，他高大、髮黑，繼承我祖父身體上的一切優點，十足的像個男人，然而老天卻開他一個荒唐的大玩笑，賜給他一副懦弱的性格。他擁有任何人都不及的徬徨，我有點想不通，以他那種沒有任何決斷力的個性，何以能無恙地逃脫戰魔的惡爪？他好像永遠都站不穩似的，沒有主見，沒有責任，只要面臨兩種不同的抉擇，他便盲亂得像頭羔羊，最後的選擇總是壞的一方。唯一令他執著不移的便是那永恆的懸念——那女子破碎的圖像。我很懷疑，我天生這副老驢的性格，大概半數是由父親的身上遺傳過來的。

他一迎娶了我的母親便造成一幕悲劇。像我父親那種人是不宜娶妻生子的。他的沉溺性具有驚人的深度，自我迷戀和虛榮心使他進入另一種異態的生活。他一直不肯承認情人背叛的原因，半數該由他負責，因爲任何人都可以一眼瞧出，類似他那種人是只能當情人而不能當良人的。他以合理化的藉口否認了自身的一切缺點，然後堅信那是環境所導發的不幸，並相信終有一天，那位青梅戀人將重歸自己的懷抱。

每個人都有白癡的一面，原因就是每人對於事物都有所執著，並且爲那件事製造種種執著的理由。最後他完全被固定在那點上，便造成某方面的死亡。我父親是最典型的例子，他對於舊情人的懸念太深了，致使他把所有的力量都花費在回憶的世界裏，喪失了應有的愛。對於他的妻子而言，他不過是一具蒼白的行屍。而當我被生下後，他仍目不轉睛地在尋找那已經淡去的影子。

父親在一家公司裏服務，捨農就商，由體力的勞動轉入思惟的世界，使他更有機會去思及從前的際遇。他很少對我留意過，眼底可能極少泛動過我的影子。但當我長大後並不恨他，我很能原諒他這種不慈不愛的行爲，一個集中力量都對付不了自己的人，他哪來剩餘的精神去關懷別人？也許我是他最重的擔子，必須將我放棄，他才能得到全然的解脫。我不能怪他，本來嘛！我跟他都是驢子。幼年我便在這種冷淡的氣氛下，度過漫漫的人生。

七歲那年，祖父無疾而終，我產生極大的惶恐，生命就像突然的喪失了地心引力，一下子飄向天空，兩手抓不住任何東西。我是不容易獨立的人，沉溺性造成我各種習慣的養成。我的一舉一動都必須循著既定的秩序，一旦我脫離了已鋪設好的軌道，便會喪失我心理的平衡，終致造成整個生命的動搖。

以後的歲月，父親更加的盲亂了。他似乎有意要促成家庭的破裂，狂暴的酗酒及無限的詛咒埋喪他年輕的朱顏。而每當母親的心情惡劣時，她便一把的抱住我，尤其在夜裏摟緊了我，哭倒在悲哀的床上。我從她散落在我額頭的髮隙，窺見母親半邊紫青的臉龐，她的眸光燃紅而青冽，在夜間以刺穿性的犀利盯住了我，她瘋狂地抱住我，渾身不停的打顫，一直扑打我瘦小的身體，張開她那顫動的嘴唇，將我啃得青紫累累，我本能的想掙扎，但她的雙手以超越的力量箍住我，竟使我喪失了反抗的可能。漫長的夜裏，母親一直抱著我睡，她那凌厲的眼光即使在夢中也會出現。無奈中，我又以慣常的伎倆躲過被虐的痛苦。

我又搬出了塑造多年的嬰孩，將它放入母親的懷抱，以那一截多餘的臍帶和她聯結在一起。我看過出生的嬰兒，知道他們都有一段長長的臍帶，沒有了它，便說明它已獨立在母體之外。而我的肚臍卻是不甘退縮下去，所以正好拿它來支持假設的可能性，母親屬於我，我屬於母親，我們是一而二，二而一，我的生命能量就是從母親那裏獲得的。很自然的，母親對我的虐待，我竟能獲得某種快感。每當我被抱住時，就想到夕陽下不斷提昇的那具嬰屍，以及那突然氾濫的乾河溝，我的心底不住的吶喊著：我活了！我活了！

當我十五歲時，父親那邊開始產生了變化。他的目光變得鮮豔而有神。他失落的東西有了著落，原來他找到了舊情人的代替品——一個十六歲早熟而美麗的女郎，蓓蕾初放的年齡。這將是一齣齷齪的悲劇。而父親以他無比的儒弱陷入了自造的陷阱。那女子是孤兒，和他的祖母相依爲命。那老婆子是個歇斯底里的婦人，爲了找尋她那戰死的兒子，時常在大街小巷叫喚著他兒子的名字。

而幾乎是同時，母親的生命已將油盡燈枯，她正照著我意識裏另一面的祈求，逐漸地走向死亡。

二

今天，我起得特別的晚，朝陽已經爬過母親手植的芒果樹，陽光從窗口跨躍進來，把牆壁上一幀幀的嬰孩圖片鍍上一層金黃，睡眼惺忪間，我彷佛見到那些嬰孩被罩住一種枷鎖，隔了一段距離望去，覺得他們正在不停的掙扎。

我在學校裏向林良秀說過，那些嬰孩快死掉了，如果他還喜歡，我可以不索任何代價的奉送。良秀迷惑的望著我，表示對我的話不明所以。當時我也懶得開口，沒有解釋地就跑回家。不過我的圖片玲瓏繽紛，具有無比的吸引力，良秀也許眞的會來拿，何況他也有收藏採集的習慣。我眞想再睡一會，手腳實在酸得移不開，我將兩腳擱在書桌上，緊靠在床上的脊骨酸痛得都要散開了。我從枕頭底下拿出一冊的圖片，它們就要離開了，能再見到最後的一面總是好的。有一張是我從一本畫簿剪下的，它就是令我感動的米開朗基羅的作品——布魯格聖母瑪利亞像。在一般的評論和解說裏，總認爲這是一副嚴肅而沉重的雕像，但一落入我的眼中，它便形成了另一種歧變。由於這裏的小孩是耶穌，令我容易的把他當成獨立的小孩看，他以毫不猶豫的姿態想擺脫瑪利亞的懷抱，去開拓自己，完成獨立的人格，他不須依賴母親的任何施捨，正從母親的身子走出來，儘管他們的神色凝重，但母親的手再也攔不住兒子。我頑固的把這尊雕像看成擺脫母戀的象徵。我違背了米開朗基羅，我違背了任何欣賞畫像的人，我根本不懂藝術！啊！老天，請別這麼說，我是不得已的。

在每張圖畫上，我以心理的方式幾乎刪改了全部的原意，我以自我爲中心，其他都遠離了我考慮的範圍。我擁有這許多圖片，常常拿著他們以痛苦的眼光愉悅的看著，把所有的心思放入另一種世界裏。這是初中時我一直擁有的習慣，是唯一我能獲得快樂的方式。在學校裏，當那羣小子耽溺於性秘密的探求，而汲汲埋首於春宮照片和黃色小說時，我對那些令人血氣沸騰的異物，竟喪失了應有的興致。他們和我的嬰孩在我心靈的夜間裏，正從事著某種熱烈的冷戰：

從小，由於對自己身體的畸形過份傾注，使我對各部的機能發生強烈的懷疑。我以超過一般少年應有的好奇心，極力去追查肢體的隱密，並且迫不及待的去實驗它。就像檢視一件物品的零件，我將自己的身子來回的翻找，並且註明他們的耐用度及損害度。當然其中的意含，無非是確定自己的正常。

對於肚臍疝氣的專注，使我連帶的想到與它類似的東西，一些乖張的少年總故意將它和生殖器相比，並對我可悲的優點表示幸災的同情，其實他們的心理大都是豔羨多於憐憫，他們不過是故意隱藏那種有損少年優越感的心情，而以訕笑的方式去散發心中的積鬱罷了。然而，儘管我淸楚這一點，並且可依次的列舉兩者之間的不同，但當我面對著他們的嘲弄時，我竟不能提出豪氣的抗議，我只囁囁嚅嚅的說：「唉呀！是啦，天生的我有什麼辦法？」我紅著臉說著，從不生氣，好像我是贖罪的苦行僧，默默的承擔起命定要被凌辱的痛苦。我只將它隱匿在胸中，以行動負氣的從事自我控訴：

誰說身體早熟的人才能優先的了解性的樂趣？像我這種人，雖然不能和他們一樣的負荷得了那類的自我殘害，但我懂得手淫的年齡並不比他們晚。我身體弱卻喜歡它，因爲我多少能從那舉動中，發現我仍然正常，和一般的人具有相等的能量，我能和別人站在共同的線上做一樣的事。僅就爲了獲得這種心理的補償，幼年時的我便膠著在這種耗損體力的工作上。

然而，我的心理和生理是無法妥協的。有些性心理學的書總認爲手淫對身體是無害的。在他們的說法裏總想能手淫的人必定具有手淫的資本，好像是說做這件工作的人，身體是頗堪摧殘的。這種理論無法與我的事實一致，它只能給我的手淫習慣提供假設的安慰，我發覺這件事使我身體更加的敗壞，但我不能停止它，我說過，沉溺性是我家父子的獨傳，那種歡愉令我不能罷手，每當我從沉醉的狀態中醒來，搖搖昏蕩蕩的腦袋，我確實產生很大的後悔，但不到多久，又陷入了那個泥沼。我想在我懂事以後，能原諒父親的沉溺性，多少與自己的體驗有關。

這種往返於逸樂和懺悔線上的掙扎，也許每個人都有過此種經驗，尤其是不堪支出的青年人，不也有痛心疾首的感覺？而在這線下，一種更爲深層的心底裏，這種感覺產生了更大的醱酵，並且蛻變成另一種形態：

我所幻想的嬰孩是極端漂亮的，就像水晶一般潔淨的身子，不容許有任何的沾污，一旦滴上污穢，它便會在我的心中溶化成一灘污水。而我所做的事偏偏與此相違，一看到自己弄亂後的狼狽像，我便覺得正從事一件違背自己的事。同時我的身體並不能承受這種打擊，我看見自己一天天的乾枯，一天天的消瘦，我彷彿看見自己沉入更陰溼、更齷齪、更卑下的地獄，我噁心！我罪惡！

愚昧的行走在心理衝突的經緯裏，最後我產生了二種連自己都控制不了的反應。①

焦慮②罪惡。每當同學把那一張張、各式各樣、紅綠相間的圖片拿到我面前，並企圖向我做惡意的挑逗時，我總是嫌惡的將它推開，那是一種揶揄而不是一種遊樂。何況那些男女裸體糾纏在一起，而總是男人勝利（至少是平等）的照片，在我的心中是不可思議的，與我的經驗全然的背離。難道那些人不明白：在女人的懷中，男人是沒有任何主動的可能的？……

門被打開了，林良秀走進來，我勉強的向他打個招呼，身子仍軟綿綿的躺在床上。

「幹嘛一大早就無精打采？」

「昨晚沒睡好。」我張開又苦又澀的嘴巴說著。

陽光猛烈的撲到我的身上，好像熱燙燙的棉被向我壓來，渾身熱得厲害，乏力的感覺使得全身都要融化了，我示意良秀放下百葉窗，告訴他要開水自己來。

他挨到我的身邊坐下，安慰我不要爲媽的去世難過，已經半個多月了，再悲傷也只對身體有害無益。奇怪得很，爲什麼每個人都認爲喪母是一件可悲的事？我眞想告訴他，是我要媽死的，但沒說出來，我怕他不了解。

像水獺一般的，我滾動身子從床沿滑落地面，勉強的站起身子，喝了一口昨晚泡的濃茶，濃馥的茶味沖得我腦海一片混沌，整個頭都要爆裂了，陣陣的刺痛襲擊過來。我費了九牛二虎的力量，才收齊了掛在牆上的圖畫，把一大疊的圖片交給他。並希望他能好好的照顧這些嬰孩，良秀不懂我說的，他莫名其妙的把圖畫收去了。

一直到遞圖片給他時，我才睜開眼睛發現他穿得整齊漂亮，而我又突然想起今天是禮拜日，一定有什麼事。

「想找施老師去，我的公共關係月刊還沒擬訂計劃哩，你跟我一道去好嗎？」

我們都在彰道工商唸書，是同班的同學。初中畢業後，我沒有多大的雄心壯志，也不敢遠離家庭，草率的就考上這家五年制的專科，唸的是公共關係。像我這種缺乏獨立性的人，不但口才低劣，而且沒有辦事的頭腦，照說是不該唸這種十分活用的科目，走上這一道無異是走入死巷。但我不在乎，我始終相信自己的命運一定不會有太大的好轉，能唸下去就唸下去，混一天算一天。良秀是班上最用功的同學，也是我的摯友，他肯負責任，肯吃苦，又能提出辦法，月刊就由他主辦，我只是幫他的忙。

洗過臉，吃過早餐，疲乏的感覺稍微減低。學校就在附近，於是我們走出了雨後新村，徒步在故都大道上。這是一條寬濶的柏油路，新鋪下的柏油耐不住陽光的煎熬，曬得路面水油油的，活像要流動了起來。幾輛大卡車在道路上迂緩的逡巡著，緩慢而沉重，急瀉的背景像千斤的重擔拖住了車身。低沉的車聲傳來，就像一條蠕動的蟲子，爬進了耳朵，直叫我渾身不對勁。良秀很氣派的走著，專心於想做的事，我想他是最健全的人，全身都充滿了活力，但有一點令我不能原諒他的就是，他談話時，常提到「媽媽」兩個字。

這雨後新村是最近開闢的住宅區，由於市內過份的擁擠，人們都搬到這裏來，原本是農鄉的地方頃刻就變成新市區，而我家的水田也賣給別人家蓋房子，父親就在這裏買下一間樓房住下來。人羣繼續的蜂湧而到，街道兩旁的生意人逐漸的多起來，以前住在隔壁的李大媽也變成了雜貨店的老闆，整天忙不迭的賣著東西。我無精打采的穿過她店鋪的簷下，她看見我們，打個招呼，良秀親切的叫她李大媽，笑得她露出滿口鑲金的大牙齒，直合不攏來。我很累，沒心去管她，拖著步子，沉甸甸的從她身旁晃過。背後傳來她的歎息聲：唉！這可憐的孩子，喪了媽，人也變了，變得比以前更瘦了。

故都大道上來來往往的都是爲了生活奔命的人。他們蠕動著軟弱的身子，抬著一張張浮腫的臉，向茫茫的前途挺進，沒有神采的雙眼僵住在無可探索的遠方。我感到做爲人類的悲哀。

教公關概論的施老師就住在故都大道的另一端，我不曉得他的公寓是買的還是租下來的，不過他搬到這麼寂靜的地方來，一定有很大的理由。

良秀走在前頭，按了電鈴，開門的果然是施老師，良秀問他爲什麼不利用假日到外邊走走。

「唉！我得留在家裏看母親，打從接任你們的課以來，我便爲這件事操心，唉！」

施老師邊走邊歎氣：「她患的是心臟病，有時候我眞替她擔心，一走到外面便忐忑不安。從前老師不像你們這般幸福，我父親在我還小的時候便去世了，家裏就剩下我和她老人家相依爲命，那陣子我在外面奔波，心裏一直想念著她，一旦……」

施老得說得很快，很急切，臉色瞬息萬變，致使前面的話還沒有說完，後面的話就湧上來。我聽到的還不到十分之一，就只覺得耳內嗡嗡作響，聽覺完全被破壞了。不過我也懶得去知道他說些什麼，我只不爲什麼的到這裏來罷了！

坐下，喝茶，沉默。突然他抬起頭來對我說：

「你母親前不久去世，眞的嗎？」

我點了點頭。

「眞不幸，瞧你一定悲慟一陣，我很能想到母親死去的痛苦。」施老師臉色悲戚，推己及人的說。

「不！我並不怎麼悲慟！」本想回答他這句話，但又半途把話嚥下去，苦澀的笑了一笑。

他們開始談起正經的事，我無聊的倚在窗口，注視著即將爬到窗口的牽牛花。窗外的陽台上擺滿了不少的盆景，有落地生根、曇花、劍蘭、萬年青……有些剛開了花，有些正在探尋著謝期，點點斑燦的顏色呈現在我的眼前，幾隻蜜蜂和蝴蝶在靜止的空間裏飄舞著。我以臉龐屏擋著他們，兩隻眼睛卻向後移入一個巨大無比的空洞世界。

突然，我被一陣緊促的騷動聲驚醒，回過頭去，正看見施老師倉惶的奔入室內，呻吟聲隔著簾子不斷的傳出來，一聲比一聲無力，一聲比一聲冗長，好像隔世對我們訴說。死亡的氣息很濃，充滿了屋子，正在每個角落裏開著陰暗的花。

以後，我們便起身告辭，走出了房門，炙熱的太陽已升屋頂，我邊走在馬路邊揩著汗，良秀要我到路邊一家冰果室喝杯冷飲。整日裏，那呻吟聲都在我耳際迴響。

三

自從爸爸娶過那妮子後，我就覺得一再的歷經家庭的改組，使我有些難以適應，那女孩子只長我一歲，卻要我叫她「阿姨」，這多彆扭。我不管這些，我叫她名字，至於那瘋婆子我只叫她阿巴桑，這婆子多少叫我受不了，她動不動就緊緊的抱住我，一直喚著她兒子的乳名。我的父親只管上班，因爲得到了多年來所妄想的東西，他心滿意足，當著小繼母的面前不停的談著他幼年的事，彷彿是與他的舊情人，共同返回童年的美麗生涯。

我如何忍受得了這種畸型的生活？我獨自的留在學校過夜，寂靜的校園除了有些蚊蟲以外，倒沒有家裏的悶熱與煩躁，我覺得很好，四周的蟲鳴和樹葉的沙沙聲給我不少的溫暖。當然，我不想回家還有一個重大的原因，那件事一直使我芒刺在背，諱於再見到那些可怕的見證人。

那天晚上，我沒吃晚飯也沒洗澡，就慵懶的倒在床上睡覺。一覺醒來，直感到有陣陣的飢餓在意識裏吶喊，我走到厨房企圖拿些食物。這些日子，我突然變成了一具不含頭腦的屍體，很少思考事情，一股不容抗拒的倦怠感頑強的進入我的體內，理智被放逐於草莽的蠻荒，我只憑直覺做事，藉著平日所養成的習慣，做些遲鈍的反射動作，刺激和反應是不透過思惟的，餓了就吃，睏了就睡，我毫無抵抗的任它去了。四周迅速的在褪色，逐漸的在蒼白，終至也變成與我一致的調子。任何的東西都引不起我的興趣，所見的萬物都改變了應有的外貌，他們只是一種輪廓、一種平面，空洞而蒼涼。我僅憑著動物的基本反應做事，漸與飛禽走獸無異了。

我在厨房裏嫌惡的翻找著，我不曉得該吃什麼，但直覺告訴我，假如我找不到那東西，我就會餓得乾癟而死。忽然有水聲迷夢般的傳來，它以縹遙的姿態從遠方席捲而來，淹沒了一切，不住在我的眼前翻滾。一種特有的意識馬上告訴我，食物就擱在水邊。循著水聲前進，我摸索到三樓的浴室門口。

像狗一般的，我急迫的喘息著。一般從未有的衝動打從脚底升起，沿著脊骨盤旋而上，終於撞及了腦袋，腦海頓時呈現一片無限廣延的焦躁，冷汗從我的額頭掉下來，那是一種超集中和傾注的現象，片刻之間，周遭的事物都離我遠去，不再構成任何的意義。在一心想要取得那食物以外，世界的一切都變成了次要。我不分青紅皂白的衝過去，像一隻嗜血的野獸，撞開了緊閉的門扉。

首先映入眼簾的是光滑的浴缸，旁邊縮著一個赤裸的女人，纖美的輪廓，玲瓏的肢渦，我睜大了眼睛，想動手搜尋，但一聲尖叫將我昏沉的理智喚些過來，我本能的愣了一下，才看清是小繼母蹲在角落，以無比驚惶的眼神，震駭的看著我，臉上一片紫紅。雖然如此，但我並不馬上的退縮，昏蕩蕩的腦子仍殘存若干的食慾，在意識到這裏並沒有所要的東西時，我仍不肯放棄追尋。具體的說，慵懶的習慣延長了一段時間，使我的行動慢了半拍。我仍不動的瞧著裏面，看完每一件東西，包括小繼母的身子，方才扭轉身軀，慢吞吞的離開。小繼母悽惶惶的穿好衣服，跑進她的臥室。

我必須加以強調，當時的我並無絲毫性的慾求，我所要的不是那種令我焦慮的東西，我只依著直覺做去，像個遊離症的病患。那夜，我沒有任何的悔意，飢餓感消失後，我迅速的進入夢鄉。次日，我如常的起床、上學，機械般的坐在課堂。但放學後，我突兀的憶起早晨時父親的臉色：那是一種潛藏無比怨怒的神情，積鬱的怒使他高大的軀幹顫巍巍的矗立著，在吃早飯時，他以兩隻巨眼瞪住我。我並不感意外，平時的他不也是常掛著那副很恨很恨的臉，以無比的憂傷與怨恨凍結了視線以內的東西。他看我，我看他，但我心中沒有他。不過小繼母沒有一齊來用膳，莫非是小繼母將昨晚的事告訴了家人，我倒不在乎他們將會用任何的手段對付我，怕的倒是他們「不對我怎麼樣」。簡單的說，我怕這些飽受驚嚇的可憐蟲會以沉默的眼光向我，然後以各種可能的假設來猜測我當時的動機，他們猜想的範圍無非是繞著性的主題轉，我受不了！我是無可辯解的，難道還叫我把那時莫名其妙的感覺向他們申述？我很悲哀，我家的這羣瘋子爲何不能彼此的諒解？最後我摸摸口袋，還有一百多塊，就準備先在學校裏度過幾天，以後看情形再說。

這是第三天的黃昏，我倚在三樓的朱闌上，眺望著四周圍的景物，夕陽從我的背面投射過去，照在對面的景德堂，玲瓏的建築又把金黃色的陽光反射回來，整座的樓閣頃刻便陷入一片金黃的大海，像海市蜃樓般的被擎高，龍盤虎躍的飛舞起來。種遍校園的高低樹木也曳著修長的影子，沐浴在夕陽的餘暉裏，第一次看到這景況，我不禁驚呼著：好多好多的影子啊！

小喇叭聲突然從景德堂的後面悠然昇起，那是一曲韻律悠美的舞伴淚影，長而柔和的聲音蔚成種種的色彩，蔚成片片的雲霞，升起，升起，染遍了校園，染遍了西方的天邊，染開了一片雲蒸霞蔚，就單單一支小喇叭竟把大地旋得煥然飛揚起來。

我猛然的憶起班上談起的事。今天的侯明倫突然變得乖張怪異，活像歷經一次非凡的遭遇。他是一個早熟的傢伙，滿臉留下青春痘淡去的影子，像早開的花朵謝去後，正結著成人的果實，渾身洋溢著與其實質年齡不相彷彿的早熟。在彰道商工裏，每一班裏似乎都會有這類令人豔羨的人物，他們的舉止都帶著某種蓄意的反叛，以行動去蔑視既定的社會標準。他們戲劇的將大盤帽摺成棺材形、飛船形，在上面繪製各種圖像，以毫無忌憚的態度，草率而認眞的把它放在頭上。長長的頭髮不馴服的垂到衣領上，頸上飄著長絲巾，AB褲使得軀體凹凸分明，把青年人承受壓力後所產生的叛逆都展露無遺。他們的談話蘊藏不盡的玄妙，就像一條九曲迴轉的長廊，任何平常的跫音只要透過它的共鳴，所產生的音響也會玄妙神奇。我很欽佩他們擁有這種雄厚的資本。一聽到他們談話，全班都不約而同的聚到他們的身邊，我也不例外，我總站得遠一點，以冷淡的態度迫切傾聽著。我不敢逼近去正視他們，我不配談那種話，我們之間所隔的空隙因爲我身體散發的冷氣而凍結，我是永遠都無法與他們平等互惠的。

「昨天黃昏在景德堂後面呀！」侯明倫以起伏不定的調子說著，他要宣布秘密了：

「一個人抱過我！」

「說呀！誰抱了你！」探尋寶藏的青年馬上豔羨的追問。

「是個大男人嘛！」

侯明倫裝得若無其事的說著。他那有意把特殊化成平凡的語調，就像一句優美的詩，造成無比的張力，激烈的攻佔了每個人心中最堅固的堡壘。我們都以爲他談的是女人，因爲類似他那種體格優越的人，那類事情是不稀罕的。現在卻是個男人，每個人瞬間都驚呆了。

「還撫摸我呢！」他說著，乖張的笑了兩聲，驕傲的羞愧在臉上擴散。

大夥兒喧嘩了。我的心頓時的震動了一下。嗨！這多不可思議，我想都不曾想過啊！這會是怎麼一種情況呢？是不是兩人都勝利，還是都失敗呢？侯明倫的身體好棒，該不致於像我，而對方能抱著侯明倫，一定是勢均力敵哪！由於好奇心的慫恿，整天裏就只吊念著這件事。

夢幻般的，我從樓上走下來，循著樂聲而去，沿著七里香的小徑，繞到景德堂後面。這是一片廣闊的韓國草坪，一個男子坐在草坪的中央吹著小喇叭。

我走過去，由於面對這個秘密的主持人，我有點不能承受，但又不願空手而去，我只好呆呆的站著。無疑的，我心中的鬼魂正在執行一件連我都無法淸楚的政變。

後來他放下了樂器，告訴我：他是倩影歌舞團的樂隊，最近在鎭上公演，由於找不到地方好練習，臨時選上了學校，他是退役軍人，四十歲。以後他談起自己的滄桑史。

「我們是不幸的一代，像你們這般年紀時，我們就開始流亡了。」

他的樣子隨著語氣而露出悲傷。就因爲我們一見面就談這些話，以及我心中所預知的事情，使我覺得他正在演戲。不過從外貌及輪廓看來，他並不亞於我父親，典型的是個男子，額頭奔騰著千山萬水。

「我在故鄉時有個弟弟，如果他還在，該有你這般年紀了。」

爲了促成陰謀的提早實現，我點了點頭表示同情他的不幸，並告訴他不必難過啦！他的喇叭又是吹得怎麼好啦！我阿諛了他！

他終於挨過來，抱我瘦小的身子。用手環著我的上身，然後把喇叭擎到我的嘴來，要我學他吹吹看。我的嘴唇接觸到那金屬的器具，一種特別的異味從我的舌尖流入，我感到那是一股冒險的芬芳。我用力的吹幾口，但沒吹響，由於過份使勁，使我有點頭昏眼花，伴著那怪怪的味道，令我有飄飄然的感覺。他問我有沒有女朋友，我回答他沒有。他很快的從口袋掏出一大疊的相片，盡是些赤裸的女人，帶著幾分的邪教意味，他說那是他們團裏的女伶，如果我願意可以向他說，他很樂意爲我介紹，我不感興趣，唯一夠得上好的是那些色彩，它叫我想到了送給良秀的嬰兒圖片。我把它推開並告訴他，那些對我並不具任何的意義。

他狐疑的望著我，突然他的動作劇烈的改變，那原本遲疑不決的手變得強壯有力，臉龐急速的紅潤起來。長在手臂上的捲曲黑毛陡然的烏亮起來，一根根活像生氣蓬勃的小草，在風中顫顫的抖動，我彷彿察覺到一種氣體從他的毛孔中散發出來。他的雙腿緊緊的夾著我的臀部，一股從未有過的愉悅傳遍了我的全身。他開始撫摸我、親我，還說些字音不清的話。我的心理同時的發生變化，看著自己倒在他的懷中，我想到了嬰孩，又想到了母親，但我不駭怕，因爲接納我的不是女人，而是大男人，是和我具有相同肉體的人，我迅速的把那嬰孩寄生在他的體內，通過一層的轉移和遞變，我順利的和他合而爲一，我和他擁有共同的軀體，有黑髮，有強盛的體毛，紅潤的臉龐……在夕陽下我意識底嬰孩開始茁壯茁壯，我復活了！我復活了！

分手後，他依依不捨的告訴我，有時間去找他。由於獲得了這種滿足，我不再有任何的猶豫，不再畏懼任何人。在夜色中，我跨動了強有力的步伐回家，故都大道的燈光有神的亮著。一地裏，我一直反芻著那冒險的芬芳及被凌辱的歡愉。

走回家裏已是九點時分，父親在客廳坐著，納悶的吐著煙圈，我低著頭裝著沒看見的走過去。他叫住了我，問我這三天裏去什麼地方？這是反常的，一向他是不管我的。我木訥的坐在沙發上，看著他，搖搖頭，意思是不用他操心。他見我一語不發，很嚴厲的看著我。但我不怕，那只是他裝出來的外貌，內心裏他和我一樣的懦弱，血管裏都流動著侏儒的血液。他抖了抖嘴唇，欲言又止，最後長歎了一聲。我知道他拿我沒辦法，他沒有任何的理由教訓我，就是說他本身是劣等的駕駛訓練師，本身一無可取，他雖然懂得很多理論，卻從未能在本身實現過，他口授給別人的技巧恰好是擊重自己的弱點，爲了免去自我僞瞞的傷害，他只好放棄了自己的職業，一任眼前這個不像人的傢伙去了。

我很可憐他，站起身來走進書房，我有點不忍心的回頭看他兩次，想告訴他：原諒我。但又把話嚥住了……

一連幾天，學校放了假，班上的同學利用這機會舉辦一次郊遊。這次是由王夢昭發起的，目標是冷翠湖。她是鋒頭很健的女生，人生得挺漂亮。只是平時不大唸書，專挑強壯的男生混。由於她選擇的對象正與我站在極端的一面，而我也不愛理會那些有害於我的異性，因此我們之間的眸光都未曾交接過，心靈空間的交集是徹底的空集合。這次郊遊人數頗衆，我是個意志薄弱型的人，容易受人左右，他們卻說我很隨和，說起話來都是低聲下氣。好像我這種喪失生命衝力的人，才是他們心中最美好的人。很意外的，王夢昭一直找我談話，企圖引起我談話的動機。我沒去理她。一方面是長期對異性的焦慮，使得溝通兩性心湖的水道已經阻塞，堆積的污朽正在發霉腐蝕，最後連自己的湖水都不敢去舔舐，另一方面是我並沒有充足的條件與她來往，我比別人矮半截，她和我站在一起我需要踮起脚尖，爲了免去無謂的體力消耗，我取消了它。俯身在自我塑造觀念的重擔下，我第一次接觸到異性就第一次的產生自然被動的呼號：我必須逃開它！有了事先的撤退計謀，使我置身於無所謂的安然情境中。

在划船時，她蓄意的和我坐在一起。冷翠湖的水十分的冰涼，湖的四周山麓上一片碧綠，山的輪廓很自然的起伏著。她一直告訴我，自然的風光有多美，接觸自然可以喚醒人生沉睡的一面。我只支支吾吾的應著。打著雙槳，避開她的目光，划入一處楊柳低垂的小灣，噫！好個陌生的港灣！

午時的陽光是有毒的，火辣的太陽烤曬著我白皙的身子，我很少曬過太陽，加上湖水的反射，不但曬紅了露在衣服外面的皮膚，而且也使得頭劇痛起來了。後來進了一家冷飲店，我要來一瓶可樂，勉強的恢復了正常，卻使我沉沉欲睡起來。王夢昭從旁邊遞給我一張油印紙，告訴我多加入一些活動，我不曉得她在搞些什麼名堂，不過她那充滿憐愛的眼光使我產生安全的驚怵，我點頭把那紙張放入口袋。

這次的郊遊並沒有給我任何的好處，反而迫使我又陷入絕境，慵懶不堪，我悶在家裏窮無聊，心底一直醞釀著喧嘩。小繼母和父親以異樣的眼光瞅我。最後我還是決定去找那位喇叭手。

四

良秀要我幫他忙。他答應慈恩合唱團，要爲他們的演出布置舞台和招待來賓，我沒有拒絕。不思不想的頭腦已經僵化，幹什麼事都沒兩樣，而且倩影歌舞團的離去，使我的心底失落了一個寶藏。

演出的地點是學校的大禮堂，時間是晚間七點。我們提前在五點鐘時吃飯。之後朝禮堂走來。慈恩合唱團是基督教會在我們學校所贊助的社團，以標榜人類愛爲宗旨。他們的團員很早就到場了，部分是我認識的同學。有些跑過來向我們打招呼，滿面笑容的說些問候的話，據說這是他們社團的第一個信條——微笑的去對待任何人。我沒有笑的意念，只是牽動嘴唇，做出那種形狀而已。

良秀託我幫他們放映幻燈片——一些歌詞及某些漂亮的照片。我搬來一張桌子，在那裏試著放映機的位置和鏡頭。這時一個人走過來想跟我說話。

「請問你是良秀的同學嗎？」

我點點頭。

「多謝你們的幫忙。」

我告訴他，這工作輕易得很，任何人都可以做，何況我們是公關人員，就當成一種實習吧！

他問我是否了解他們社團的主旨，如果我想知道，他願意告訴我。我很能體會他的善意及一片誠懇。我回答他說：無所謂啦！我是不在乎的人，如果他樂意說我也樂意聽。他自我介紹一番，名字是楊雲龍，團長，工商管理的學生。在昏暗中我端詳他一下。我發現他有一雙大而尖銳的眼睛，一個挺直的鼻，特有薄薄的嘴唇美麗的橫在下巴上面。滿頭的鋼髮雖然在人工的壓制下，仍桀驁不馴的動盪起來。他談話時喜歡不住的點頭，致使整個修長的身子和頭髮怪誕的蠕動起來。他的一切叫我想到被拉長的影子。

「慈恩合唱團的目的在於發揚人類愛，提倡新道德，以開懷代替冷漠，以信賴代替猜疑……」

他扯了一篇的道理來強調愛的重要。他那種教條式的談話加上費力的表情，使我查覺到那是潛藏在血液的某種力量所壓榨出來的。我首次以嗅覺的方法，發現與我同類的人。這時一個女生從台上走下來，她一直的幫著良秀布置舞台，由於她背對著我，燈光又十分昏晦，我只看見她的輪廓，直到她走近我的眼前，我才看清她是王夢昭。我很奇怪，和她同窗了四年，竟不能從她的背影瞧出她，何況她那天還和我待了一天！也許是我心裏根本沒有她的存在，在疲倦過飽和的情況中，沒有任何的空間容納她身影散發出來的分子。那麼那天我想逃脫她的意識不是多餘的嗎？我是太過敏感吧？我是自作緊張吧？哦，哦，不！也許是我想逃離她。強烈的恐怖心理促成我去壓抑她的影像，是因爲太怕想她而潛意識裏抗拒她吧？是不想她而忘了她吧？或是太想她而忘了她？……我的心理頓時的羣集狐疑，我想不通，首次的碰到女人就這麼麻煩！但我寧願相信前者的情況，是我太集中於自我的疲乏感，致使四周都引不起我的興趣！由於一直希冀這點，致使我忘了自己置身何處，我竟忘了逃開她的目光。她笑容可掬的走過來向我打招呼，我猛然的驚醒，同時悟出了那天她遞紙張給我的舉動。而楊雲龍於此時卻默默的退下去。

「嗨，他向你談人類愛吧！」

王夢昭笑了笑，但我不能原諒她的笑，我從她的嘴角瞧出了蓄意的譏諷，無疑的，他們兩者之間進行著某種內心的口角。

我裝著很忙的樣子，把頭低下來不去看她。她見我不說話，以為我是乖張害羞的孩子。她坐在我的旁邊毫無牽掛的嘀咕起來。一下子說她是合唱團的主唱，一下子又說近來大徹大悟才跑來提倡道德，一下子又說她很愛所有的人類。她大概把我當成一隻永不含惡意的動物。滔滔的向我訴說她的苦衷，我無所謂的聽著她說的這些無聊話。後來我憪憪的告訴她：每一個人都會後悔他以前所做的一些事，只要是他還在成長的話。她意想不到我的反擊，先是愣了一愣，繼而痛快的笑了，說我是世界上第一個了解她的人。

這次的演出十分的成功。我頗不能忘懷楊雲龍的唱歌神情，他以特有修長的身材和那雙銳利的眼睛，一上場就懾住了台下的每個人。他的歌聲具有無比的可塑性，將自己的顏面壓縮成各種圖形，伴著那滿頭暴漲飛揚的亂髮，我幾乎相信那是一朵綻放的黑火，生命力就像鮮紅的血液由破裂的血脈湧出。我眞替他擔心會把最後的一滴血也唱盡。

天氣悶得很，演唱完後，我們到校門口一家冰菓室聊天。由於長時間的待在黑暗裏，加以不斷變換的幻燈片刺激我的視覺，昏盪的感覺又浮昇上來，走起路來輕飄飄的，有點紮不住脚。冷飲店在歷經一天白晝的煎熬後，在夜間只好以霓虹來粉飾滿臉的疲憊，一支小喇叭令我想到了校園的際遇，沿著我的思惟繚繞，吹得我直要發狂。簾子看不到白天的殷勤，側著單薄的身子，倚在窗口，無奈的皺著眉頭，倦意……濃濃的倦意……

現在王夢昭就坐在我的對面，嗨！老天！她眞是窮追不捨！

「怎麼了，不舒服？」王夢昭看我不說話，找了話題。

「是啦，頭有點暈。」我把自己的手放在額上，想以行動來證明這愚昧的對白。

「讀書很重要是不錯的，身體嘛，也應該注意！」

唉！她是有意說這話吧！她把頭傾過來，一股香水的味道擴散而來，白裏透紅的臉龐在整潔的衣服的映襯下美麗的綻現出來，如粉紅的玫瑰。她的確是很漂亮的，雖說我這種沒有審美能力的人，依然可以清楚的咀嚼著那種味道。我看著她那曾令很多人迷醉過的臉，很多人想擁抱的臉，我迷惑了，唉！唉！

「來，這杯冰給你吧！」

「謝謝妳啦，我這邊還有呢！」我感到無法承受的壓力從她的笑靨散發而至，我假裝很輕鬆的想推開她。

「不要客氣哩，朋友就不需要講客套嘛！」

她伸出了纖白的雙手，把杯子遞過來，我發現那是不可抗拒的潛在力量，無形的向我湧來。他的手掌隔著透明的玻璃杯，經過折射，驟然的放大，那是巨靈掌吧！她已經將我完全的掌握，輕易的將我褶壓在杯底，一種浪子式的溫柔從我的心底昇起，就像重歸某種久久告別的懷抱，我迷夢的舉起杯子，一飲而盡，（唉！我正在從事著什麼作業呢？）。

五

王夢昭近來一直的找我，她說很少人能了解她，唯有我才能體諒她的一片心情，在上課時，她類似一支磁針，以我爲南方，固定的指著，她的身影化成千千萬萬的纏繞在我的四周，那纖纖的白手驟然的放大在我的眼前，我的腦子一直重複著那天晚上夢魘的預演，我不敢去正視她，我一想到那景況，颯颯的寒風便襲擊身上的每個毛孔，它已成爲我另一座可怕的死角，我必須遠離它。特有的意識激起我地鼠般的本能，我敏銳的避入陰暗的洞穴中。那天我在書局裏窺見她的身影，我立刻的將自己隱藏起來，蹲在一個書堆裏，經過許久，確定她走了，我才站起身子，一種莫名的焦慮開始圍剿過來，我恨不得立刻消失在人間，我朝書本怒目的在心裏叫著，爲什麼我不死去！爲什麼我不死去！痛苦整日的糾纏我。愛與放棄與死亡的玄妙關係違背了一般的常軌，在我的心中交戰著。

但我不是那種沒有自知之明的人，我很清楚自己的心理，就像清楚自己的生理，並且是充份的清楚另一種可能性，才令我覺得世界似乎是一把鉗子，時時刻刻都在向我進行雙面的夾攻：也許是我自作多情吧！我是置身在列車上才覺得外面的景物在移動吧！戀愛的人不也是都有這種酩酊的感覺嗎？這是可以確定的，你那副沒有任何戀愛條件的身子，也只配做白日夢而已！別人怎會看上你呢？而你對她感到焦慮不是透過那些性的顯示轉移到你對於手淫的心理衝突嗎？你對她只是一種對將來的可能性做猜測的害怕罷了！你眞是一隻喝得爛醉的驢子！

「唉！我是可憐的蟲豸！」最後的哀鳴變成殘酷的自我詛咒。……

楊雲龍來找我，他說很喜歡跟我談話，因爲他嗅出我是個「體驗中人」，而且他想和我商量一件事。我懶得上課，索興就跟他去活動中心殺時間。

他把左手的聖經放在桌枱上，隨後從口袋掏出一個大十字架，掛在自己的胸前，我問他何必太露眼。他告訴我，世界的人都迷妄了，他們的心中沒有神，只有恐懼和懷疑，只有握住十字架才握住眞實，他想拯救人類。接著要來兩杯紅茶和一大堆食物。我們開始談起來。由於上次王夢昭的關係，還有很多話沒談淸楚，他繼續的爲愛做詮譯的工作。他的話說得很快，聲浪也很高，而且一說到「愛」的字眼都會令他顫抖。他一邊說著一邊的吃，起初我沒有發現任何奇異的地方，但後來我要拿食物的時候，才發覺已被他吃了大半，我終於悟到了癥結所在。我帶著淸楚的好奇心注視著他。本來他頗不以爲然的維持吃食物的動作，只是改寫慢些而已。堅持了一段時間後，他知道毛病被我「嗅」出了。他終止了暴食的行為，放棄抵抗。

「你不介意吧！」他當然指那種行為。

「唉呀！沒什麼！我們又不是初次見面，不會啦！」我像演戲一樣的說，不過我眞的不以為然，因為我也是「經驗底人」。把這種眞實的心意搬上舞台是我第一次成功的演出。

「我們還是談私事吧！」

他開始做了一項心底的告白：

從小我就住在舅父的家——一個虛僞而缺乏溫暖的家，我的舅父是個作僞的人，儘管他從事教會的工作，暗地裏卻做個法利賽人，出賣別人，出賣耶穌，為了爭奪職務和一位牧師勾心鬥角，勝利後還當面罵對方蠢蟲，他是十分現實而不了解生命的人，從事的卻是靈魂的引導工作。我的父親按月的由遠方寄來贍養費，他卻背後虐待我，要我處理許多教會的工作。他永遠不能光明磊落的做一件事，心裏一直都躲藏撒旦的鬼魂。但我不怕，我的心裏有神，神在我這邊，我要愛，愛一切的人類，所以我接辦了慈恩合唱團，要以歌聲和行動去喚醒迷途的人，我不要像我舅舅抱著聖經說謊話，我不是空談者，空談永不能實現，我要行動，要行動……

他的話很激越，滿頭的黑髮又飛揚起來。不過我仔細的瞧出了，這時他那雙巨眼已經煥散失神，他又告訴我，他準備要採取積極的辦法，每天清晨他將站在校門口問候同學，教他們道德和人類愛。爲了引起效果，他想扮演滑稽的角色，把自己打扮得引人注目，他怕沒有人了解他，所以把這件事告訴我，能獲得一個同伴的了解總是好的。他還要求我幫他做些事情，我答應他，只要他願意，我什麼都幫他。

「那麼我們是大好的朋友了，你絕不會有任何的推辭吧！」

「唔。」我習慣的沉吟了一會，然後才想到中了他無意的陷井。

接著他要我寫封信及寄一張聖母的畫像給一位老教授，要我告訴那教授淫亂的害處。那位教授是心理和生理的枯竭者，但又喜歡談女人。他說性是罪惡，性使人喪失清醒的頭腦，及遺忘了人類應有的本能和愛。我對這件他所認爲的「善意的爲非作歹」的事頗感困難。因爲這件事太突兀，事件本身又包含大量的揶揄毒素。而我是沒有任何能力的，即使是作惡亦然。但面對這位同屬驢科的人，基於共同的命運，我又很難推辭。不過「不署名」的條件給我很大的安全感。免去了「責任」的重擔，於是我的惡魂開始向我搔首弄姿。

「怎麼會想到要我做呢？」我對深水砸下一顆石子。

「因爲你較了解這點。」他毫不遮攔的說。

「唉呀！我怎麼會呢！」

無意中被他抓住了我的弱點，我險些窒息，慌忙的從泥沿裏把頭伸出來，爲了避免他發覺我的失態，我被動的補上一句：我可以試試看。聲音和姿態都裝得很自然，唉！但我多麼厭惡自己這種虛僞。對於我們雙方靈山拈花式的了解，我感到知音的可怕。

我們陸陸續續的又談些話，他說王夢昭是可怕的女人，以前他曾和她有過愛情，不過後來他覺得那是罪惡，把他的人類愛都抹煞了，使他遠離了神。我對他的話感到莫名的悲哀，因爲他的話裏有我的影子。他又問我對生命的看法。我告訴他，我們是處在極端的兩個位置，他是一顆暴燃的星火，充滿了動力。而我是一塊燃不開的陰溼的煤炭，是一條河——乾河溝。他奇妙的聽說，突然大笑的說我是世上少見的「獨特方式存在者」，我想笑，但笑不上來。

六

楊雲龍終因精神異狀而休學了。一切的事務就交由王夢昭主持，我爲了幫忙他們也加入合唱團。

那張信我很快的寄出去，我花費了很大的工夫，找了一大堆的書本來支持我的論點，我對於自己揭發惡的潛在能力表示不能相信的驚奇。那位教授並沒有任何的表示，他仍教著書，重複著以前的習慣語，只是時常用眼睛盯住幾位有前科的學生，好像在尋找什麼似的，無疑的我大可毫無疑慮的逍遙法外。久久未來的風暴，使我覺得它已消失了。但這種風平浪靜的日子，反而懷疑到世界對我的關係，難道世界已和我握手言歡了？我們不再是敵對了？或者世界已放棄理會我這可悲的傢伙？它只以冷淡的目光瞧著我這隻跛脚的猴子？爲尋出一個答案，我苦思了幾天。

近來，王夢昭要我們爲另一次的演出做充分的準備，星期一和星期六的晚上留在學校練習。她的影子一直留在我的腦海，一想到楊雲龍告訴我的話，我就愈加的頭痛，她變成了我壓在背上的千鈞重荷，我有寸步難行的感覺。

今天，我有一種不祥的預兆，像是滿樓的風，說明了山雨欲來的可能。我是個十分迷信的人，雖然我是不太敢相信自己的動物，但對於預感我向來不敢不信，只是不知道它將應驗在誰的身上。

我來得太早，就在禮堂門口閒坐著，汗熱的天氣偶爾還會吹來涼風，我耐心的等著。突然有個影子走過來，我睜開朦朧的雙眼，發覺我被那女子箍住，她將我抱近她的胸前，不停的哭泣。……那是一串晶瑩的淚珠，無比哀傷的輾過紫青的臉龐，（那是母親呵！）。那是一條修長的臂膀沿著的背部環繞，一束髮絲垂落在我削瘦的肩胛，（那果然是母親呵！唉唉！）。那是顫抖的身子，那是犀利的眼光，那是悲哀的床。（唉！唉！母親，不要纏我！不要纏我！）

我奔出了禮堂，奔出了校門，昏暗的路引導我向前奔上了故都大道，奔進了雨後新村。

七

我疾疾的走出了雨後新村，快步的行走在故都大道，夜間的水銀燈以哀傷的光芒注視著我。今夜，我突然觸動了久久蘊藏的陰謀，奇異的念頭閃擊了我的鬼魂，迫它點燃了炸藥的引信。因此我蹓下了病榻。

我病了，醫生說著。他要我好好的休息，以免發生不良的後果，唉，我病了嗎？那眞是謊話，我只是虛弱點罷了！也許那天我從學校迷夢般的跑回來，消耗太多的體力吧！

那晚，我瘋狂的跑上了自己的書房，我意識到一切的希望都斷絕了。我永遠都不能與別人平等的站在一起。世界已離我遠去，沉沉的陷落在不可觸及的遠方。那夜，我又發生了一次的手淫，我失神的望著天花板嘿嘿的慘笑，人間再也沒有比我更難聽的笑聲了，以後我就倒在病床上。王夢昭來看我，表示爲那天的事抱歉，她說只是走近我的身邊想將我喚醒，沒想到我會發生那麼大的衝動。我說那是我從小就有的毛病，無所謂的。我怕她識破了我的根底，向她扯了卑劣的大謊。

病榻的日子在絕望中顯得十分的顚頇，它一直以痛苦脅迫著我，四周充滿一片的灰暗。這時我陡然的想到了母親的墳墓，由於它和我心中的嬰兒構成相互的背景與形像，使人容易發生錯覺。以前我一直以嬰兒爲主題，以致於將墳墓視成背景，我向來都不敢去正視它，現在它以無比的奇異展現在我的腦海，使我不能拭去它。

無聊中，我開始想到了和墳墓有關的東西。喪葬的情形成了我注意的對象。封燈、幢幡、鐃鈸、魂轎、像亭……開始湧現出來，我以絕望的悲痛，愉悅的接納了它們。一種聲音在向我叫喚：去吧！母親的墳墓是你的終點。

事情終於發生了，父親來看我，他的神色十分的凝重，那張原本很恨的臉上又添上幾分鬱結。他望著我，久久的不作聲，凌厲的眼神好像抓住了我某一個致命的弱點。

「你在學校裏做些什麼？」他突然開口問我。

「沒有啦！我不是每天都去上課嗎？」我竭力的裝得很自然，我想我的臉色一定很難看。

「唉！」

父親放棄追問的歎了一口氣，我很不在乎他這種行爲。

「不過你做的事，你一定很清楚。」

最後的一句話伴同他的轉身，突然在我遲鈍的神經裏凍結。因爲我突然發現他背在後面的手拿了一封限時專送的信。我明白了一切。風暴終於來臨了。更大的絕望又來圍剿，瘋狂中，我奔出了房門。

昏沉的腦袋把我的視線弄得一片模糊，燈光迅速的在我的眼前旋轉，白色的漣漪，白色的漩渦，白色的激流，我完全的被捲去了，啊！母親！母親！

跨著搖蕩的雙腿，奔離了街道，奔過乾河溝，奔離了一個世界，夜風不斷的撲擊我的衣衫，我的顏面，我冰涼的靈魂！啊！母親！母親！你的音容何其可怖！

奔上了一條小徑，在意識裏它是無比縹緲的道路，送走母親後，我再也不曾走過它。今夜我以殘存的力量投入它狹長的懷抱。啊！母親！母親！你爲何緊擁著那透明的嬰孩？

走上了石階，終於爬上廣大的墳場，那天，送喪的人就停留在左邊的石亭裏，而我披麻帶孝的繞過它的身旁，走近母親的墓穴，一隻手顫抖的擱在棺蓋上。今夜風大，旁邊的野草在暗中抖動，每瓣葉子是一隻陰鬱的眼睛，它們在窺視我這個想執行陰謀的人。唉！唉！母親！母親！你果眞不肯放棄那襲漲高而平面的影子？

攀上母親的墳墓，兩側的石獅以怒眼向我，抖動的站在墓旁，我終於動手挖開墳墓，灰色的泥土不斷的滑落、滑落，逐漸的飛出我的頭，我的頸，我的肩，啊！母親！母親！我仆倒在挖開的墳穴裏……

新生代的里程碑

——論宋澤萊的小說

高天生

一九七八年三月，宋澤萊在《台灣文藝》革新第五期發表〈打牛湳村〉，當時，鄉土文學論戰將歇未歇，理念的爭辯已流於空疏，唯〈打牛湳村〉的出現，卻無異為代表正義的一方，注了一劑強心針，遂因緣際會，成為各方矚目的焦點，宋澤萊這個原本默默無聞的文壇小卒，也在一夕間成為新生代的英雄。

同年八月，支持鄉土文學的《夏潮》雜誌，在第五卷第二期中轉載〈打牛湳村〉；十月，陳映真在以〈變貌中的農村〉（第五卷第四期）為題的評論中，給予〈打牛湳村〉很高的評價，他說：

「……〈打牛湳村〉是一條康莊的、寬闊的、許諾了無限發展可能性的寫作道路……不論他自己是否有意，他的〈打牛湳村〉，已經把爭論紛云的『鄉土文學』推向一個新的水平。」

後來，這篇小說，還因陰錯陽差而獲頒時報文學獎的小說推薦獎，並選入葉石濤、彭瑞金主編的《一九七八年台灣小說選》，彭瑞金在文後的評介說：

「從弱小民族文學、抗議文學，以至鄉土文學，這些記錄台灣文學各個階段成長的代號，一直受到器度不夠恢宏的非難，不管是有意的抑或無意的，〈打牛湳村〉的汪洋磅礴已經做了最有力的辯駁……」

時序進入一九八三年，距鄉土文學論戰已五年，而宋澤萊也因轉向參禪，將近有三年的日子，未再提筆創作備受各界讚譽的小說；但整體而言，宋澤萊在小說藝術上的成就，無疑已為新生代作家，豎立了一塊令人刮目相看的里程碑，他的出現，宣示了新生代作家成爲當今台灣文壇主流不可移易的事實。因此，値此台灣文學步向轉捩的關鍵時刻，以及宋澤萊個人對禪道已有所悟，準備以嶄新的面貌再次致力於小說創作，爲台灣小說開拓新境界之際，以更完整的視野，對其過去的創作生涯，作一深入的回顧與瞻望，實深具意義，並爲當務之急。

悲慘的文學旅程

宋澤萊，本名廖偉竣，一九五二年生。雲林縣二崙人，師範大學歷史系畢業，曾應邀訪問美國愛荷華大學作家工作坊。

由於特殊的家庭背景：父親是典型的戰亂的一代，在日據時代受過皇民化教育，曾是太平洋戰爭的孑蟞；母親則是典型舊家庭任勞任怨的賢妻良母，兩者強烈的對比，在少年的宋澤萊身上，逐漸滋生出一幅巨大悲慘的形象，動搖其原本明亮的人生觀。加以當時的教育制度和現實的思想風潮，又對青少年產生偏差的引導，宋澤萊便在「少年時期的憂鬱，小時候殘留的嚴重宿疾，青春期的反抗，思想的無出路，對現實的不滿意……」中，逐步走上文學的道路，並開展他自己所謂的「一個悲慘的旅程」。

宋澤萊第一篇對外發表的小說，是刊登於《中外文學》一卷九期（六十二年二月）的〈嬰孩〉，小說的主角雖或多或少有作者的影子，但百分之九十以上，是將心理學上所謂人類的「戀母」、「戀屍」、「性異常」等錯綜複雜的情結結合起來，由於主角塑造得太生動，竟然還被人誤會是德、法小說的譯文，費盡口舌說明眞相後，還被譏諷說：「你是吃迷幻藥才寫小說的吧？」

在〈掙扎人間〉一文裏，宋澤萊曾自述：

「到了大學一年級，我的青春忽然失去了亮光……當時我並不像時代的青年一樣地學著去聽高級音樂、跳著前衛的熱舞、鑽研高深的學理，我好像法國十七歲的詩人藍波一樣，喜愛過時的下層社會歌曲，喜愛死亡的舞星，喜愛發黃的低級小說，喜愛囚禁冒險的影片，喜愛陰鬱憂傷的至友……大二以後……開始寫了一篇〈嬰孩〉的小說……我並不是一個把文學視成神聖的人，那時我總感到，我須要將腦海裏自幼累積的悲慘影像傳達出來……誰會知道，這竟不是一個解脫，而是一個悲慘的起點。」

接著，宋澤萊又以「廖偉竣」的本名，在《中外文學》發表〈紅樓舊事〉（三卷十一、十二期及三卷一期），並由豐生出版社直接印行長篇《廢園》（後改名《惡靈》，由遠景出版社再版）。

〈嬰孩〉是篇非常典型的現代主義小說，宋澤萊以第一人稱觀點，一股腦兒把他最心折與用功最勤的佛洛姆整套理論，像寫心理學報告式地搬進〈嬰孩〉，藉著塑造出的主角，一一呈現：「我」的父親曾被征往南洋作戰，從叢林逃亡後，回到觸目悲涼的故鄉，卻喪失了青梅竹馬的戀人，雖然迎娶了「我」的母親，但總覺人生有所遺憾。母親在父親的折磨下棄世，「我」因與生俱來的疝氣，特別依戀母親，後來父親又娶了個十六歲的早熟新娘，「我」的戀母情結更加惡化，在生活的挫折中，「我」更迸發性倒錯與戀屍等情結，最終則攀上母親的墳墓，用手挖墓穴，而仆倒於其中。

〈紅樓舊事〉也是以第一人稱作爲小說觀點，作者藉著「我」在大學校園內的一些經歷，如與莫莉博士錯亂的愛戀，年輕學子間的純情交往，與靜蕙的生死戀，以及過去的回憶，經歷二次大戰洗禮，酗酒後充滿狂暴的酒徒，卻是宗教祭司的牧師父親，他的再娶，性無能與內心的軟弱，再加上「我」自己童年的宿疾，對死亡的敏感，遂開展出一幅到處充滿死亡陰影的圖畫。

由於宋澤萊當時是把小說當成個人心靈的記錄，並用小說去追索自己黑暗的心靈，所以寫完前述兩篇小說，他竟發覺小說「和自己的心靈產生了糾葛不清的關係了」（見〈吞噬者〉），因而也迫使心靈有了惡質的變化，「他忽然也看不見人間的光明、人間的笑容，就是身邊的樂聲也泯滅了，縱是花朶在他眼前開放也不能感知了。他深深浸淫在死亡的世界裏……」但是在這種情況裏，他卻又執筆寫一篇綿長的心靈小說，「深深的探問內在狂熱的幽暗」，這就是〈廢園〉（後改名〈惡靈〉）的創作背景。

〈廢園〉是一個少年在死亡與愛的陰影下成長的過程記錄，開始的序章即是母親蹲在井邊殺雞的景象，而「我」卻常搞錯記憶，以爲這是出生時的景象，由此爲基點，作者用十五萬字觸探死亡與生命的對立，並築構死亡的形上學。

〈廢園〉出版的當時，宋澤萊即在說明中承認自己的幼稚，所以想公開它，只因「生命的成長是不必後悔的，作品亦無掩藏的必要」，但重新再版時，則進一步將其當作懺悔與警惕，他說：

「這些作品的黑暗、偏頗、邪惡，至今視之，猶令我心驚，它們也是我當時閱讀深層心理學和社會心理學所生的誤解，也是我的心靈會誤入歧途的見證。」

整體來看，宋澤萊這些早期描寫黑暗心靈的作品，確實可謂「走火入魔」，它們不但導發作者本身的病變，也使讀者心靈受到污染，可是，他在小說中，以獨特歷史視角而經營的象徵：企圖用母親或父親的形象，去象徵台灣在近代歷史中所遭受的悲運，而以兒女在青春期間對父母「順從與反抗」的微妙心理，來象徵年輕、新生的一代，對這種悲運的「順從與反抗」，這種超乎人性探討的強烈歷史、社會意識，則是無論如何必須獲得肯定的！

正是這種社會、歷史意識的存在，使得宋澤萊深入人性的叢林探險，得以不被自身發覺的恐怖所吞噬，並能隨著環境、思潮的改變，再次開展出小說創作的新局面。

新生命的追尋與掙扎

大學畢業後，宋澤萊在一個海邊的鄉下，謀到教職，便提著行李，準備去追尋「新」人生。他自述說：

「進入社會，可能是我人生中重大的一個改變，我開始整頓自己，將破舊的拖鞋改成皮鞋，牛仔褲改成西裝褲，學會使用吹髮機，忙著理鬍髭，噫！儼然一表人材的人師……。」

這個時期，宋澤萊仍以廖偉竣之名，在《中外文學》發表小說，主要作品有〈黃巢殺人八百萬〉、〈虛妄的人〉、〈娘子，回去未曾開墾的那片田〉、〈最後一場戰爭〉、〈大頭崁仔的布袋戲〉等。

〈黃巢殺人八百萬〉的取材，雖是一個歷史事件，但探討的主題，仍然是死亡。本文作者使用了寃句婦人、曹州別駕、寃句老父、赴京書生、慈雲寺小和尚、蘄州盜寇、幽州烈女等七個敍事觀點，將「黃巢殺人八百萬」這件原本平淡無奇的歷史事實，栩栩如生地再現；同時，藉著七種不同的死亡方式，作者也進一步觸探及中國人的宿命觀念。

〈虛妄的人〉敍述一個患有肺結核、尿毒重病的國中教師，到濱海的潮聲國中任教的經歷。在那裏，漁村的生活十分艱苦，村民知識落後，卻又仇視知識（表現在他們對國中教職員的仇視上），而學校的教職員，在心態上也未以校為家，如校長將孩子送到國外，教職員分黨立派、爭權奪利。主人翁禹龍默，除了生理的重病外，還有心理上「浮心而多諸巧見」的「虛妄」，在學校裏他受到一些挫折，但也和許蕙老師相戀，後來兩人的戀愛，也因許蕙的即將遠離而破裂，他則因要解救學生林毅脫離困境（林毅是一個活在父親陰影下的孩子），而在恍惚中將他扼殺，並在入獄前想衝動地大叫：「這是一個虛妄的世界啊！沒有人眞的活著啊！」

〈娘子，回去未曾開墾的那片田〉，內容敍述一個曾被日本統治者征往南洋作戰，僥倖保存生命回鄉的台籍青年，卻因「那是意外呵，警局來了幾個人，說我與安全有關係。那天在家裏搜出那些紙片……」的莫名所以的政治理由，而入獄十五年。十五年後，他出獄時，已進入老年，兒女已長大，他卻念念不忘自己辛苦所累積、購得的一片未開墾的土地，並因無法適應外在急速變遷的社會，而導致不幸事件的再次發生，他在恍惚間為時代巨輪輾死。

〈最後一場戰爭〉寫鹿港施福壽里長，為了想替十八萬袍澤盡點心力，在妻子慫恿下，登記競選立法委員，政見第一條就寫：協助台胞軍伕討回日軍軍郵。在選戰過程中，作者以今昔雙線進行，逐次將福壽里長伯過去參加太平洋戰爭的經驗，和現在參加選戰的過程，交互地呈現出來，讓讀者如聞其聲，如見其人。

〈大頭崁仔的布袋戲〉，內容也是戲裏戲外雙線進行，戲裏的一江山，曾有荒唐的年少，後因父親的受難而開始發奮圖強，最終則得殲滅羣妖，爲父報仇；戲外現實人生的大頭崁仔，也曾有浪蕩的記錄，父親去世後，把一齣一江山的布袋戲，演得出神入化，眞是：驚動武林，轟動萬教，爲他困阨以終的父親，爭了一口氣。

以上五篇小說中的前兩篇，在內容、取材及意念傳達上，都是早期現代主義的延續，偏向內在靜態心理的描繪，唯形式、技巧相對於早期的恣意而行，已有所突破。後三篇除了形式、技巧運用得更純熟外，內容取材則有所轉變，他開始將筆調調整到社會舞台與現實生活，不再將眼光侷限在悲慘的內心形象上，尤其到了〈大頭崁仔的布袋戲〉，其背景就是設定在打牛湳社區，〈打牛湳村〉至此已呼之欲出了。

〈打牛湳村〉是一個約四萬字的巨型短篇，其副標題是「笙仔和貴仔的傳奇」，內容即是以這兩人的趣事爲中心，敍述打牛湳村農民種梨仔瓜，所遭受現實體制的壓榨和剝削。蕭家的大兒子笙仔，是一個擁有善良美德和勤儉、認命、古意的農民，貴仔是笙仔的兄弟，曾唸過農校，有抱負且不滿現實，亟思改革現實體制，但他先是跑到都市，又回鄉當國中教員，因痛罵教育界的黑暗而被解聘後，只得再回到耕作的老路，然而，最終他還是敗在包田商手下，不得翻身。作者在這裏使用的是扭曲、誇張、幽默、諷刺的手法，他的焦點雖放在妥協苟存和堅決反抗的兩個極端角色上，但他所欲揭露的則是三十年以來，台灣農村全體農民的共同命運。

從文學風格看，〈打牛湳村〉和〈大頭崁仔的布袋戲〉，是同一系列的作品，它們都紮根在這塊土地的現實裏，都使用幽默諷刺的手法；更重要的是，由於〈打牛湳村〉的被肯定，宋澤萊雄厚的寫作潛力，也大大地被開發出來。

一九七七年底台灣自中西文化論戰以來，涵蓋面最廣、影響層面最深的「鄉土文學論戰」發生後，「新生代作家已逐漸抬頭且幾乎掌握了台灣文學主流」，宋澤萊即是其中最有代表性的典型，在〈掙扎人間〉中，他曾自述受到這個文學風潮的強烈影響。

鄉土文學的新里程

他說：

「……所謂的鄉土文學論戰熱烈地展開了，正義的一方主張文學要致力於現實的描繪才是正途，這一點使我感到有趣，我心想：那正好，以往我的文學太偏向於靜態的心理描繪了，才給那些肉體、靈魂破碎的朋友纏住，現在我就丟開想像，靠著眼睛來寫作吧。我的臉不對著破屋簷，也不看發黃的低級小說，我把臉望向土地、港口、陽光下的街道、動盪的羣衆，並且看經濟、政治、哲學論文，開始描繪現實眞切的人生……。」

從一九七八年三月發表〈打牛湳村〉，一直到一九八〇年前後，宋澤萊大量地展現其個人寫作的才華，在全國各大報章雜誌發表現實主義風格的小說，並獲頒中國時報小說推薦獎、第十屆吳濁流文學獎小說正獎、聯合報小說獎等。這段時期，是宋澤萊創作力最豐沛的階段，主要作品大致皆收錄於《打牛湳村》、《糶穀日記》、《骨城素描》、《變遷的牛眺灣》、《蓬萊誌異》等五個小說集中，也正是這些作品，奠定宋澤萊在新生代作家中的翹楚地位。

《打牛湳村》收集十一個短篇，其中〈打牛湳村〉、〈娘子，回去未曾開墾的那片田〉、〈最後的一場戰爭〉、〈大頭崁仔的布袋戲〉等四篇，前節已討論過，剩下的七篇，〈鄉選時的兩個小角色〉和〈海與大地〉兩篇承續〈打牛湳村〉以來的現實主義性格，〈岬角上的新娘〉、〈我看到櫻花樹下的老婦〉、〈峽谷的白霧〉、〈港鎮情孽〉、〈金貍港的故事〉諸篇，則在現實主義之外，還加上浪漫主義的色彩，同時在表達、呈現的技法上，亦有了新的嘗試，展現出宋澤萊創作上的多樣性和勇於嘗試、實驗的作風。

〈鄉選時的兩個小角色〉曾選入《六十七年短篇小說選》（李昂編），內容是藉兩個助選的小人物馬包辦與王屠，揭露一九七七年濱海小鄉鎮海子清，五項公職選舉中務漁和務農兩個地方派系的傾軋，以及選舉過程中的不擇手段。這篇小說，宋澤萊使用的仍是誇張、扭曲的手法，但在〈海與大地〉中，扭曲與誇張則一變而為純粹的寫實。〈海與大地〉揭露的是外省籍的老兵，用錢買山地女人結婚的故事。鄒諒與歐笠兩人是同僚，在商人居中媒介下，一齊去看一對山地姊妹花，鄒諒要了年輕的妹妹，歐笠謙卑地要了年長的姊姊，後來，妹妹與平地青年捲款而逃，姊姊則篤實地與歐笠共同開創新天地。從歐笠、鄒諒兩人身上，我們看見了許許多多老兵的縮影。

〈岬角上的新娘〉的內容情節很簡單，只是敍述作者到一個叫浪白岬角的地方，參加一位朋友么妹的婚禮，但宋澤萊卻藉著巧妙的形式，將其蛻化成一個短篇佳構，連帶地把當地美麗的風光與冷暖的人情，一齊呈現出來。〈我看到櫻花樹下的老婦〉、〈峽谷的白霧〉、〈港鎮情孽〉、〈金貍港的故事〉諸篇也是如此。後來，宋澤萊還進一步運用這種所謂自然主義的手法，寫了約五十篇小說，「來描摹小人物共同的喜怒哀樂、仇恨和愛情、貧賤和高貴、掙扎與沉淪」，其中較為可觀的三十三篇收集於六十九年六月出版的《蓬萊誌異》一書中。

在《蓬萊誌異》的序言裏，宋澤萊自承寫這本書有兩個預設的目的：「①記錄一九七九年以前的平民經濟社會狀況，②並在那種環境中去探討他們的反映」。這本集子的題材是平民社會的，「大部分來自鄉村和小鎮，偶爾也有港口和都市」。從文學發展的歷程看，「自然主義」是寫實主義的第二代，它的社會傾向非常強烈，創作者的動機往往基於一種憤慨和不平，所欲展現的則是作家的良心與社會的良心，其取材的層面廣濶，處理的是當下有代表性的平凡人，或者是大多數人經驗過的命運與問題；而出現其筆下的人物，順理成章的就是某種典型，或是某一羣人的代表。以這樣的標準來衡量《蓬萊誌異》，我們發現雖然不是每一篇都成功，但的確有許多篇是難得的佳構，如〈蕉紅村之宿〉寫「一切的依戀中，沒有比對父母和土地的依戀更令人感動的。」〈礁藍海村之戍〉生動地刻劃樹城裏，一個爲求生存的小攤販，與警察間的追逐逃躱；〈許願〉寫小鎭中的商人，爲了賺錢不擇手段；〈杜里的故事〉敍述山地大兄在與平地人的工廠領班競爭中，喪失了他青梅竹馬的女友；〈等待燈籠花開時〉敍述一對農村的青年男女，各自在都市受到傷害，最後回到農村帶著不可磨滅的創痕結合……這些故事，在作者匠心獨具的經營下，已不再是一些聳人聽聞的素材而已，而是許許多多福爾摩莎子民悲運的縮影。

然而，由於本地文學風潮的偏向，宋澤萊的自然主義系列小說，迄今所受到的評價，仍然是譽毀參半，他較受肯定的只有現實主義風格的系列小說，如前述的〈打牛湳村〉、〈海與大地〉、〈鄉選時的兩個小角色〉等，以及我們將要再繼續討論的《羅穀日記》一書中的幾篇。

《羅穀日記》收集〈花鼠仔立志的故事〉、〈羅穀日記〉、〈漁仔寮案件〉、〈糜城之喪〉等四篇小說。〈花鼠仔立志的故事〉、〈羅穀日記〉這兩個巨型短篇，都是以「打牛湳村」

為主標題的系列小說之一，前者敍述打牛湳村裏一個叫花鼠仔的畸零人，他的心靈受外在環境的扭曲，一開始因家貧受地主欺凌，遂將韓信當作效習的偶像，取其雪恥胯下之意；次求上進中舉，以光耀門楣；再則以洋人為父，終則淪為一貫道之乩童。這篇小說寫於一九七六年春，早於〈打牛湳村——笙仔和貴仔的傳奇〉，從花鼠仔的身上，我們可窺見台灣農村三十年來的變遷軌跡。

〈糶穀日記〉是以日記的形式，將打牛湳村最關鍵的五、六、七月中，所發生的典型事件呈現出。這幾個月是農村的收穫期，霪雨天氣影響稻穀的收成，也使得穀價大跌，政府既拿不出具體的保護農民政策，保證價格的徵購除了數量少外，又有手續繁雜、承辦人刁難等弊病，孤單無助的農民，最後只好讓糧商任意剝削、宰割。這其中又有喪心病狂的鄉親，利用農民的善良、誠實等美德，施上巧計欺詐農民的稻穀，荒謬的是代表正義的法律和警察，這時不但不替農民討回公道，反而淪為歹人護身的工具，使得打牛湳村民「屋漏偏逢連夜雨」。

最後，他們雖從兩季間的瓜和菜，獲得一點補償性的收益，可是迷信又在一旁蠢蠢欲動，利用乩童的作法，誘拐村人把辛苦的收穫奉獻出來。這篇小說所描繪的，正是台灣農村典型的，一再輪迴發生的悲喜劇的縮影。

〈漁仔寮案件〉是一個犯罪案件的記錄，並從各種不同的角度來剖析一個純潔少女，被她所處的世界迫害而淪落，以及幾個相關人員站在不同立場的不同反應，最後則要求讀者也參與判決，不只是作個旁觀者。〈虆城之喪〉內容敍述漢奸遺體運回他的出生地虆城，他的兒子利用現實的財勢，要爲他的父親做一個「輝煌、具有意義、有歷史性的葬禮」。一個修理機車、承繼父親遺志，受過中等教育的黑手工人，爲了維護家族的榮譽，企圖阻止漢奸葬入祖塋，但在財勢的強大力量攻擊下，他的反對終究只不過引起一陣小波瀾而已，無濟於大事。

整體來看，宋澤萊是台灣文學有史以來，最有計劃去描寫變遷中的台灣農村，反映農人的喜怒哀樂及困境的小說家，而其打牛湳村系列，包括〈笙仔和貴仔的傳奇〉、〈花鼠仔立志的故事〉、〈糶穀日記〉、〈大頭崁仔的布袋戲〉等，也是文學史上表現農村問題最生動與深入的小說。因此，從這個觀點看，宋澤萊已繼鍾理和、黃春明之後，把鄉土文學又帶入一個新的里程。

推陳出新走遠路

許多人讀宋澤萊的小說，都直覺地感知他的創作，是「一條康莊的、寬濶的、許諾了發限發展可能性的寫作道路」。這一方面表現於他的勇於嘗試錯誤，在技巧形式上不斷推陳出新，從初始像寫心理學報告式地寫〈嬰孩〉，寫打牛湳村時期，已從宋元白話小說、陳映眞、芥川龍之介、契訶夫等中外作家的作品中汲取教訓，最後則在莫泊桑、果戈里的作品中，確定自己擁抱草萊的文學觀，並開展出神奇而繽紛的文學型式。另方面，在取材的對象上，宋澤萊也一直避免重複，並由個人、農村、小鎭、港口、城市……等，逐次擴展其觀照的視野。例如〈嬰孩〉、〈惡靈〉是著重個人心靈的描繪，〈打牛湳村〉描寫農村。我們即將繼續討論的〈骨城素描〉、〈牛眺灣傳奇〉則或專注於市鎭，或觀照農村與都市間人口的移動。這種外在形式和內在內容的不斷求新求變，形成宋澤萊創作歷程的最大特色。

《骨城素描》收集兩個巨型短篇，其背景都在市鎭。〈救世主在骨城〉敍述一九七八年夏秋之交，美國和中共「關係正常化」衝擊下，骨城這個福爾摩莎中部小市鎭，各階層居民的慌亂反映及宗教迷信的乘機而起。在這種尷尬時刻，骨城的中上階層都依附於教會，中下階層則依附於傳統信仰的廟宇，由於大衆面對衝擊的舉足無措，在上者又缺乏疏導能力，遂使得教會牧師和廟宇法師有機可乘，混水摸魚，作者利用倪大牧師的隨波逐流，和李頹、李灶兩父子法師的善惡對立，將中產階層羣衆的庸俗、下層羣衆的孤苦無助，一一生動地呈現出來。本文情節進行中，有部分涉及荒誕，如寫李灶能通鬼靈，並和朱王爺大戰一場，但其實這是作者藉朱王爺而指桑罵槐，爲了避免批判性太強烈遭忌才出此策。

〈兩夫子傳奇〉也是一篇批判性非常強烈的小說，其背景雖置於烏骨鄉的一所國中，但批判的對象則涵蓋整個教育界和教育政策。小說的情節環繞著烏骨國中的兩個教員而開展，李亞是「今朝有酒今朝醉」型的教員，每日和那批狐羣狗黨的朋友花天酒地，上課則大談賺錢學，吳田則神經過敏，覺得世界到處充滿矛盾，對現行教育制度不滿，終因過度憂煩而產生精神異狀，在學生面前流淚，並大叫：「救救他們吧。先生，我看見他們陷在一個困苦的牢籠中了，而後成羣的小孩被放在壓榨機上，要搾取他們的血肉。」最後，吳田發瘋，而李亞腦充血致半身不遂，但仍高喊「來呀！今朝有酒今朝醉！」

〈變遷的牛眺灣〉是一部未完成的長篇，作者原計劃撰寫三部，目前卻只完成一部。本書內容是寫一個牛眺灣居民李寅家庭成員變遷的故事，並由此特定的案例，來呈現台灣農村居民在轉型社會裏的變遷。雖然，宋澤萊在寫這部作品時，曾下了很大工夫收集資料和研究，但本書架構太大，而他又用寫人類學或社會學研究報告的方式來寫小說，終必因不堪負荷而輟筆，也是意料中事。

總的說來，宋澤萊的創作不可避免的有一些缺點暴露出來，譬如他的使命感有時過強，反而造成內在生命的負荷，不得不被迫停止寫作，〈變遷的牛眺灣〉、〈椰國三部曲〉等長篇小說的中途而廢，都是因爲這種緣故，但他的不斷推陳出新的性格，卻往往柳暗花明地開展出新的寫作生命。如〈變遷的牛眺灣〉停筆後，發展出〈蓬萊誌異〉自然主義小說的新系列，即使致力參禪的近兩三年間，也未荒廢文學的課業，他一方面專注於當前文學問題的深刻思考（〈文學十日談〉、〈給文學界的七封信〉即是這專題謀慮的記錄），高舉出台灣文學的旗幟，同時還以詩歌的創作手段，企圖帶動小說界的革新，爲純文學注入新生命，再者，他在〈蓬萊誌異〉序言中首倡「統合前輩給予我們的一切教訓，共同來造福這塊土地」的嶄新文學觀，這些傑出的表現，已在台灣文學史裏佔著一個很獨特的地位。

現在，宋澤萊已藉著參禪，解開自己內在生命的一些糾結，重新跨入小說創作的領域，我們謹以渴盼之情，期待其「小說改革」的理念，能早日進入實踐階段，爲台灣文學界帶來嶄新的氣象和局面。

——原載一九八三年七月廿一～廿二日《自立副刊》

宋澤萊及其作品

Catharina G. Schües 著
（德國漢堡大學碩士）
謝志偉 譯

宋澤萊，本名廖偉竣，一九五二年二月十五日生於台灣省雲林縣二崙鄉，父業教師，母職主婦兼下田，其童年都在鄉下度過，嘗自稱是個快樂的孩子。

據高天生所述，宋澤萊之所以寫小說的來由是這樣的：在作文課裏宋澤萊從來不管老師給什麼題目，而總是想寫什麼就寫什麼，內容多不離孩童或青少年的苦悶。他老師乾脆任由他去，於是一本可觀的作文簿就此出爐了，每年校慶還連同學校其他學生作業展出，贏得不少讚賞。有一天老師問他，為何不試寫小說，當時宋澤萊答應了要試試看。

一九七一年，他進入師範大學歷史系，第二年他的第一篇小說〈嬰孩〉登在《中外文學》上。已成大學生的宋澤萊，與同年齡的年輕人有截然不同的一面；他不聽現代音樂，不跳新潮舞，偏好民間老歌、早為人遺忘的舞蹈及通俗文學。一九七五年，大學畢業，當時宋澤萊的心情是這樣的：我懷帶著漫長的青春歲月所培養起來的夢和憧憬，忽然就要投入無法靠想像、感覺去理解的現實。一切都顯得不對勁。我對夢的世界仍然懷念，對十里紅塵的現實滿懷敵意和厭惡，但我設想，也許人總要面對這樣的人生道路吧，也許我終於會變成芸芸衆生中的一個衆生吧。

畢業後他先回老家，直到開始在彰化一所中學任教爲止。踏入職業社會的這一步，給他帶來了相當大的改變，他開始重塑自己，踢掉拖鞋穿上皮鞋，脫下牛仔褲，換上西裝褲，吹頭髮，剃鬍子，儼然一副衣著光鮮的老師樣，他有時還懷疑，這副新模樣到底算不算正常。

初爲人師，他經常有機會參加各種聚會。也學會了抽菸、喝酒，嘴一張，幾句應酬的客套話也能朗朗上口。有一陣子，他就沉迷這種社交生活裏而體認了生命中對他完全陌生的一面。其時，他身體狀況並不甚佳，時爲腎結石所苦，精神頗爲不振，又有支氣管炎，當時他的年齡廿有五，剛完成的作品計有〈廢園〉、〈紅樓舊事〉以及〈黃巢殺人八百萬〉。

年輕時，宋澤萊常遭一些他自喻爲「影子」的幻象所擾，在師大求學及後來任教時，這些「影子」更時常變本加厲地佔據了他的內心。他試著以寫作來「驅魔」，卻不見效果。這些「影子」可說促成了他日後浸淫「禪學」的主因。當時，他雖然已聽過「鄉土文學」這個名詞，但對這股越來越洶湧澎湃的文學浪潮卻一點興趣都沒有。後來，與日據時代專事寫作民族文學的作家楊逵結識，這對宋澤萊是一大轉變，當然，剛開始時，與其說他是被楊逵作品所吸引，倒不如說，他是對其在「綠島大學」深造數年的這一事實感到興趣。不過，隨後幾年，宋澤萊倒是無疑的從楊逵那兒認識了當年的一些文學作品及潮流。

一九七六年宋澤萊被征入伍，先是在成功嶺受了三個月的基礎訓練，肉體的煎熬使他根本無法思想。接著又是鳳山陸校三個月，這時，他仍爲腎結石所惱，時時得服藥，又擔心會因健康欠佳而被退役。這六個月對他來講，眞是又苦又辣，然而下部隊時他運氣不錯，被分發到東港和林邊一帶去當海防預官。足足六個月之久，宋澤萊朝夕觀看漁船，檢查漁筏，算是個閒靜的任務。與他同單位的都是些待退的老士官。蔓延在生活周遭的安靜及空虛使他漸漸又開始了他的思想活動，高屏地區的景觀亦使他憶起童年的農村，往事乃一一浮現腦海裏。

就在這段時期，《打牛湳村系列》在《台灣文藝》上陸續發表。有許多人爲其文所驚，也有不少人認爲，《打牛湳村》是鄉土文學的一塊里程碑。這時他取了「宋澤萊」的筆名。〈笙仔和貴仔的傳奇〉（打牛湳村系列①）一文讓宋澤萊得到了不少獎項。然而他已又開始尋找另一種新的寫作形式，以用來逃避現實，因爲現實世界的苦澀越來越糾纏著他，形成一個極大的負擔，爲了拯救自己，他不得不逃入一個美麗、脫世的夢想中。

服役期間，宋澤萊經歷了一個令他執意遁入空想世界決心的事件：有一天，隊上的老士官發起瘋來，把單位裏的十五士兵全給殺了。宋澤萊目睹此一慘劇，接連數星期都睡不好，兩個月後他被調到佳冬海邊，翌年春天再調到琉球嶼，遼濶的大海及漁夫的生活才略爲恢復他內心的平靜。一九七八年退役後，他又回到社會重執教鞭，然而此刻他的感覺與當年早已不同；這時的他已探析過人世眞象，對人類之命運亦歸結出他個人的看法。依他所見，人類生來就受制於命定之運途，人們只能偶爾參破，卻無能影響或改變它。

一九七五至八〇年，宋澤萊經歷了不少對他的寫作有相當程度影響的事，他寫道：「在這年，雖然我較能看清現實與社會，人生的態度較爲篤定，但我仍一無所有，沒有經濟基礎，仍然單身生活，陷入不可測知的愛戀之中，日日被憂鬱和焦慮襲擊，我沉浸在無望的情緒中，總想有一天讓大限來了斷這一切吧。」是時，宋澤萊對宗教仍無興趣，也無法在其中尋得棲息之所。直到後來，他回想當時的苦悶，才覺得這些感覺很値得珍惜。孤寂使他得以區分善惡、美醜與眞僞。至於現實世界裏美好的那一面，他倒是在台灣的自然景觀裏找到，而非在其人民身上，他說：「回想起來，從大學畢業到一九八〇，我的人生也未必全是浪費的，單就整個的文學生命而言，它的收穫算是大的。當然那的確是很淒清的歲月，我喪失了面對人間所需的本能配備，乃至不能鼓起任何的愛、意志、勇氣，生活被剝奪了主動和主觀，日子爲之變成單純、透明。但也就在那種極其透明如同玻璃的生活中，映現了現實生活的眞貌，那些善良的、殘暴的、美麗的、醜陋的、眞實的、虛僞的……人間相，得以明晰地映現於我的心靈底片中。在眞實的、美麗的這部分，我悠然地見到了台灣西部草花的鄉景、屏東明耀陽光的海面、閃爍霓虹的黃昏鎭街、霧夜的港口燈火、雲氣瀰漫的環山部落……我懷著想用藝術創作將自己由精神破毀的邊緣拯救出來的可笑想望，日以繼夜記下我見過的山、海、平原景色。如此，我構造完成了一九七五～一九八〇間的那些長短小說，這些小說反映了我的人間掙扎，卻也反映了與我同樣處在共同經濟生活水平下無數人們的共同命運。」

宋澤萊曾找過心理醫生，也服過鎭靜劑，但是他擔心藥物將會損害他的神經系統，同時也瞧不起那些心理醫生，他認爲，他們之中的大部分本身都有問題，卻還要去幫助別人。他也試著在基督教義中尋求慰藉，但卻無法認同「上帝創造萬物」這句話，因爲世上於他是個地獄。他說，如果地球是上帝所創造，他不明白其動機爲何。他並認爲，若上帝創造了世上這許多苦難，只是爲了要懲罰世人，那麼他寧願不要這種上帝。（當然，宋澤萊後來說：他已了解到當初他太狂妄了些，事實上，心理學及基督教並非那麼膚淺。）

有一天，宋澤萊在一家書店裏發現了一本有關打坐的書，他原本聽說，打坐就是靜靜坐著就好了，如此即可達到身體的健康狀態，於是他就開始自學打坐，並買了有關禪學的書來看。宋澤萊特別強調，研究禪宗一方面讓他更加認淸這塵世的缺憾，另一方面則使他更能與之保持距離。這種絕望與希望的兩極狀態於一九八一年春天便開始主導了他生命的方向。

一九八一年末，他受邀赴美參加愛荷華大學國際作家討論大會，並成爲國際作家寫作班的一員。不過，在愛荷華的那段日子裏，他並未中斷對禪宗的硏究。那兩個月時間對他來說收穫並不太大，情況甚至剛好相反。有幾位作家請教他打坐之事，並與他一起打坐。離開愛荷華之後，他轉道芝加哥逕往舊金山，在那兒他拜訪了一間日人主持的禪宗中心，印象極爲深刻。返台之後，從一九八二年二月至四月，他得到一些更爲高深境界的打坐經驗。他開始著手翻譯一些禪宗的經典之作，並撰文討論。如他所說，與禪宗接觸的結果使得他能將半輩子的重擔甩掉；有三十年之久，他不曾像今日的他那般輕鬆愉快地活著了。

對宋澤萊來說，在亞洲，禪宗與藝術是無法分開的，他立志要明告佛教界，禪宗雖十分寶貴有價值，但卻非神祕之物，且不應爲某一高階層所專有。他說，目前雖然日本的禪宗普遍較爲流行，中國的禪宗至少也與它等高。

今天，宋澤萊仍在鹿港任教，已經結婚，並已育有兩個小孩，他寫道，他曾祈禱，初生嬰兒及已在半路上的嬰兒將來都能不斷地關愛這地方及其居民，希望他們能爲這兩千萬人民帶來幸福，並為其在台灣打下一富足安樂的基礎。

顯然，對身為激進台灣主義份子之一的宋澤萊來說，戰鬥再也不是沒有用的了。他不再試著去逃避生命中的黑暗面，而是站起來迎向這逼人的現實世界，並試著去改造它——他對世界能變得更美好是抱著希望的，同時他決意為促使這個希望成為事實而努力。他認為人類的生命（尤其是農人）絕大部分受制於社會因素，這點是他親身體驗得到，而非單純的理論，這種情形是可以再改變的，而為此種改變而努力則是宋澤萊的任務。他這一生到此所經歷過的最重要之事是：「我的生活經驗並不算多彩多姿，但若要找出最重要的感觸並與德國及日本的年輕人比較的話，則我必須指出，在我長大之後，二十年內所經歷的這個社會是個可怕的社會。由於喪失了最基本的人權，人們活在沉默及恐懼之中。這就是我最重要的體驗，即使我那由於無知而度過的快樂少年時代亦改變不了此一體驗的眞實及嚴重性。」

宋澤萊的作品可依三個時期加以分類。

A、現代主義文學

宋澤萊的第一篇小說〈嬰孩〉讀來有如一篇心理學的論文，充斥著佛洛依德的學說，連接下來所發表的小說如《紅樓舊事》、〈虛妄的人〉、《廢園》也都在談戀母情結、自戀狂，及其他心理超常現象。這些作品說明宋澤萊曾墜入當時頗爲盛行的現代主義文學潮流裏，而這一潮流基本上是以西方流行的一些概念爲討論對象，與台灣的現實社會毫無瓜葛。至於〈黃巢殺人八百萬〉則係一歷史小說而非心理小說。值得一提的是，在這些作品中，個人命運仍是描述重點，此後宋澤萊漸漸將其視野專注於社會問題上。到了一九七〇年代，他開始與鄉土文學有所接觸，從此即以描寫台灣鄉村的眞實生活爲職志。

B、鄉土文學

宋澤萊自己將其鄉土文學作品分爲三個階段：

a.寫實主義的階段：

他強調，不可將台灣的寫實主義與法國巴爾扎克或俄國托爾斯泰之以描述貴族及上流社會人家爲主的寫實主義混爲一談，因爲台灣的寫實主義係以描寫一般平民生活爲其內容。他也指出，事實上日據時代賴和、楊逵及呂赫若的作品早就以日本殖民台灣的時代爲其背景，並很忠實地反映出了中下階層民衆的生活，也相當程度地批判了政治制度、封建主義及帝國主義。這些文學作品於宋澤萊來說都是有其必要性的。綜言之，台灣的寫實主義文學指的就是所有以台灣現實社會爲探討或描述對象的文學。宋澤萊的寫實主義文學係以〈打牛湳村系列〉爲開端：〈大頭崁仔的布袋戲〉、〈笙仔和貴仔的傳奇〉、〈花鼠仔立志的故事〉及〈糶穀日記〉。所有這些小說均以「打牛湳村」爲背景。

由於筆鋒時帶嘲諷，宋澤萊自己也承認，這些作品中的寫實主義性質略為降低。高天生甚至直稱這一系列為「諷刺小說」，其中尚包含〈鄉選時的兩個小角色〉、〈娘子，回去未曾開墾的那片田〉、〈最後的一場戰爭〉、〈王爺在骨城〉及〈兩夫子傳記〉。

〈大頭崁仔的布袋戲〉裏描述的是大頭崁仔一家人的悲慘日子，他父親沒有固定工作，租了一小塊田耕，又欠了一堆債，導致全家都挨餓。在〈糶穀日記〉裏談的則是那些自打牛湳村中搬出去的人家在外頭都混不下去，而留在村內的都是些老人或沒受過什麼教育的人。農耕收成不佳，農穫又為大雨所毀，穀物只好賤價出售。政府袖手旁觀，所謂保證價格只是好看而無益，因為整個穀物買賣均為中間商所操縱，農夫竟無掙扎餘地，最後只得仰仗蔬菜及瓜果類的收成。舉此二例，僅為了指出這些作品都是以七十年代台灣農村的困苦生活為題材的。

b・浪漫主義階段：

宋澤萊服役時一些痛苦沮喪的親身經歷促使他擺脫諷刺筆法，而走向偏重表達感覺、感受的風格，他期望藉此清除掉心中的這股抑鬱之氣，且稱這段時期為浪漫主義時期。其中作品有〈岬角上的新娘〉、〈金狸港的故事〉、〈港鎮情孽〉、〈峽谷的白霧〉、〈我看到櫻花樹下的老婦〉、〈漁仔寮案件〉、〈花城悲戀〉、〈等待燈籠花開時〉。在這些作品中，宋澤萊大量地使用了象徵來傳達一些意念。以〈我看見櫻花樹下的老婦〉為例，「池阿紅」曾是個年輕美麗的女人，然而現在卻是滿頭白髮，齒牙非動即搖或已掉落，倒仍懷孕著。由於兄弟四人婚後皆無後，傳宗接代成了她的任務，於是她每生一個，別人就抱走一個，五年不到，包括雙胞胎，這個十九歲的少女竟然生了六個小孩，而一邊她活兒也沒閒著。池阿紅象徵了過去健康的農村人口由於一再被剝削而漸漸敗亡。

〈漁仔寮案件〉及〈等待燈籠花開時〉勾畫出離開農村的人在大城市裏的慘痛遭遇。葉李桃，故事中一個貧苦人家的女兒，離開家鄉之後，先在加工區工作，所得菲薄，終致抵擋不住物質的誘惑而轉至一家餐廳當女侍，沉淪於下流社會而成爲妓女。

〈等待燈籠花開時〉裏的「菊子」遭遇也好不到哪裏去，她先是在一個樂團裏當歌手，結果被團長強暴了好幾次，最後亦進了台北的「胭脂巷」。

宋澤萊在此陳述了人口外移對農村的傷害之鉅，並描述了移居大都市之鄉下人的悲慘命運。

c・自然主義階段

宋澤萊退伍後，復任教職，此時乃決定在維持寫作內容不變的情況下，採用另一種風格筆法——自然主義。在此，宋澤萊希欲達到三項目標：一、描述從過去到一九七九年這段時光內所發生的重大事件、風潮。二、一般台灣對這段時光的看法應在作品中反映出來。三、藉這些作品中的故事鼓舞人們去對抗所有不公、不義之事。屬於這一時期的作品共計有卅三篇短篇小說，後來結集爲《蓬萊誌異》。

C・論述及提倡台獨的作品

宋澤萊在八〇年代中所寫的作品，台灣文化及文學的獨立性係一中心主題。在過去的八年裏，他撰寫了許多有關這類主題的書及文章。不過，在他所發表的作品中，也有談論禪宗、台灣環境污染及人權問題的。

在其《禪與文學體驗》中，他表明了發展台灣文學的必要性及重要性。在《福爾摩沙頌歌》及《隨喜》兩書中，宋澤萊發表了以台灣及台灣文化爲題材的詩及論文。一九八六他的一年前出版的環保小說《廢墟台灣》成了暢銷小說。

宋澤萊也寫了許多談論人權的文章，如《誰怕宋澤萊》一書就是個例子。

註：本文係德國漢堡大學Catharina G. Schües之碩士論文。徵得原作者同意後，由東吳大學德文系謝志偉教授譯成中文。

宋澤萊小說評論引得

許素蘭 編

說明：

1. 本引得，依發表或出版日期之先後順序排列，以一九九一年十二月卅一日以前國內發表者爲限；海外出版者，列爲附錄。
2. 若有舛誤或遺漏，容後補正。
3. 本引得承蒙中央圖書館張錦郎先生提供資料，謹此致謝。

篇名	作者	刊(書)名	卷期(出版者)	出版日期
1. 從廖偉竣到宋澤萊—寫在〈變遷的牛眺彎〉刊出之前	林梵	民衆日報		一九六九年二月廿二日

2.現實的扭曲——談〈打牛湳村〉的文體與觀點	鍾肇政 蔡源煌 對談	台灣文藝	五八	一九七八年三月
3.試評〈打牛湳村〉	許南村	現代文學	復刊號五	一九七八年十月
4.〈鄉選時的兩個小角色〉附註	李　昂	六十七年短篇小說選	書評書目	一九七九年四月
5.〈打牛湳村〉簡介：現代農民圖	彭瑞金	一九七八台灣小說選	文華	一九七九年五月
6.宋澤萊論	何　欣	中外文學	八：一	一九七九年六月
7.〈舞鶴村的賽會〉簡評	李　昂 高天生	舞鶴村的賽會	民衆日報	一九七九年九月
8.文史一家宋澤萊	壹闡提	書評書目	八三	一九八〇年三月
9.現代農民圖——宋澤萊〈打牛湳村〉	彭瑞金	泥土的香味	東大	一九八〇年四月
10.從宋澤萊的小說談起	林　端	文藝月刊	一三一、一三二	一九八〇年五、六月

11.〈友樂林豬仔末日記〉簡介：一九七九的農村震盪	彭瑞金	一九七九台灣小說選	文華	一九八〇年六月
12.雙不齋談書——《黃巢殺人八百萬》	林雙不	書評書目	八八	一九八〇年八月
13.鄉間的小角色——黃春明與宋澤萊小說人物之比較	黃武忠	民衆日報		一九八〇年十月十八日
14.理想與現實——論台灣小說裏的理想世界	張系國	中國時報		一九八二年五月廿八～廿九日
15.最後一場戰爭——宋澤萊小說中的太平洋戰爭經驗	高天生	台灣文藝	七七	一九八二年十月
16.一個作家的成長——小論宋澤萊	康　原	台灣時報		一九八二年十一月十七日
17.台灣小說的新動向——新生代作家的抽樣考察	高天生	自立晚報		一九八三年三月廿九日
18.新生代的里程碑——論宋澤萊的小說	高天生	自立晚報		一九八三年七月廿一～廿三日
19.新生代的里程碑——論宋澤萊的小說	高天生	台灣小說與小說家	前衛	一九八五年五月

20.台灣的一九八四——評《廢墟台灣》	龍應台	當代	一	一九八六年五月
21.詛咒與夢魘——台灣小說中的告密者	高天生	自立晚報		一九八七年九月一～二日
22.拆穿騙局的人——宋澤萊的文學與宗教情懷	康　原	自立晚報		一九九一年十月四日

附錄

方美芬　編

篇名	作者	刊(書)名	卷期	出版日期
1.台灣青年作家宋澤萊	武治純	書林	一九八〇：六	一九八〇年十二月
2.論宋澤萊小說的諷刺藝術	張默蕓	海峽	一九八二：四	一九八二年
3.宋澤萊論	潘亞暾	暨南學報（哲社版）	一九八三：一	一九八三年
4.宋澤萊論	潘亞暾	台灣香港文學論文選	一	一九八三年

5. 評宋澤萊的《岬角上的新娘》	黃重添	福建文學	一九八三：五	一九八三年
6. 透過那新娘的倩影	黃重添	福建文學	一九八三：五	一九八三年
7. 宋澤萊小說藝術散論	王　華	台灣研究集刊	一九八四：二	一九八四年八月
8. 台灣作家宋澤萊小說的當代性	黃重添	天津師大學報	一九八五：六	一九八五年
9. 天地濶遠隨風揚——談宋澤萊小說的一些特點	朱學群			
10. 告別成功——台灣青年作家宋澤萊和他的《廢墟台灣》	李江南	台聲	一九八八：九	一九八八年
11. 政治的諷諭——評宋澤萊《弱小民族》	廖炳惠	當代作家評論	一九八九：三	一九八九年

宋澤萊生平寫作年表

方美芬　編

一九五二年　1歲　出生。台灣雲林人。本名廖偉竣。
國立師範大學歷史系畢業，一直任教於彰化縣福興國中。大學時代就寫了三本心理小說。自稱早期的小說是「搭上現代主義的末班車，多爲個人內心世界的描繪」。

一九七六年　25歲　長篇小說《廢園》由豐生出版社出版。

一九七八年　27歲　三月起，陸續發表「打牛湳村」系列小說——如〈岬角上的新娘〉（七月十五、六日《聯合報》）、〈打牛湳村——笙仔和貴仔的傳奇〉（《夏潮》五卷二期，《台灣文藝》革新號五期）、〈漁港故事〉（十月十三日《聯合報》）、〈我看到櫻花樹下的老婦〉（《現代文學》復刊號五期）等作品，震撼了台灣文壇。自此創作觸角伸展到探討台灣農村和城鎮環境及思想變遷上。
中篇小說《打牛湳村》由遠景出版社出版。
十月，小說〈打牛湳村〉獲第一屆時報文學獎推薦小說獎。

一九七九年　28歲　發表小說〈漁仔寮案件〉（《現代文學》復刊號六期）、〈白鷺鎮的回憶〉（六月十五日《聯合報》）、〈蘇苞〉（七月二十一日《聯合報》）、〈美麗島誌異〉（《台灣文藝》六十四期）。

一九八〇年　29歲　出版短篇小說集《變遷的牛眺灣》，中篇小說《骨城素描》、《羅穀日記》以及長篇小說《惡靈》（即《廢園》改名），以上均由遠景出版社出版。

四月，小說〈打牛湳村〉獲第十屆吳濁流文學獎。

由於參禪之故，作品銳減，但仍發表了小說〈追逐〉（《現代文學》復刊號十期）、〈花城悲戀〉（《台灣文藝》六十七期）以及評論〈文學十日談〉、〈給台灣文學界的七封信〉等引發迴響的作品。

四月，詩歌小說合集《黃巢殺人八百萬》由東大圖書公司出版。

六月，小說集《蓬萊誌異》由遠景出版社出版。

一九八一年　30歲　十月，赴愛荷華大學國際作家工作坊研究。

一九八二年　31歲　發表詩歌〈宋澤萊詩四首〉（《台灣文藝》七十五期），小說〈秋陽〉（《文學界》三期）以及論評〈台灣現代詩的本土意識〉（《台灣文藝》七十六期）。

一九八三年　32歲　發表詩歌〈有人說我們的圖騰是一隻牛〉（《台灣文藝》八十期）、〈福爾摩莎許諾：流落的必歸回〉（《台灣文藝》八十二期）。

出版評論集《禪與文學體驗》和詩歌集《福爾摩莎頌歌》（前衛出版社）。

一九八四年　33歲　發表評論〈現代畫就是鄉土畫——訪陳來興〉（《台灣文藝》八十六期）。

一九八五年　34歲　發表評論〈堅守台人的立場　表達台人的意見〉（《台灣文藝》九十四期）與〈一個作家對環境和文化的省思〉（《台灣文藝》九十七期）。

出版散文集《隨喜》以及長篇小說《廢墟台灣》（前衛出版社）。

一九八六年　35歲　發表評論〈呼喚台灣黎明的喇叭手——試介台灣新一代小說家林雙不並檢討台灣的老弱

文學〉（《台灣文藝》九十八期）、〈台灣人權文學小史〉（《台灣文藝》九十九期）。

出版評論集《誰怕宋澤萊？：人權文學論集》以及譯述《白話禪經典》（前衛出版社）。

與李雙澤、壹闡提等合出《終戰的賠償》（名流出版社）。

主編《一九八五台灣小說選》（前衛出版社）。

一九八七年 36歲

出版小說集《弱小民族》（前衛出版社）。

一九八八年 37歲

出版《宋澤萊作品集》，計有《打牛湳村系列》、《蓬萊誌異》、《等待燈籠花開時》、《台灣人的自我追尋》等作品（前衛出版社）。

一九八九年 38歲

五月，發表五二〇週年文〈我看到了血流滿面〉（《台灣文藝》一一七期）。

出版論佛書籍《被背叛的佛陀　二卷》（自立晚報社）。

一九九〇年 39歲

發表雜文〈自我疏離的解除——自我觀察日記　一九九〇、二、二～一九九〇、二、五〉（四月二十九、三十日《台灣時報》）。

出版《被背叛的佛陀　續集》（自立晚報社）以及《拯救佛陀：根本佛教教義精論》（派色出版公司）。

十月，於《台灣文藝》發表〈從〈打牛湳村〉到〈蓬萊誌異〉——追憶那段美麗、淒清的歲月（一九七五～一九八〇）〉。

國家圖書館出版品預行編目資料

宋澤萊集 / 宋澤萊作. -- 初版. -- 台北市：
前衛, 1992[民81]
327面；15×21公分. --
(台灣作家全集. 短篇小說卷, 戰後第三代：8)
ISBN 978-957-9512-54-1(精裝)

857.63　　81001510

宋澤萊集

台灣作家全集・短篇小說卷／戰後第三代(8)

作　　者　宋澤萊
編　　者　施　淑
出 版 者　前衛出版社
10468 台北市中山區農安街153號4F之3
Tel: 02-25865708　Fax: 02-25863758
郵撥帳號：05625551
E-mail: a4791@ms15.hinet.net
http://www.avanguard.com.tw
出版總監　林文欽
法律顧問　南國春秋法律事務所 林峰正律師
出版日期　1992年04月初版第 1 刷
2010年01月初版第 6 刷
總 經 銷　紅螞蟻圖書有限公司
台北市內湖舊宗路二段121巷28.32號4樓
Tel: 02-27953656　Fax: 02-27954100

Printed in Taiwan　ISBN 978-957-9512-54-1
定　　價　新台幣300元

3 名家的導讀

首冊有總召集人鍾肇政撰述總序，精扼鈎畫出台灣新文學發展的歷程、脈絡與精神；各集由編選人寫序導讀，簡要介紹作家生平及作品特色，提供讀者一把與作家心靈對話的鑰匙。

4 深度的賞析

每集正文之後，附有研析性質的作家論或作品論，及作家生平、寫作年表、評論引得，能提供詳細的參考。

5 精美的裝幀

全套50鉅冊，25開精裝加封套及書盒護框，美觀典雅。